高职高专"工作过程导向"新理念教材
——计算机系列

静态网站制作项目教程

田庚林　田　华　游自英　编著

清华大学出版社
北京

内 容 简 介

本书是以项目制教学方式介绍静态网站制作技术的教材,通过网站制作项目介绍使用 HTML 标记、CSS 样式表、Dreamweaver、Fireworks 制作静态网站的技术。

本书共分 6 章,内容包括网站项目及网站概念、使用 HTML 标记制作网页、使用 CSS 样式表制作网页、使用 Dreamweaver 制作网页、网页图像编辑、Flash 网页动画制作。

本书将整个教学过程围绕一个教学项目进行,通过完成教学项目使学生掌握静态网站制作技能及相关知识,实现"做中学";学生在课程学习中完成自己的网站制作实训项目,实现"学中做"。

本书是面向高职高专网页制作课程的教材,也适合其他类院校学生使用,同时可作为自学教材使用。

图书在版编目(CIP)数据

静态网站制作项目教程/田庚林,田华,游自英编著.--北京:清华大学出版社,2012.4
(高职高专"工作过程导向"新理念教材.计算机系列)
ISBN 978-7-302-27916-7

Ⅰ.①静… Ⅱ.①田… ②田… ③游… Ⅲ.①网页制作工具-高等职业教育-教材
Ⅳ.①TP393.092

中国版本图书馆 CIP 数据核字(2012)第 014081 号

责任编辑:刘　青
封面设计:傅瑞学
责任校对:刘　静
责任印制:张雪娇

出版发行:清华大学出版社
　　　　网　　　址:http://www.tup.com.cn,http://www.wqbook.com
　　　　地　　　址:北京清华大学学研大厦 A 座　　　邮　　编:100084
　　　　社 总 机:010-62770175　　　　邮　　购:010-62786544
　　　　投稿与读者服务:010-62776969,c-service@tup.tsinghua.edu.cn
　　　　质 量 反 馈:010-62772015,zhiliang@tup.tsinghua.edu.cn
　　　　课 件 下 载:http://www.tup.com.cn,010-62795954
印 装 者:北京密云胶印厂
经　　销:全国新华书店
开　　本:185mm×260mm　　印　　张:14.75　　字　　数:350 千字
版　　次:2012 年 4 月第 1 版　　　　印　　次:2012 年 4 月第 1 次印刷
印　　数:1~3000
定　　价:29.00 元

产品编号:045095-01

高职高专"工作过程导向"新理念系列教材
丛书编写委员会

高职高专"工作过程导向"新理念系列教材
计算机分系列丛书编写委员会

学科体系的解构与行动体系的重构

——"工作过程导向"新理念教材代序

职业教育作为一种教育类型,其课程也必须有自己的类型特征。从教育学的观点来看,当且仅当课程内容的选择以及所选内容的序化都符合职业教育的特色和要求之时,职业教育的课程改革才能成功。这里,改革的成功与否有两个决定性的因素:一个是课程内容的选择;一个是课程内容的序化。这也是职业教育教材编写的基础。

首先,课程内容的选择涉及的是课程内容选择的标准问题。

个体所具有的智力类型大致分为两大类:一是抽象思维;一是形象思维。职业教育的教育对象,依据多元智能理论分析,其逻辑数理方面的能力相对较差,而空间视觉、身体动觉以及音乐节奏等方面的能力则较强。故职业教育的教育对象是具有形象思维特点的个体。

一般来说,课程内容涉及两大类知识:一类是涉及事实、概念以及规律、原理方面的"陈述性知识";一类是涉及经验以及策略方面的"过程性知识"。"事实与概念"解答的是"是什么"的问题,"规律与原理"回答的是"为什么"的问题;而"经验"指的是"怎么做"的问题,"策略"强调的则是"怎样做更好"的问题。

由专业学科构成的以结构逻辑为中心的学科体系,侧重于传授实际存在的显性知识即理论性知识,主要解决"是什么"(事实、概念等)和"为什么"(规律、原理等)的问题,这是培养科学型人才的一条主要途径。

由实践情境构成的以过程逻辑为中心的行动体系,强调的是获取自我建构的隐性知识即过程性知识,主要解决"怎么做"(经验)和"怎样做更好"(策略)的问题,这是培养职业型人才的一条主要途径。

因此,职业教育课程内容选择的标准应该以职业实际应用的经验和策略的习得为主,以适度够用的概念和原理的理解为辅,即以过程性知识为主、陈述性知识为辅。

其次,课程内容的序化涉及的是课程内容序化的标准问题。

知识只有在序化的情况下才能被传递,而序化意味着确立知识内容的框架和顺序。职业教育课程所选取的内容,由于既涉及过程性知识,又涉及陈述性知识,因此,寻求这两类知识的有机融合,就需要一个恰当的参照系,以便能以此为基础对知识实施"序化"。

按照学科体系对知识内容序化,课程内容的编排呈现出一种"平行结构"的形式。学科体系的课程结构常会导致陈述性知识与过程性知识的分割、理论知识与实践知识的分割,以及知识排序方式与知识习得方式的分割。这不仅与职业教育的培养目标相悖,而且与职业教育追求的整体性学习的教学目标相悖。

按照行动体系对知识内容序化,课程内容的编排则呈现一种"串行结构"的形式。在学习过程中,学生认知的心理顺序与专业所对应的典型职业工作顺序,或是对多个职业工作过程加以归纳整合后的职业工作顺序,即行动顺序,都是串行的。这样,针对行动顺序的每一个工作过程环节来传授相关的课程内容,实现实践技能与理论知识的整合,将收到事半功倍的效果。鉴于每一行动顺序都是一种自然形成的过程序列,而学生认知的心理顺序也是循序渐进自然形成的过程序列,这表明,认知的心理顺序与工作过程顺序在一定程度上是吻合的。

　　需要特别强调的是,按照工作过程来序化知识,即以工作过程为参照系,将陈述性知识与过程性知识整合、理论知识与实践知识整合,其所呈现的知识从学科体系来看是离散的、跳跃的和不连续的,但从工作过程来看,却是不离散的、非跳跃的和连续的了。因此,参照系在发挥着关键的作用。课程不再关注建筑在静态学科体系之上的显性理论知识的复制与再现,而更多的是着眼于蕴涵在动态行动体系之中的隐性实践知识的生成与构建。这意味着,**知识的总量未变,知识排序的方式发生变化**,正是对这一全新的职业教育课程开发方案中所蕴涵的革命性变化的本质概括。

　　由此,我们可以得出这样的结论:如果"工作过程导向的序化"获得成功,那么传统的学科课程序列就将"出局",通过对其保持适当的"有距离观察",就有可能解放与扩展传统的课程视野,寻求现代的知识关联与分离的路线,确立全新的内容定位与支点,从而凸现课程的职业教育特色。因此,"工作过程导向的序化"是一个与已知的序列范畴进行的对话,也是与课程开发者的立场和观点进行对话的创造性行动。这一行动并不是简单地排斥学科体系,而是通过"有距离观察",在一个全新的架构中获得对职业教育课程论的元层次认知。所以,**"工作过程导向的课程"的开发过程,实际上是一个伴随学科体系的解构而凸显行动体系的重构的过程**。然而,学科体系的解构并不意味着学科体系的"肢解",而是依据职业情境对知识实施行动性重构,进而实现新的体系——行动体系的构建过程。不破不立,学科体系解构之后,在工作过程基础上的系统化和结构化的产物——行动体系也就"立在其中"了。

　　非常高兴,作为中国"学科体系"最高殿堂的清华大学,开始关注占人类大多数的具有形象思维这一智力特点的人群成才的教育——职业教育。坚信清华大学出版社的睿智之举,将会在中国教育界掀起一股新风。我为母校感到自豪!

2006 年 8 月 8 日

网页设计制作与网站开发技术是目前非常流行的计算机网络应用技术之一。就目前的计算机应用技术而言，几乎绝大多数是网络应用技术，其中网站技术更是热中之热。社会对网站开发技术人才的需求非常迫切。

在目前的网站开发技术中，主要分为两大阵营：一是基于 Sun 的 J2EE 技术；二是微软的.NET 技术。但是无论使用哪种网站技术，都需要 HTML、CSS 等基础技术的支持，需要有网页制作的基本知识，所以网页制作课程是非常受学生欢迎的课程，也是目前计算机专业甚至非计算机专业必开课程之一，高职高专计算机类专业中网页制作课程的开设就更为普遍。本书是为高职高专学生编写的网页制作教材。

全面的网站技术课程一般应包括 HTML 标记、CSS 样式表、JavaScript、XML、Web 服务器技术（如 JSP、ASP、ASP.NET、J2EE）等内容。不涉及 Web 服务器技术的网页称为静态网页（或者说网页内容在任何人访问时都不会发生变化的网页），而动态网页需要 Web 服务器技术才能实现（如用户登录、聊天室、电子商务网站等）。这些内容不可能在一门课程中全部完成，一般需要 3 门以上的系列课程。本书的编写指导思想是仅完成网站制作技术系列课程的一部分，即静态网页制作技术培养。只作为网站技术课程的基础，而不涉及动态网页内容。

本书面向初学者介绍网页制作的基础知识，包括 HTML 常用标记、HTML 的扩展技术 CSS、专业可视化网页编辑工具 Dreamweaver、网页图像处理工具 Fireworks、网页动画制作工具 Flash。由于在静态网站技术中对各种工具的功能要求不是很高，所以本书中只针对项目任务介绍实现的方法，而不针对某个版本的工具。

本书采用项目制教学方法，整个教学过程围绕一个静态网站制作实训项目进行。网站的内容与效果设计请参见配套教学资源（登录清华大学出版社网站下载），或浏览 http://www.tingdaily.com/flash/web。

网站中的各个栏目是教学章节的内容，栏目中包括体现该章教学内容的若干页面。通过完成各个教学任务，使学生掌握静态网站制作技能及相关知识，实现"做中学"。学生在课程学习中需要按照该网站的整体架构设计、网页参数设计、网页效果设计，利用自己的素材完成每章实训内容中规定的实训任务，完成自己的静态网站制作实训项目，实现"学中做"。实训项目只是帮助学生掌握基本的静态网站制作基本技能，制作实用性较强的网站项目可以通过综合实训完成。

本书共分为 6 章。第 1 章介绍网站的基本概念，实训内容为网站首页的编辑与发布;第2章介绍使用 HTML 标记制作网页,项目内容为制作框架结构网页;第3章介绍使用 CSS 样式表制作网页,项目内容为制作表格布局嵌入式框架结构网页;第4章介绍 Dreamweaver 网页编辑工具,项目内容为制作利用层、行为等技术的网页;第5章介绍 Fireworks 图像编辑工具,项目内容为使用 Fireworks 制作网页;第6章介绍动画制作工具 Flash,项目内容为使用 Flash 制作网页。

　　建议课堂讲授学时为40学时左右,上机实训课时为50学时或更多。最好是采用"教学做一体化"教学模式。

　　学生在按照教材要求完成实训项目时,除了需要准备自己的图片素材之外,还需要使用教材中指定的一些图片、动画等,这些资料一并放在配套教学资源中(http://www. tingdaily. com/flash/download,或登录清华大学出版社网站下载)。

　　网页制作技术涉及的工具较多,网页效果设计很难做到较佳,书中存在的不足和疏漏之处,望广大读者给予批评指正。作者邮箱为 tiangl163@163.com。

编　者
2011 年 10 月

目录

网站项目及网站概念

本教材采用项目制教学方法,整个教学过程围绕一个"静态网站制作实训网站"项目进行。该教学项目是一个包含全书内容的网站,每章教学内容是教学项目网站中的一个栏目,各个栏目中包括体现该章教学内容的若干页面,为了便于叙述,各个栏目称作一个栏目网站。

课程实训项目是利用自己的素材完成每章实训内容中规定的实训任务,每章的实训任务基本是按照教学项目网站内容与效果的设计完成自己的一个栏目主题网站制作,最终完成自己的"静态网站制作实训网站"。

1.1 静态网站制作实训网站项目

1.1.1 项目总体设计

"静态网站制作实训网站"项目整体结构如图 1-1 所示。

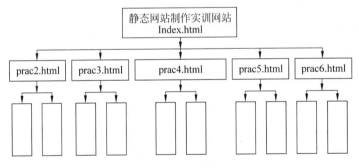

图 1-1 "静态网站制作实训网站"项目整体结构

所有教学内容组织为一个实训教学网站。网站中的各个栏目为各个章节的教学内容(栏目子项目),其中 prac2. html 栏目主要介绍使用 HTML 标记制作网页(HTML 标记栏目);prac3. html 栏目主要介绍使用 CSS 样式表制作网页(CSS 样式栏目);prac4. html 栏目主要介绍使用可视化网页编辑工具 Dreamweaver 制作网页(网页编辑工具栏目);prac5. html 栏目主要介绍使用图像编辑工具编辑网页图像和使用图像编辑工具制作网页(网页图像编辑栏目);prac6. html 栏目主要介绍使用动画制作工具 Flash 制作网页动画(Flash 动画栏目)。

1.1.2 "静态网站制作实训网站"项目首页设计

网站首页设计如图 1-2 所示,其中 5 个导航按钮链接到 5 个栏目首页。各个栏目的设计在相关章节中描述。静态网站制作实训网站项目的所有内容与效果设计可参见配套教学资源或浏览 http://www.tingdaily.com/flash/web 网站。

图 1-2 "静态网站制作实训网站"首页设计

1.1.3 教学项目网站站点目录结构

（1）站点根文件夹：存放网页文件及子目录。

（2）images 文件夹：存放网页中使用的图片、GIF 动画素材。

（3）flashes 文件夹：存放网页中使用的 Flash 动画文件。

（4）buttons 文件夹：存放网页中使用的按钮文件。

（5）slices 文件夹：存放网页中使用的切片文件。

（6）waves 文件夹：存放网页中使用的声音文件。

1.1.4 项目教学实训环境

为了完成实训网站项目的制作，达到"做中学、学中做"的教学效果，学生需要根据实训任务准备自己的图片、文字素材，完成自己的实训网站项目制作。完成实训项目需要的实训环境如下。

（1）网页编辑计算机。需要安装 8.0 以上版本的 Dreamweaver、Fireworks、Flash 以及CuteFTP 工具。

（2）Web 服务器。在校园网或在 Internet 上提供 Web 服务器，最好有注册的域名。在Web 服务器上为每个学生创建一个站点目录，用于学生发布网站（以下称 Web 服务器站点或远程站点）。网站默认首页文件名设置为 Index.html。在学生发布网站后，可以通过"http://Web 服务器域名地址/学号"浏览自己发布的网站。

（3）在 Web 服务器安装 Serv_U 软件，为每个学生开设一个 FTP 账户，学生可以通过 FTP 方式将实训网站发布到自己的远程网站根目录中。

（4）学生实训需要在本地计算机上的站点目录中进行（以下称本地站点）。为了保证实训的顺利，每个学生最好准备一个 U 盘，用于保存本地站点中的文件。本地站点可以存放在 U 盘上，也可以存放在本地硬盘上。如果本地站点存放在硬盘上，注意每次实训之后需要将本地站点复制到 U 盘保存，下次实训时再将本地站点复制到硬盘（如果使用网络硬盘等方式保存本地站点文件，每次实训前需要从网络资源上恢复本地站点）。

1.1.5 实训教学资源

实训教学项目网站的设计内容与效果可参见配套教学资源或浏览 http://www.tingdaily.com/flash/web 网站。

实训中除了学生自己准备的图片素材之外，其他图片、GIF 动画、Flash 动画素材以及网站首页中使用的导航按钮可以从配套教学资源中得到，也可以从 http://www.tingdaily.com/flash/download 网站中下载。

教学项目网站使用的素材，也可以从上述教学资源网站中下载。

1.2 网站简单工作原理

Internet 的发展使世界进入了真正的计算机网络时代。网络信息、网络商店、网络游戏、网络电影……人们的生活已经离不开 Internet 了。Internet 网络对人们生活的影响源于该网络提供的网络服务。在 Internet 网络上，目前人们使用最多的服务有 WWW 信息浏览、E-mail 和 FTP 文件传输，其中 WWW 信息浏览是 Internet 网络中最为精彩的服务内容。

WWW（World Wide Web，万维网），又简称为 Web。其实网络信息浏览、网络书店等都是由 Web 网站提供的服务。在 Internet 网络中，所有的计算机可以分为两类：服务器和客户机。

服务器是安装了某种服务软件的计算机，根据安装的服务软件种类可以分为 Web 服务器、FTP 服务器、电子邮件服务器、数据库服务器、DNS 服务器等。当然在一台计算机上也可以安装几个服务软件，它可以提供几种网络服务。Web 服务器就是提供 WWW 信息服务的网站服务器。一般所说的网站都是建立在 Web 服务器上的信息服务站点。本书中的"网站"就是指 Web 网站。

在 Internet 网络中，用户用于浏览信息的计算机一般称作浏览器，是安装了解释网页显示格式软件的计算机。在 Windows 系统中，由于该系统捆绑了 Internet Explorer（简称 IE）软件，所以都可以作为浏览器使用。在服务器上安装了浏览器软件后，那么它既是服务器又是浏览器。

网站就是按照约定存放在 Web 服务器上的一组网页文件及相关素材。在 Internet 网络上，无论 Web 服务器的位置在哪里，只要知道服务器的地址（域名或 IP 地址），使用浏览器就可以访问该网站。使用浏览器访问 Web 网站的过程如图 1-3 所示。

在浏览器的地址栏中输入一个 Web 网站的域名或 IP 地址后，浏览器通过网络线路向

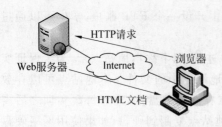

图 1-3　浏览器访问 Web 网站的过程

指定的 Web 服务器发出一个 HTTP 请求。HTTP 是 Internet 网络中的超文本传输协议,用于申请 WWW 网络资源。一般在访问网站时都可以看到浏览器地址栏中网站地址前有 http:// 前缀。在浏览器设置中,HTTP 协议是默认的,即便没有 http:// 前缀,浏览器也会发出 HTTP 请求(所以,如果申请 FTP 资源时就不能省略 FTP:// 前缀)。

Web 服务器收到 HTTP 请求之后,如果在 HTTP 请求中没有指明请求的网页文件,Web 服务器就会把一个默认的网页文件发送给浏览器。这个默认的网页文件一般称作网站首页。在打开网站首页后再单击其中的超链接时,浏览器会将该超链接指向的网页文件加入地址信息中,再向 Web 服务器发出一个 HTTP 请求。Web 服务器根据 HTTP 请求中的文件信息将指定的网页文件发送给浏览器。

无论浏览器请求的网页文件是什么类型的(如 .html、.asp、.jsp、.aspx 等),Web 服务器总是给浏览器发回扩展名是 .html 的网页文件,即 HTML 文件。也就是说浏览器上只能看到 .html 类型的网页文件,因为浏览器只能解释 HTML 文件。

扩展名是 .asp、.jsp、.aspx 的网页文件都是在 Web 服务器上执行的文件。浏览器在请求这些类型的文件时,Web 服务器需要根据请求者提供的内容生成一个扩展名是 .html 的网页发送给浏览器,而不是发送用户请求类型的网页原文件。

1.3　网站的基本概念

1.3.1　网页与网站

网页就是浏览 Web 网站时看到的一个个页面,也称作 Web 页、页面。网页是由 HTML 标记构成的文本文件。网页中一般包括文本、图像、动画、超链接等网页元素,所以网页又称为 HTML 文档或超文本文档。

网站是一组内容相关的、通过超链接标记链接在一起的网页文件。将该组文件存放在 Web 服务器上硬盘的某个目录下(例如 Windows 系统中 Web 服务器默认存放网站的目录是服务器安装驱动器根目录下的 Inetpub\wwwroot 文件夹),通过设置 Internet 信息服务 (IIS) 的网站 IP 地址属性(指向服务器的 IP 地址)、主目录属性(指向存放网站文件的目录)和文档属性(声明默认打开的首页文件名)之后,在浏览器上的地址栏中输入"http:// 域名"或"IP 地址"就可以浏览该网站了。

网站是由一组网页组成的,只有一个网页的网站也是网站,所以通常对网站、网页的区分不是特别清楚。例如人们通常认为设计网站和设计网页是一回事,但严格来说还是有区分的。网页设计是针对一个页面的设计,而网站设计是针对网站整体内容、风格等方面的设计。网站设计包含网页设计。

1.3.2　首页与主页

1. 首页

首页是网站接受 HTTP 请求后默认打开的网页。虽然可以通过设置 Web 服务器 IIS

的文档属性指定首页文件名称,但使用 Index. htm 或 Index. html 作为首页文件名是静态网站中的惯例,所以在静态网站制作中,应该养成使用 Index. htm 或 Index. html 作为网站首页文件名的习惯。

首页文件扩展名使用. htm 或者. html 一般没有关系,因为在 Web 服务器 IIS 的文档属性中可以指定多个默认文档,一般情况下会将它们都指定进去,只不过放置的前后顺序可能不同。如果在一个网站中不是 Index. htm 和 Index. html 两个文件都存在,那么是没有问题的。如果在一个网站中 Index. htm 和 Index. html 文件都存在,到底哪个是默认启动的首页文件,那就要看 Web 服务器 IIS 的文档属性的设置顺序了,所以一般要避免这两个文件同时存在。有时用户可能不知道 Web 服务器 IIS 的文档属性设置情况(例如 Internet 网站提供的网站空间),当网站不能打开时,可以换一个首页扩展名试试。

动态网站中习惯使用的首页文件名是 Default. jsp、Default. aspx 等。

2. 主页

网站主页一般指网站的第一级门面网页,是一个网站中所有网页的起始点和交汇点。在静态网站中,一般首页就是主页,但在一些动态网站中,首页可能不是主页。例如一些需要身份验证才能进入的网站,其首页只是一个用户登录页面,只有通过身份验证的用户才能进入网站主页。

1.3.3　静态网页与动态网页

1. 静态网页与静态网站

静态网页是指网页文件中只包含 HTML 标记和在浏览器中可以执行的 JavaScript 脚本的网页文件。虽然静态网页中的 JavaScript 脚本可以在网页中产生一些动态效果(例如弹出消息、飘动广告、显示/隐藏图片等),但对于所有用户来说看到的网页内容是一样的,所以称作静态网页。静态网页制作好之后,如果需要改动网页上的内容,就必须修改网页源代码,然后重新传送到服务器上。

静态网页都是扩展名为. htm 或. html 的文本文件。当浏览器请求一个静态网页时,服务器会将该文件直接发送给浏览器,由浏览器解释执行该网页文件。

由静态网页构成的网站是静态网站。静态网站一般不需要数据库的支持。静态网站内容的更新需要直接修改网页源代码,所以维护工作量较大。

静态网站制作简单,适合发布简单信息的场合,例如公司介绍、个人主页等一般采用静态网站形式。静态网页制作技术也是动态网页制作技术的基础。

2. 动态网页与动态网站

动态网页是指网页中不仅包含 HTML 标记,而且还包含需要在服务器上执行的程序代码的网页文件。动态网页可以处理用户在网页上提交的表单信息,例如用户注册信息等。动态网页一般需要数据库的支持。在数据库的支持下,不同的用户、不同的时间可以得到不同的信息。

动态网页需要 Web 服务器技术,动态网页的扩展名一般有 .asp、.jsp、.aspx 等。在浏览器申请动态网页时,Web 服务器在服务器端执行该网页文件中的程序代码,根据用户的具体要求生成一个 HTML 静态网页文件发送给浏览器。这样在浏览器上得到的网页还是一个静态网页,只不过对于同一网页每次请求得到的网页内容可能是不同的,所以称作动态网页。

包含动态网页的网站为动态网站,像 BBS、聊天室、网络银行、网上书店等都是动态网站。动态网站的制作技术比较复杂。动态网页的维护比较简单,在不需要对网页功能进行修改时,一般不需要改动网页代码。动态网站的维护多是对数据库中数据的维护,例如删除过期的留言等。

本教材中不涉及动态网页制作方面的内容,所以 HTML 标记中的表单标记、Dreamweaver 中的服务器技术部分在本教材中都不涉及,由后续动态网站制作课程解决。

1.4　网页制作语言与工具

1.4.1　网页制作语言

1. HTML

HTML(Hyper Text Markup Language,超文本置标语言)是网页制作的基本核心语言。准确地说,HTML 是一种规范和标准。HTML 通过标记网页中的各个组成部分指示浏览器如何显示网页内容,就像 Word 中标记文字的大小、对齐方式一样使网页中的文本按照标记规定的格式、样式显示。

将一个包含 HTML 标记和文本内容、按照 HTML 文档结构组成的文本文件保存成扩展名是.html 或.htm 的文件,那么这个文件就是一个可以在浏览器上浏览的网页。例如,将下面的这段代码保存成 Index.htm 文件:

```
<html>
  <head>
    <title>我的网页</title>
  </head>
  <body>
      网页制作简单易学
  </body>
</html>
```

保存文件后,在 Windows 资源管理器中双击文件名就可以打开这个文件。该文件在浏览器中的显示如图 1-4 所示。

图 1-4　Index.htm 文件在浏览器中的显示

这段代码就是一个最简单的 HTML 网页文件。HTML 文件的基本结构包括以下 3 部分。

(1)＜html＞…＜/html＞：表示 HTML 文档的开始和结束。

(2)＜head＞…＜/head＞：HTML 文档的头部。头部中最常用的标记是＜title＞标记。＜title＞标记中的内容是显示在浏览器上的窗口标题，例如在图 1-4 中显示的窗口标题"我的网页"。

(3)＜body＞…＜/body＞：＜body＞标记之间的内容是在浏览器窗口中显示的内容。

如果需要在浏览器窗口中显示的内容更丰富、版面更活跃、色彩更鲜艳，就需要使用更多的 HTML 标记和标记属性。

2. 样式表 CSS

CSS 是对 HTML 功能的补充。使用 CSS 可以实现网页元素的格式化和精确定位，还可以实现一些其他的效果。在制作网页时使用 CSS，能够实现网页内容与网页格式处理工作的分离，减少工作量。下面是一个使用了 CSS 的网页。

```
＜html＞
＜head＞
＜title＞我的网页＜/title＞
＜/head＞
＜body＞
＜p align="center"＞＜font face="隶书" color="#FF0000"＞
＜span style="font-size:3cm"＞我的网页＜/span＞＜/font＞
＜/body＞
＜/html＞
```

该网页文件在浏览器中打开时显示结果如图 1-5 所示。

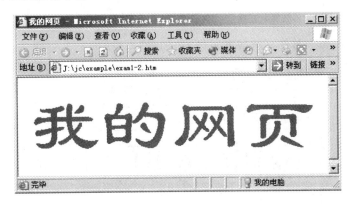

图 1-5　使用 CSS 样式

在 HTML 中可以指定的最大字体为 36 磅(size="7")，在 CSS 中使用 style="font-size:3cm"，使文字大小显示为 3cm。

3. JavaScript

JavaScript 是 Netscape 公司为了扩展 Netscape Navigator 浏览器功能开发的可以嵌入到 HTML 文档中的脚本语言。使用 JavaScript 可以使网页增加许多动态效果。由于

JavaScript 是在浏览器上执行的程序代码,所以网页的动态效果与 Web 服务器无关。JavaScript 在增加网页的动态功能时,不会增加 Web 服务器的负担和线路通信流量。

JavaScript 在网页中的杰出表现备受广大网页制作爱好者的青睐,所以在 Microsoft Internet Explorer 中也支持 JavaScript 脚本。

本教材中不涉及 JavaScript 脚本编程。Dreamweaver 中的行为、Fireworks 中导出的按钮、切片行为都可以在网页中生成 JavaScript 脚本。有关 JavaScript 脚本编程的内容,读者可参阅其他相关教材,本书中对出现的 JavaScript 脚本不做详细解释。

4. DHTML

DHTML(Dynamic HTML,动态 HTML)不是一种具体的技术,是利用文档对象模型 DOM(Document Object Model)、样式表 CSS 和 JavaScript 技术,在 HTML 基础上实现网页内容的动态样式、动态内容和动态定位。DHTML 一般称作客户端动态网页技术。

DHTML 技术与 Web 服务器无关,只是在浏览器上实现一些动态效果,而一般的动态网页则需要 Web 服务器的支持。

DHTML 中的 DOM 也是一种规范。DOM 将网页上的所有元素都划分成独立的对象,从而可以实现对这些元素的单独编程处理,实现动态效果。DOM 为 HTML 标记设置了一系列属性,通过设置标记的属性可以设置网页元素的显示效果。这些内容在后面的 HTML 标记内容部分将会看到。

下面是一个简单的 DHTML 动态效果网页。

```
<html>
<head><title>我的网页</title></head>
<body>
<span id="e3" style="font-size:2cm" onmouseover ="e3.style.color='red';" onmouseout ="
e3.style.color='black';">我的网页</span>
</body>
</html>
```

该网页在浏览器中打开显示结果如图 1-6 所示。

图 1-6　DHTML 动态效果网页

在图 1-6 网页显示窗口中,当鼠标移到文字上面时,文字颜色将变成红色,当鼠标移开后,文字颜色又恢复黑色。

因为 DHTML 涉及 JavaScript 内容,所以关于 DHTML 的内容可参考其他书籍。

1.4.2 网页制作工具

1. 网页文本编辑工具

网页文件是包含 HTML 标记和文本信息的文本文件，所以所有能够生成文本文件的工具都可以作为网页编辑工具。在 Windows 系统中，最简单的网页编辑工具是"记事本"和"写字板"。在记事本中输入网页文档内容，保存成扩展名是 .htm 或 .html 的文件就可以了。如果使用 Word，在保存 HTML 文档时必须把保存文件类型选择成纯文本，扩展名修改成 .htm 或 .html。

2. 可视化网页编辑工具

使用网页文本编辑工具制作网页，需要记住很多 HTML 标记和标记属性。如果在网页中使用 DHTML、CSS 和 JavaScript 脚本，所有代码都需要手工录入。手工录入代码容易出错，而且页面效果不直观。

为了直观地进行网页设计，市场上出现了很多可视化网页编辑工具。使用这些工具制作网页时，在工具窗口中做成的样子就是将来在浏览器中显示的样子。这些工具可以根据窗口中的内容自动生成 HTML 标记及标记属性。这些工具的另一种功能就是可以帮助生成 JavaScript 脚本或 CSS 代码，从而使制作网页工作更加容易，减轻工作强度。

并不是说有了可视化网页编辑工具就不必要学习 HTML 标记了。对于制作网页的专业人员来说，HTML 是基本功，是核心技术。一些可视化网页编辑工具在制作网页时，可能存在着没有完全包含所有 HTML 属性的情况，也有无法实现作者意图的情况，这时只能靠修改源代码中的 HTML 标记解决问题。在有些时候使用可视化网页编辑工具很难实现的功能，打开源代码文件，简单地修改一下 HTML 标记就能实现。能否熟练使用 HTML 标记，也是衡量网页制作专业水平高低的一个标准。

市场上有很多可视化网页编辑工具。最常见、最简单的可视化网页编辑工具应该是 Office 软件中的 FrontPage。该工具操作简单，并且还提供多个网页模板。在模板中填写相应的内容就能做成一个网站。

Macromedia Dreamweaver 是一款比较专业的网页制作工具，可以提供较多的 JavaScript 脚本行为和 CSS 的代码生成功能。它和 Fireworks、Flash 工具合称网页制作三剑客，号称制作网页的最佳梦幻组合。

3. 网页图像处理工具和网页动画制作工具

Web 页是包含文本、图画、音像的多媒体文档。网页中的图像编辑、动画制作工具在市场上也有很多种，例如著名的 PhotoShop 就是一款杰出的图像编辑工具。Fireworks 和 Flash 也是常用的网页图像编辑工具和网页动画制作工具，它们不仅可以完成网页图像编辑和网页动画制作，而且还能直接导出为 .html 网页文件，也能和 Dreamweaver 工具较好地配合。

1.5 网站开发流程

网站的开发也是一项工程，也需要遵循科学的项目开发过程。一般网站的开发过程需要下面几个步骤。

1.5.1　网站设计

像一般的工程项目一样,在动手制作网站之前需要先进行网站的设计,尤其是在较大的网站工程中,前期的设计工作就更加重要。如果不进行设计就着手制作,那就像盖楼房没有设计图纸一样,可能需要反复返工,浪费时间和精力。即便是一个简单的个人网站,前期的设计也会起到事半功倍的效果。

一个良好的网站设计方案可能需要更专业的网页设计师来完成。因为网站的设计不仅涉及网站的内容,还涉及美学效果方面的知识和经验。对于初学者来说,网站设计只有好、差之分,没有对、错之别。设计效果的好与差也取决于个人的好恶。经验是积累的,要成为一个优秀的网页设计师需要自己的勤奋实践。

网站设计一般包括以下几方面内容。

1. 网站内容设计

网站内容设计包括网站的主题设计、网站的内容组织、网站栏目等。一个网站中的所有内容都是围绕一个主题组织的。一个网站中不能有多个主题,也不能有主题之外的内容。

网站的主题是什么;网站中包括哪些栏目;哪些内容放置在哪个网页中;网页之间的关系如何;如何转到下级页面和返回上级页面;网站是否需要起一个名称,网站名称叫什么,是否使用网站标志等都是网站内容设计的任务。

在静态网站内容设计工作中,因为不涉及数据库的使用和 Web 服务器技术,所以该部分设计任务比较简单。

2. 网页版面布局设计

网页版面布局设计就是确定在一个网页上放置哪些内容,什么内容放置在什么位置。所有的网页都有版面布局设计的问题,特别是在首页设计中更为重要,因为首页可能会包含一些其他网页所没有的内容。

一般的网站首页可能包含以下几方面内容。

(1) Logo:网站标志。一般公司、单位网站上都会设计网站标志。

(2) Banner:横幅标题。用于显示网站名称等。

(3) 导航栏、导航按钮:用于链接到其他网页的超链接标记或按钮等。

(4) 文本:网页上的文字信息。

(5) 图像:用于信息展示或美化网页的图片。

(6) 动画:用于信息展示或装饰网页、产生动态页面效果的 GIF、Flash 动画。

(7) 版权和联系信息:网页制作者的版权信息和电子邮件链接。

如何将众多的内容生动并协调地组织在一个网页中,且能够达到一个良好的版面效果,这是一门较深的学问。

3. 网页色彩效果设计

网页的色彩效果设计就是网页上的颜色运用和搭配。网页色彩效果设计需要美学方面的知识。一个网站应该有一个主色调。网站的色调不仅涉及美学知识、个人爱好,还与网站的具体内容有关。

下面是一组常见的颜色所代表内容的信息。

（1）红：代表热情、奔放、喜悦、庆典、幸福。

（2）黑：代表严肃、沉着、刚健。

（3）黄：代表高贵、富有、明朗。

（4）白：代表纯洁、简单、神圣、明快。

（5）蓝：代表智慧、清爽、诚实、深远。

（6）绿：代表生机、生命、和平、青春。

（7）灰：代表深沉、消极、沉默、忧郁。

（8）紫：代表神秘、浪漫、魅力、优雅。

（9）棕：代表朴实、土地。

无论采用什么色调，网站的各个网页色调需要保持一致。一个网页上色彩的数量不能太多，文字信息和背景色的对比度要强。不能只强调网页色彩而忽略网页信息的可读性。

网页中与主色调的搭配颜色是初学者最难把握的问题，初学者不妨借助 Internet 上的色彩搭配软件，如 ColorSchemer，选取与主色调的搭配颜色。

4. 网页设计草图

对每个网页的设计方案可以绘制成设计草图供制作网页时参考。网页设计草图可以使用 Photoshop、Fireworks、Windows 中的画板等绘图软件制作，也可以手工绘制，然后用数码相机或扫描仪输入到计算机中。有了网页设计草图后，在使用 Dreamweaver 制作网页时，就可以载入"跟踪图像"将草图放置在窗口内，如同将草图附在透明纸下面就可以根据设计草图进行网页的制作。设计草图只是在制作网页时作为底图使用，网页保存之后在浏览器上打开时，设计草图是不显示的。

1.5.2　制作网站

有了网站设计方案后，制作网站就是按照设计方案去制作一个个网页。一些公司招聘的网页编辑工程师就是专门做这些工作的。

制作网页需要按照设计方案将规定的内容放置在指定的网页位置，完成所有超链接的设置，按照设计方案完成文字效果、色彩效果的设置，完成网页中一些素材的制作。在学生学习阶段，制作网页时可能会到 Internet 中去下载一些网页素材，但对于一个企业网站，绝大部分素材需要自己制作，如反映企业形象、风貌的图片作品、企业 Logo，产品图片等都需要制作者自己制作。制作和编辑这些素材时，就需要使用网页图像编辑工具。一般网页中少不了动画作品，它们就需要使用动画制作工具来完成。

制作网页需要使用一些图片、动画素材，需要生成一些文件，哪些文件存放在哪里事先也需要规划一下。一般来说首先需要建立一个本地站点。建立本地站点的重要性在以后章节中会有叙述。本地站点就是在本地计算机上建立一个文件夹，所有与网站有关的文件都要存放在该文件夹中。在站点文件夹中是否分栏目设置子目录，图片等素材放到哪个文件夹中，各个网页文件的名称如何确定等，在动手制作之前最好做好规划，以免网页文件之间发生名称冲突或产生混乱。

无论是生成的素材文件，还是制作生成的网页文件，文件名中都要避免使用汉字。使用汉字文件名往往会产生链接错误。

1.5.3 发布网站

制作网站可以在任何一台安装有网页制作工具软件的计算机上完成。网站制作完成后需要经过严格测试,测试无误后就可以进行网站的发布工作了。发布网站就是将网站中的所有网页文件、图片、动画素材存放到 Web 服务器上的指定目录中。未经发布的网站不是真正意义上的 Web 网站。

发布网站的方法与 Web 网站在 Internet 中的类型有关,简单地说可以分为两种类型:自主网站和寄宿网站。

自主网站就是自己有 Web 服务器、域名,并且该服务器是通过专线连接到 Internet 网络上的。在自主网站上发布网站时,可以采取 FTP 传输方法,或者直接将网站文档复制到服务器上的指定目录中即可。

寄宿网站就是将网站放置到 Internet 网络中别人的 Web 服务器上。在 Internet 中有许多网站提供这种服务,有收费的和免费的。收费的寄宿网站空间大,速度快;免费的空间小,广告多。

在 Dreamweaver 中通过设置远地站点的 FTP 地址、Web 服务器上的文件夹、用户名、密码,就可以通过 FTP 方式将网站发布到远地站点上。通常人们更习惯使用 FTP 工具软件来发布网站,因为使用这些工具更直观、更方便。下面是一款 FTP 工具软件 CuteFTP(该软件在 Internet 上很容易找到)。

将该软件安装在本地计算机上,启动该软件后的界面如图 1-7 所示。

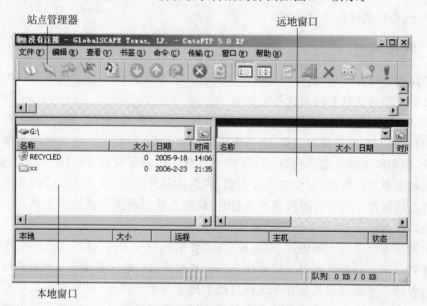

图 1-7 CuteFTP 窗口

单击"站点管理器"图标,打开"站点管理器"面板。单击面板中的"新建"按钮,面板显示如图 1-8 所示。

在图 1-8 中,站点标签中填入站点名称(可省略),在下面相应栏中填入 FTP 主机地址、用户名和密码,登录类型选择"普通",单击"连接"按钮,就可以连接到远地的 FTP 站点。下

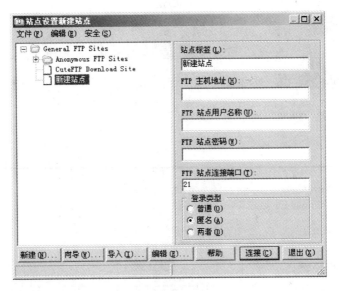

图 1-8 新建 FTP 站点

次再使用时,在"站点管理器"面板中选择建立的站点名称,直接单击"连接"按钮就可以了。完成了和远地 FTP 站点的连接之后,在图 1-7 的远地窗口中将显示出远地 FTP 站点的目录结构。这时可以在远地窗口中改变所处的目录位置,删除目录中文件。上传文件操作只需要将本地窗口中的文件用鼠标拖到远地窗口即可;同样,将远地窗口中的文件拖到本地窗口就能实现文件的下载。至于上传、下载到哪个目录中,需要进行选择。

1.5.4 把网站加入到搜索引擎中

建设网站的目的是为了他人能够浏览网站的内容。除了内部办公网站之外,网站都希望更多的人来浏览。如何向外宣传网站,除了通知他人网站域名、地址,在其他网站建立友情链接之外,最有效的方法就是将网站加入到搜索引擎中,使所有人都能找到该网站。

所有搜索引擎网站都允许用户把网站注册到它们的站点数据库中。虽然一般搜索引擎会自动搜索网站,但主动加入更有效。网站加入搜索引擎的操作使用网站提供的"网站登录"之类的页面。例如,在百度网站可以如下操作:选择"帮助"|"网页收录问题"命令,打开网站登录网页,如图 1-9 所示。

在网页中输入网站域名以及验证码,单击"提交网站"按钮就完成了网站注册。网站提交之后一般需要 4 周左右被处理,能否被搜索引擎收录,还要看提交网站内容是否受欢迎,是否会给搜索引擎网站带来负面影响。

对于被搜索引擎收录的网站,所有链接正确的网页正文内容都会被搜索。网站名称、网页主要内容应该放置到网页头部的<title>标记内作为页面窗口标题。网页窗口标题的内容会被搜索引擎作为搜索内容标题列出。

1.5.5 网站维护

一个运行中的网站总需要进行维护,特别是静态网站更需要经常维护。网站的维护有功能维护、效果维护和信息维护几个方面。

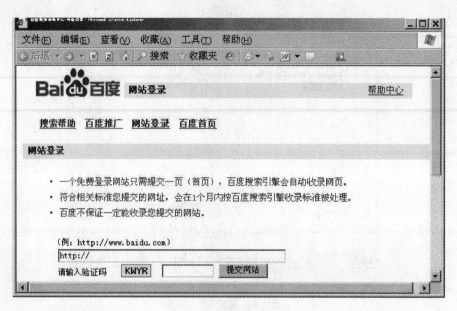

图 1-9　百度网站登录

　　功能维护是修改或增加网站的功能、网页等；效果维护是为了更新网站的形象，避免总是一个面孔；信息维护在静态网站中尤其频繁，像新闻网站中，每天需要更新网站内容，而在静态网站中，更新内容就意味着重新制作或修改网页。

　　网页修改后，经过测试，上传到网站上，替换掉原来的网页，网站内容就被更新了。在这种情况下，一般是上传修改过的网页文件，不必上传整个网站。

1.6　小　　　结

　　本章主要介绍了静态网站制作实训项目的总体结构与首页设计，另外介绍了网站是如何工作的、什么是网站、什么是网页，它们之间是什么关系，介绍了静态网站和动态网站的概念，介绍了网页制作中的一些必备知识，例如默认的首页文件名、HTML 标记的概念、HTML 文档基本结构、常见的网页制作语言与网页编辑工具，以及网站的一般开发流程。

　　通过本章的学习，读者应该了解本课程要做什么，如何做，应该着重掌握基本 HTML 文档的编辑生成方法，了解网站的设计开发流程，掌握使用 FTP 工具在 Internet 上发布网站的方法，以及将网站加入到搜索引擎的过程。

1.7　习　　　题

1. 简述在 Internet 中访问 Web 网站的过程。
2. 网站和网页有什么联系和区别？
3. 网站首页和主页有什么联系和区别？
4. 常用的静态网站首页文件名是什么？
5. 什么是静态网站？

6. HTML 文档一般结构是怎样的?

7. 什么是 DHTML? DHTML 和动态网页有什么区别?

8. 网站设计一般包括哪些内容?

9. 如何把网站发布到 Internet 上?

10. 如何把网站加入到 Internet 搜索引擎中?

1.8 实训:网站首页文件的编辑与发布

1. 实训目的

练习使用"记事本"编辑网页文档,使用 FTP 工具发布上传文件到 Web 服务器网站目录。

2. 实训任务:网页文件编辑与网站发布

使用 Windows"记事本"编辑"静态网站制作实训网站"首页文件 Index. html 页面,将页面中的班级、姓名、学号替换为自己的班级、姓名、学号。

使用 FTP 工具将网站首页文件 Index. html 以及相关文件上传到自己的 Web 服务器网站目录中。

3. 实训指导

(1) 在硬盘或 U 盘上创建一个本地站点文件夹(如 Myweb),从本书教学资源网站中或 http://www. tingdaily. com/flash/download 网站中下载 Index. html 文件和 images、flashes、buttons 文件夹到本地站点文件夹中(**注:在以后的叙述中,都以读者已经将 images、flashes、buttons 文件夹下载到本地站点为基础**)。

(2) 使用 Windows 的"记事本"打开本地站点文件夹中的 Index. html 文件。在 Index. html 文件中找到如下内容:

石家庄邮电职业技术学院
班级:计 1236 班
姓名:孙小丫
学号:31202003605

使用自己的学院名称、班级、姓名、学号将相应内容替换掉(注意不要修改其他内容),保存文件到本地站点文件夹中,单击修改后的 Index. html 文件,检查显示内容是否正确。

(3) 从 Internet 上下载 CuteFTP 工具安装到本地计算机上。

(4) 启动 CuteFTP,将 Web 站点加入到 CuteFTP 站点中(包括 IP 地址、用户名、密码)。

(5) 使用 CuteFTP 工具将本地站点文件夹中的 Index. html 文件及 images、flashes 和 buttons 文件夹上传到 Web 服务器的站点根目录下。

(6) 在浏览器地址栏中输入:

http://网站域名/学号

浏览自己发布的网站,检查显示是否正确。

(7) 保存本地站点备用。

使用 HTML 标记制作网页

2.1 "HTML 标记"栏目设计

本章介绍如何使用 HTML 标记制作网页。本章完成的内容是教学项目网站中的"HTML 标记"栏目制作,该栏目设计如下。

2.1.1 页面内容与效果设计

该栏目设计为以"我的大学"为主题的网站。栏目首页内容与效果设计如图 2-1 所示。

图 2-1 "HTML 标记"栏目首页设计

"HTML 标记"栏目首页设计为框架结构,顶部框架为栏目标题,左侧框架为栏目导航栏,右侧框架为滚动超链接,中间主框架显示各个链接的网页,底部框架为版权信息和电子邮件超链接。栏目首页中间主框架显示的初始内容为"我的自白"超链接页面的内容。

导航栏中"石邮校训"超链接页面设计效果如图 2-2 所示。当鼠标指向图片时显示"石家庄邮电职业技术学院校训"文字提示。

图 2-3 是"学院简介"页面设计效果,图 2-4 是"校园风光"页面设计效果。

在滚动超链接网页中包含鼠标悬停技术,当鼠标停在滚动超链接上时,超链接停止滚动,鼠标离开后超链接内容继续滚动。

图 2-2 "石邮校训"页面设计

图 2-3 "学院简介"页面设计

滚动超链接中"静态网站制作"链接打开的页面设计效果如图 2-5 所示,在网页打开时有随机的过渡效果,而且网页打开后有背景音乐;单击"背景音乐下载"超链接会弹出"文件下载"对话框,如图 2-6 所示。其他超链接所链接到的页面暂时还没有完成设计。

2.1.2 网页文件名及网页参数设计

由于本栏目首页采用框架结构设计,根据图 1-1 项目总体结构设计,该框架集文件名设

图 2-4 "校园风光"页面设计

图 2-5 "网页制作工具"超链接页面设计

计为 prac2. html,页面大小按照 1024×768px 窗口设计,各个框架尺寸设计如图 2-7 所示。其他页面设计为:

顶部框架中栏目标题页面文件名为 prac2-1. html。

左框架中栏目导航栏页面文件名 prac2-2. html。

右框架中滚动超链接页面文件名 prac2-3. html。

底部框架中版权页面文件名 prac2-5. html。

图 2-6 "文件下载"对话框

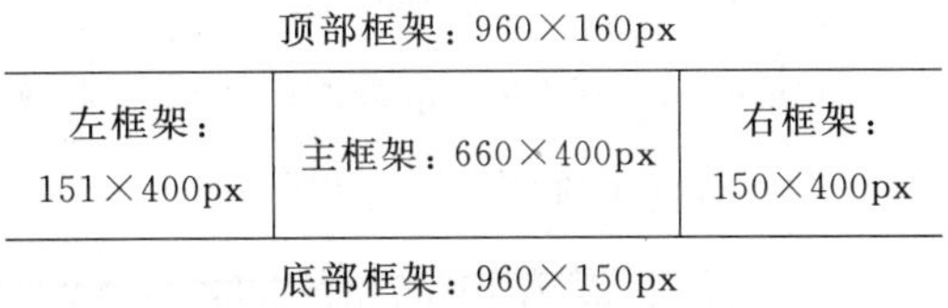

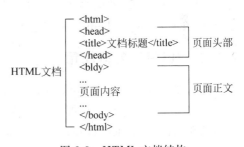

图 2-7 各个框架尺寸设计

"我的自白"页面文件名 prac2-4-1.html（主框架初始显示页面）。

"石邮校训"页面文件名 prac2-4-2.html。

"学院简介"页面文件名 prac2-4-3.html。

"校园风光"页面文件名 prac2-4-4.html。

"静态网站制作"页面文件名 prac2-3-1.html。

2.2　HTML 文档

2.2.1　HTML 文档结构

一般 HTML 文档结构如图 2-8 所示。

HTML 文档是由＜html＞标记开始到＜/html＞标记结束的文本文件。HTML 文档分成头部和正文两部分。在＜head＞和＜/head＞标记之间的网页头部是对文档进行说明、控制的头部标记，如文档标题、背景音乐、页面刷新、页面过渡效果标记等。另外 CSS 代码等需要放置在头部。

头部标记除了常用的文档标题标记＜title＞

```
<html>
<head>
<title>文档标题</title>
</head>
<bldy>
...
页面内容
...
</body>
</html>
```

HTML文档　页面头部／页面正文

图 2-8　HTML 文档结构

之外，常用的标记是＜meta＞标记。＜meta＞标记提供网页的编码、说明等信息。常用的内容如下。

1. 设置网页字符编码

＜meta http-equiv="Content-Type" content="text/html;charset=gb2312"＞

该标记说明网页内容类型为"文本/html"文件，字符编码为汉字 GB2312。

2. 页面刷新

＜meta http-equiv="refresh" content="n[;URL=网页路径]"＞

content 中的 n 为刷新时间，单位是秒；URL 表示刷新打开的页面，一般是自己，所以不需要书写。

3. 网页说明与关键字

搜索引擎在搜索网站内容时一般先查看网页说明与关键字,所以在网页头部经常使用如下描述。

(1) 网页主要内容描述。

```
<meta name="description" content="此网页内容的概括说明">
```

(2) 网页关键字。

```
<meta name="KEYWords" contect="关键字 1,关键字 2,…">
```

注:设置安全区域。当网页中有 Flash 动画、JavaScript 脚本、文件下载等内容时,在本地浏览网页时会出现"为帮助保护您的安全,Internet Explorer 已经限制此文件显示可能访问您的计算机的活动内容。单击此处查看选项……"等类似内容。当出现这样的显示时,可以通过单击显示的信息,选择"允许阻止的内容"或选择"信息栏帮助",了解如何关闭这种浏览器的安全提示信息栏。如果在网页头部加入下面这行注释代码:

```
<!-- saved from url=(0013)about:internet -->
```

即在运行 HTML 网页文件时,浏览器安全检查使用 Internet 安全设置级别而不使用本地安全设置级别。这样在本地浏览网页时就不会再出现安全信息提示,但是添加了该行注释信息后,网页中的超链接在本地浏览时会失效(发布到 Internet 后没有问题),而且该行代码也会影响本地浏览时的网页过渡效果。

<body>和</body>之间的正文部分(也称为主体部分)是指示浏览器窗如何显示网页内容的正文标记。绝大多数 HTML 标记是正文标记,除框架标记之外的正文标记都需要放在<body>…</body>标记之内使用。

2.2.2　HTML 文档规范

网页文件就是包含 HTML 标记和文本内容的 ASCII 文档,一般称作 HTML 文档。使用常用的文本文件编辑工具都可以生成网页文件,但在书写 HTML 文档时也需要按照一定的规则,否则可能难以达到预期的效果。书写 HTML 文档需要注意以下几点。

1. HTML 标记书写规则

(1) 所有的 HTML 标记及其标记属性都必须放置在< >内。< >在 HTML 文档中是敏感符号。< >内的内容不能作为网页内容显示在浏览器窗口上,所以非 HTML 标记不能用< >括起来。如果必须在浏览器上显示成对的<>括起来的内容,那么"<"需要在文档中用"<","> "需要在文档中用">"表示。

在书写 HTML 标记时,标记及其属性必须都放置在< >之内,在< >之外的内容不能解释成 HTML 标记及标记属性,只能作为页面内容;如果丢了标记后面的">",就会产生页面错误,即不能按照标记意图显示信息。

(2) HTML 标记及其属性不区分大小写。在书写 HTML 标记及其属性时不必注意大小写,但个别标记的属性值区分大小写。字母和符号必须是在西文、半角状态下输入,如>、<、=、"、♯、数字等,否则会产生错误。还要注意标记格式中的"-"与"_"的区别,用错了就

会产生错误。

（3）属性之间的间隔为空格，"＜"和标记文字之间不能有空格，如＜　HTML＞是错误的标记。

（4）正确书写 HTML 标记、属性。浏览器对 HTML 标记有很强的容错性。对于错误的 HTML 标记，浏览器将不解释。不是按照规定书写的 HTML 标记，浏览器能解释的会尽量解释。

例如，HTML 标记属性值一般格式是放置在" "内，但一般不使用" "也是可以的。例如 color＝"＃FF0000"表示红色，但写成 color＝＃FF0000、color＝ff0000，甚至写成 color＝ff00 都可以；属性之间的间隔规定为空格，但使用前后带空格的"，"做间隔也不会产生错误（不能使用汉字状态的"，"）。

HTML 标记有单标记和双标记（容器标记），例如＜html＞…＜/html＞、＜body＞…＜/body＞。双标记指示包括的部分，但在双标记中如果丢失了结束标记，浏览器往往也能够包容这种错误。

浏览器良好的容错性并不是用户随意书写 HTML 标记的理由。标记书写不正确就不能达到预期的显示效果。例如出现如下情况：

＜title＞…＜title＞

浏览器会一直寻找＜/title＞标记，结果是页面上没有任何显示；又如：

color＝"＃FF0000

由于使用了"，浏览器会一直找到下一个"为止，" "之间的内容作为 color 属性值，结果不仅 color 属性值错了，而且可能使很多标记都被当做字符串，失去了标记的作用。

（5）结构标记不要重复使用。在一个 HTML 文档中应该只有一个头部（可以没有头部）和正文部分。如果多次使用＜head＞和＜body＞标记，虽然浏览时不会发生错误，但在概念上是不合理的。

（6）标记可以嵌套，但不能交叉。对于双标记的使用必须注意，标记内可以包含和嵌套其他标记。例如：

＜font color＝red＞＜B＞标记嵌套＜/B＞＜/font＞

但是如果两个双标记发生了交叉就是错误的。例如：

＜font color＝red＞＜B＞标记交叉＜/font＞＜/B＞

2. HTML 文档存放目录

在动手制作网页之前，需要做好一些准备工作，例如，图片素材文件存放在哪里，网页文件存放在哪里。建议首先在本地硬盘或 U 盘上创建一个网站文件夹，准备存放制作的.html 网页文件。在该文件夹下，创建一个 images 子文件夹存放图片、动画等素材。这样在引用图片文件时，路径就可以使用相对路径 images\×××.×××。

3. HTML 文档的可发布性与可移植性

网站可以放置在自己的 Web 服务器上，也可以发布到 Internet 中的 Web 服务器上。目前 Web 服务器的操作系统类型主要是 Windows 和 Linux(UNIX)。由于这两种系统不是完全兼容的,所以在文件夹、文件名的命名上需要考虑 HTML 文档的可发布性与可移植性,即在这两种系统上的兼容性。当不知道网站会放置在哪种服务器上时,尤其需要注意这个问题。

HTML 文档的可发布性与可移植性主要需要注意以下几点。

(1) 首页文件名统一使用 index.htm 或 index.html。

(2) 文件夹名、文件名中不能使用汉字。

(3) 在 Linux 中文件名是区分大小写的,所以文件夹名、文件名需要统一使用大写或小写字母,在超链接及源文件路径中也要统一使用大写或小写字母。

(4) 文件名中只能使用一个".".分隔文件名与文件扩展名。

2.3　"我的自白"页面制作

该任务完成 HTML 标记栏目中的"我的自白"网页 prac2-4.html 文档的制作。页面大小按照 660×400px 制作。页面中文字大小、颜色、上标符号等内容的实现需要使用 HTML 页面排版标记。

2.3.1　页面排版标记

页面排版标记功能类似 Word 中的版面格式设置,例如标题、文字修饰、段落安排等。学习该部分标记时可以和 Word 中的功能比照学习,更容易理解和掌握。

1. 标题标记

在 Word 的格式列表框中有标题项,每种标题对应一种字体、大小等标题格式。

HTML 的标题是通过<Hi>…</Hi>来实现的,数字 i 的取值为 1～6,即共有 H1～H6 6 种标题格式。<H1>为最大字号。6 种标题格式的样式显示如图 2-9 所示。

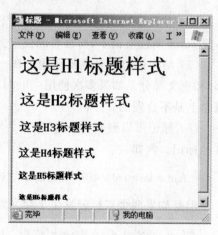

图 2-9　标题样式

HTML 的标题和一般文本的不同是每个标题需要独占一行。

在标题标记中可以使用水平对齐属性:

<H1 align="对齐方式">

对齐方式可以使用:

left——左对齐(默认);

right——右对齐;

center——中间对齐。

2. 分段与换行标记

(1) 分段与换行标记。文字分段标记是<p>…</p>,指示文本另起一段。

与分段标记功能相似的一个标记是分块标记<div>…</div>。

换行标记是
,指示文字从这里换行显示。这是一个单标记。

在正文部分放置的文本如果不使用分段与换行标记,文字将显示在一行上。如果一行的文字太长,浏览器的一行显示不开时,浏览器会自动换行显示,但实际还是一个逻辑行。这样形成的换行在改变浏览器窗口大小时,每行上的显示内容将发生改变。分段与分行标记强制文字的分段与换行,使文字的显示格式与浏览器窗口的大小无关。

在使用文本编辑工具制作网页时,在文本行中加入回车形成的换行对于浏览器是无效的。虽然在编辑时看上去是几行,但对于浏览器是一个逻辑行,所以需要换行的地方必须使用
标记。

标记和<p>标记都有另起一行的功能,但它们形成的行距不同,<p>标记会产生段前、段后的行距。

(2) 文本对齐。在<p>、<div>标记中都可以像<Hi>标题标记一样使用 align 属性指定文本对齐方式。

<center>…</center> 是一个居中对齐标记,用来指定文本的居中对齐方式。

(3) <span>标记。<span>标记用于指示一个范围,类似于<p>标记和<div>标记。<span>标记没有自己的属性,一般和 CSS 样式一起使用。

3. 水平线标记

<hr>标记是在页面上当前位置插入一条水平线,水平线需要单独在一行上。<hr>是单标记。<hr>标记的常用属性如下:

align="left|right|center"——水平对齐方式。默认居中对齐。

size="像素数"——线宽(高)。

width="像素数|n%"——水平线长度。可以用像素数或浏览器窗口宽度的百分数表示。

Color="颜色" ——水平线的颜色。

Noshade ——水平线一般为立体效果。加入该属性后,水平线为平面实线。

下面是在浏览器上显示一个宽度为 5px、长度为窗口的 80%、绿色、居中、立体效果的水平线标记代码。

<hr color="green" size="5" width="80%">

4. 字体标记

字体标记<font>用于设置文本的字体名称、颜色和大小,常用格式为:

<font face="字体名" size="n" color="颜色"> …</font>

字体名是 Windows 中常见的字体名称,如隶书、宋体、黑体等,默认为宋体。

size 属性指定字体大小,n=1~7,7 为最大字体。使用<font>标记 size 属性指定的字体大小受浏览器字体大小设置的影响。

color 属性用于指定字体的颜色。在所有 HTML 标记中,颜色设置都可以使用以下形式:

#RRGGBB
RRGGBB

RGB(r,g,b)

色彩名

RRGGBB 表示红、绿、蓝三原色的十六进制色彩值。每种颜色使用两位十六进制数 00~FF。数值越大表示该种颜色的含量越大。

使用♯RRGGBB 和 RRGGBB 的效果是一样的。

RGB(r,g,b)是一个函数,r、g、b 是用十进制数表示的色彩值,范围是 0~255,和用十六进制数表示的范围是一样的。

使用数值表示的颜色一共有 256×256×256 种,即 24 位真彩,但有的显示器可能不能显示这么多的颜色。为了便贝面在所有显示器显示的色彩一致,提倡使用 Web 安全色(浏览器安全色)。Web 安全色包括 216 种颜色,即每种颜色值只能使用 00、33、66、99、CC、FF。在三剑客工具中"颜色样板"提供的颜色都是 Web 安全色。

色彩名是英文单词表示的色彩。常用的色彩名称见表 2-1。

表 2-1　常用色彩名称

色彩	名称	色彩	名称	色彩	名称	色彩	名称
红	red	黑	black	灰	gray	天蓝	skyblue
橙	orange	蓝	blue	银灰	silver	草绿	iawngreen
黄	yellow	紫	purple	金黄	gold	海蓝	navy
绿	green	白	white	棕褐	tan	橘红	orangered

使用字体标记时注意,<font>标记是双标记,如果丢失了结束标记,那么以后的文本都将按该标记指定的属性显示。

5. 字体修饰标记

Word 中字体的加粗、斜体、下划线、删除线、上标、下标的格式设置在 HTML 文档中使用以下标记实现:

<B>…</B>——加粗

<I>…</I>——斜体

<U>…</U>——下划线

<S>…</S>——删除线

[…]——上标

_…——下标

6. 特殊字符

在 HTML 文档中,一些字符在文档中有特殊的含义,如>、<、& 等;或者会被浏览器忽略,如空格。这些字符在文档中作为需要显示在浏览器上的符号使用时,必须使用转义字符"& 符号名;"或"& ♯数值;"表示。常用的特殊符号及表示方法见表 2-2。

表 2-2　常用特殊符号及表示方法

符　号	符号名表示	数制表示	符　号	符号名表示	数制表示
<	<	<	&	&	&
>	>	>	空格		

注意后缀";"不能使用汉字状态的"；"。

7. 注释标记

注释标记是指代码中对代码内容的注释。注释标记内的内容不会在浏览器窗口中显示。注释标记格式为：

<！--注释内容 -->

注释内容可以是多行。注释标记常见的用途是放置 JavaScript 脚本,目的是浏览器不支持 JavaScript 脚本时可以忽略脚本。还有就是放置引用其他文件的命令：

<！-- #include file="xxx. inc" -->

当引用的文件不存在时可以忽略。

2.3.2 "我的自白"页面制作

1. 创建 prac2-4-1. html 文档

打开 Windows 记事本,将文件另存为本地站点目录下的 prac2-4-1. html。

2. 制作"我的自白"网页文件

在记事本文档窗口内输入如下内容：

```
<html>
<head>
<title>我的自白</title>
</head>
<body >
<br>
<p align="center">
<!--下面是标题和署名,"孙小丫"需要换成作者的名字-->
<font size="4" face="黑体">我 的 自 白</font><br>
<font size="3" face="楷体_GB2312">孙小丫</font>
<hr color="green" width=80%>
</p>
<p>
<font size="3">
    我在今年的高考中,虽然不是名落孙山,但也失去了我多年的清华、
北大梦想.经过了无数昼夜的忧郁、彷徨之后,我选择了石家庄邮电职业技术学院,开始了我的大学
生涯.<br>
    在大学的日日夜夜里,我想了许多,也明白了许多.人生的价值在于
为社会做出自己最大的贡献,而不在于从事什么工作.我们在大学中要认识到自己对国家、对家庭、
对自己肩负的责任,努力学习专业技能,使自己成为对社会有用的人.我想用我喜欢的一首诗和同学
共勉：</font></p>
<p align="center"><font face="黑体" size="4">登 鹳 雀 楼<sup>①</sup></font></p>
<p align="center"><b><font face="楷体_GB2312" size="4">白日依山尽,黄河入海流.</br>
欲穷千里目,更上一层楼.</font></b></p>
<hr color="green" width=80%>
<p> </font><font size="2">   ①
作者：&lt;王之涣 &gt;,字季陵,唐代晋阳人.</font></p>
```

```
</font></P>
</body>
</html>
```

保存文件,在 Windows 资源管理器窗口中双击 prac2-4-1.html,查看显示内容是否正确。如果标记书写错误,显示内容就会发生错误;在内容显示正确后,调整 Widows 窗口显示尺寸(不包括菜单栏、地址栏等区域,页面"文字大小"设置为"中",下同)大约为 660×400px 时,页面显示效果如图 2-10 所示。

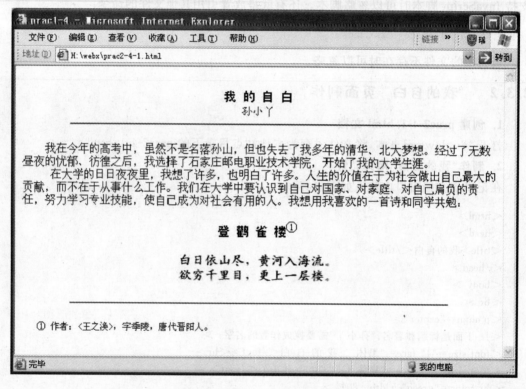

图 2-10　"我的自白"页面显示效果

2.4　网站标题网页制作

该任务完成 HTML 标记栏目中的网站标题网页 prac2-1.html 文档的制作。页面大小按照 960×160px 制作,页面中使用了背景图片"images\tp2-1.jpg",设置页面背景图片需要在 HTML 正文标记中完成。

2.4.1　正文标记<body>

<body>标记指示网页的正文、主体部分,它的属性用于设置页面的属性。

<body>标记常用格式为:

<body text="颜色" background="背景图片路径" bgcolor="颜色" link="颜色" vlink="颜色" alink="颜色" topmargin="n" leftmargin="n">

具体解释如下。

text＝"颜色"：设置页面文字默认颜色。

bgcolor＝"颜色"：设置页面背景色。

background＝"背景图片路径"：设置背景图片(路径说明见 2.5 节)。

link＝"颜色" vlink＝"颜色" alink＝"颜色"：设置超链接、访问过的超链接、活动超链接文本颜色。

topmargin＝"n"：设置页面顶部边距(像素)。

leftmargin＝"n"：设置页面左边距(像素)。

注意在设置页面属性时,一个页面内的背景色和背景图片不能同时使用。背景图片的大小与页面的大小没有关系。当背景图片比页面小时,背景图片会自动重复。

2.4.2 网站标题网页制作

1. 创建 prac2-1.html 文档

打开 Windows 记事本,将文件另存为本地站点目录下的 prac2-1.html。

2. 制作网站标题网页文件

在记事本文档窗口内输入如下内容:

```
<html>
<head>
<title>网站标题</title>
</head>
<body background="images/tp2-1.jpg" topmargin="60">
<p align="center">
<font size="7" color="red" face="隶书">我 的 大 学</font></p>
</body>
</html>
```

保存文件,在 Windows 资源管理器窗口中双击 prac2-1.html,页面显示中文字可能不是隶书字体,这时因为 Windows 中没有安装隶书字体;调整 Widows 窗口显示尺寸大约为 960×160px 时,页面显示效果如图 2-11 所示。

图 2-11 网站标题网页

2.5 "石邮校训"网页制作

该任务完成 HTML 标记栏目中的"石邮校训"网页 prac2-4-2. html 文档的制作。页面大小按照 660×400px 制作,网页中使用 images\tp2-2. jpg 素材图片。

2.5.1 图像标记

图像标记常用格式为:

<img src="URL" [alt="替换文本" width="n" height="n" align="对齐方式" border="n" hspace="n" vspace="n"]>

"[ ]"内是可以选择的属性(下同),具体解释如下:

(1) src 属性。该属性值 URL(统一资源定位器)指示引用图像文件的路径。图像文件的路径可能是绝对路径或是相对路径。

① 绝对路径:从协议开始的 URL 地址或从驱动器名称开始的本地文件路径都称为绝对路径,如:

http://www.yudu.com/images/2023.jpg
E:\prac\tp2.jpg

都是绝对路径,注意两种路径中的"/"与"\"的用法。

② 相对路径:从本文件存储位置开始的路径。

例如,在本地 D 驱动器上有如下所示的目录结构:

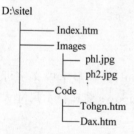

如果在 Index. htm 文件中引用 ph1. jpg 文件,其相对路径为 Images\ph1. jpg。

如果在 Dax. htm 文件中引用 ph1. jpg 文件,其相对路径为..\Images\ph1. jpg,.. 表示上级目录。

在制作网页时,一般不使用绝对路径。因为对本地文件的引用使用绝对路径都是从盘符开始的。当网页发布之后(发布到 Web 服务器所在的计算机上),使用绝对路径表示的文件肯定是找不到了,就会引发网页链接错误。

注意:在文件系统中路径表示经常使用"\"符号,但在网页中的路径要求使用"/"符号。有时两者不加区别,但有些地方使用"\"符号时会出现错误。

(2) alt 属性。该属性值用于在鼠标指向该图片时显示的文字说明。该属性的另一个作用是,如果浏览器设置中禁止显示图片,那么在图片位置处显示该文字。

(3) width、height 属性。这两个属性值指示图片在网页上显示的宽度和高度。可以用像素数表示,也可以使用浏览器窗口的百分数表示。这两个属性只是控制图片在网页上的显示尺寸,但不能改变图片实际尺寸的大小。使用 width、height 属性有时可能会造成图片显示的纵横比例不太合适。不使用这两个属性时,图片会按原图片大小显示。如果不希望使用 width、height 属性,又希望改变原图片的大小,那么可以使用图像编辑工具解决。

(4) border 属性。使用该属性可以给图片加上边框。边框宽度为该属性值指定的像素数。border="0"和省略该属性的效果一样。

(5) 图像对齐方式。<img>标记的 align 属性值有:

top|middle|bottom| baseline|texttop| absbottom| absmiddle|left|right

除 left 和 right 之外的对齐属性称作行对齐属性。行对齐指示图片与该行文字的对齐方式。图片在页面上要占一个文本行。如果该行上有文字,就存在和该行上文字的对齐关系。因为图片尺寸一般大于文字尺寸,与其说图片的对齐方式,不如说该行文字的对齐方式。行对齐是图片和文本行的垂直对齐关系。而且图片总是在该行的左侧,不可能居中或靠右侧显示。图片在页面中没有垂直对齐属性,垂直位置是图片所在行的开始位置。

top、texttop——文字顶部与图片顶部对齐。

bottom、baseline、absbottom——文字底部与图片底部对齐(默认对齐方式)。

middle——居中对齐方式。居中对齐是文字底部与图片中线对齐。

absmiddle——绝对中间对齐,图片中线与文字中线的对齐。

(6) hspace、vspace 属性。规定图片周围和文字之间的水平和垂直间距。

2.5.2 "石邮校训"网页制作

1. 创建 prac2-4-2.html 文档
打开 Windows 记事本,将文件另存为本地站点目录下的:prac2-4-2.html。

2. 制作"石邮校训"网页文件
在记事本文档窗口内输入如下内容:

```
<html>
<head>
<title>石邮校训</title>
</head>
<body>
<p align="center" ><font face="华文彩云" color=♯003300 size="6">石邮校训</font></p>
<p align="center"><img src="images/tp2-2.jpg" alt="石家庄邮电职业技术学院校训" >
</body>
</html>
```

保存文件,在 Windows 资源管理器窗口中双击 prac2-4-2.html,页面显示中可能会有字体显示不正确问题,这时由于 Windows 中的安装字体种类不同造成的(以后不再说明);调整 Widows 窗口显示尺寸大约为 660×400px 时,页面显示效果如图 2-12 所示。

图 2-12　"石邮校训"网页

2.6　"学院简介"网页制作

该任务完成 HTML 标记栏目中的"学院简介"网页 prac2-4-3.html 文档的制作。页面大小按照 660×400px 制作,网页中使用 images\tp2-3.jpg 素材图片。

2.6.1　图文混排

在<ima>标记中,align 属性值使用 left、right 时,图片和文字没有行对齐关系,即图片和文字行没有同行的关系,图片不再只占一个文本行,所以 align 属性值使用 left、right 时,页面可以实现图文混排。

2.6.2　"学院简介"网页制作

1. 创建 prac2-4-3.html 文档

打开 Windows 记事本,将文件另存为本地站点目录下的 prac2-4-3.html。

2. 制作"学院简介"网页文件

在记事本文档窗口内输入如下内容:

```
<html>
<head>
<title>学院简介</title>
</head>
<body>
<p align="center"><font color="#003300" size="6" face="华文彩云">石家庄邮电职业技术
学院简介</font></p>
```

```
<p><img src="images/tp2-3.jpg" width="400" height="170" hspace="20" vspace="20"
align="left" ><font size="4">    石家庄邮电职业技术学院原为石
家庄邮政高等专科学校,始建于1956年,为全国邮电行业知名院校.在近五十年的办学历程中,学院
始终坚持"服务邮电、贡献社会"的宗旨和"务实、创新"的理念,长期致力于邮电高等教育研究和技术
应用型高级专门人才的培养,打造精品专业,创建特色名校,1997年被教育部确定为全国示范性高
等工程专科重点建设学校,办学能力和办学水平凸显特色和优势,在邮电行业和社会享有较高的
声誉.
</p>
<p>    近几年来,学院面向邮政企业开展订单招生,为邮政企业量身
定做企业一线急需的技能人才,为邮政企业输送了大量优秀人才.</font></p>
</body>
</html>
```

保存文件,在 Windows 资源管理器窗口中双击 prac2-4-3.html,检查页面内容显示是否正确。内容正确后,调整 Widows 窗口显示尺寸大约为 660×400px 时,页面显示效果如图 2-13 所示。

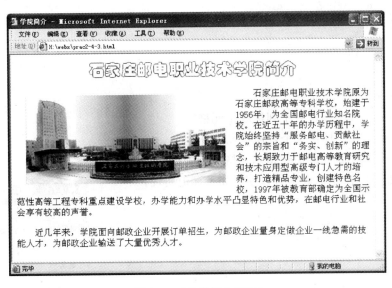

图 2-13　"学院简介"网页

2.7　"校园风光"网页制作

该任务完成 HTML 标记栏目中的"校园风光"网页 prac2-4-4.html 文档的制作。页面大小按照 660×400px 制作,网页中有大小不一的 4 个图片 images\tp2-4.jpg、tp2-5.jpg、tp2-6.jpg、tp2-7.jpg。只使用图像标记不能实现网页布局要求,该网页需要使用 HTML 表格标记完成网页布局。

2.7.1　表格标记

表格是使用行和列的形式在网页上组织信息的,是最基本的网页布局技术,几乎所有网页中都能见到表格。表格标记也是最复杂的标记。

1．基本的表格标记

标记一个表格最基本的标记如下：

```
<table border="n">
    [<caption> 表格标题 </caption>]
    [<tr>
        <th> 列标题 1</th>
        <th> 列标题 2</th>
            ...
    </tr>]
    <tr>
        <td> 列内容 1</td>
        <td> 列内容 2</td>
            ...
    </tr>
    <tr>
        <td> 列内容 1</td>
        <td> 列内容 2</td>
            ...
    </tr>
        ...
    </table>
```

<tr>…</tr> 标记一个表行。

<th>…</th>标记一个列标题单元格。

<td>…</td>标记一个普通单元格。

<table>标记属性 border 指示表格有无表格线。

例如，图 2-14 所示的表格可以使用如下标记实现：

图 2-14　简单表格

```
<html>
<head>
<title>简单表格</title>
</head>
<body>
<table border="1">
<caption>学生信息</caption>
<tr>
<th>姓名</th>
<th>学校</th>
<th>专业</th>
</tr>
<tr>
<td>王国明</td>
<td>中国科技大学</td>
<td>计算机</td>
</tr>
<tr>
<td>侯玉喜</td>
<td>浙江大学</td>
<td>自动化</td>
</tr>
```

```
</table>
</body>
</html>
```

<td>、<th>标记的结束标记可以省略，上面表格部分可以写成：

```
<table border="1">
<caption>学生信息</caption>
<tr><th>姓名<th>学校<th>专业</tr>
<tr><td>王国明<td>中国科技大学<td>计算机</tr>
<tr><td>侯玉喜<td>浙江大学<td>自动化</tr>
</table>
```

这样，看上去就简单多了。另外在网页上使用表格组织内容时，一般不使用表格标题、列标题，所以常用的只有<table>、<tr>、<td>标记。

2．<table>标记属性

<table>标记属性是针对表格的属性。常用的属性有：

```
<table border="n"align="left|right|center"width="n|n%" height="n|n%" bordercolor="边框
颜色" bgcolor="背景颜色" background="背景图片 URL" cellpadding="n" cellspacing="n"> …
</table>
```

border：属性值为 0 或省略该属性时表示不显示表格线。

align：表格在窗口中的对齐方式，默认值为 left。

width、height：表格的宽度和高度。可以使用像素或窗口的百分数表示。

bordercolor、bgcolor、background：表格线颜色、表格背景颜色和表格背景图片。表格背景颜色和表格背景图片与网页背景色、背景图片无关。

cellpadding：单元格内容周围的空间间距。

cellspacing：单元格之间的间距。

有关表格边框与表格线的详细内容可参阅 HTML 手册。

3．<tr>标记属性

<tr>属性是对一行单元格的设置，常用属性有：

```
<tr align="水平对齐方式" valign="垂直对齐方式" height="n|n%" title= "提示信息" nowrap > …
<tr>
```

align="left|right|center"：该行单元格内容的水平对齐方式。默认值是 left。

valign="top|middle|bottom"：该行单元格内容的垂直对齐方式。默认值是 middle。

height：行高。可以用像素或表格高度的百分数表示。

title：鼠标指向该行时的提示信息。

nowrap：本行所有单元格内容不能自动换行。

4．<td>、<th>标记属性

<td>、<th>标记属性是对一个单元格的属性设置，常用的属性有：

```
<td align="水平对齐方式" valign="垂直对齐方式" width="n|n%" height="n|n%" bordercolor=
"边框颜色" bgcolor="背景颜色" background="背景图片 URL" nowrap rowspan="n" colspan="n">
```

align、valign：单元格内容的水平、垂直对齐属性。与<tr>设置冲突时，以单元格设置为准。align 默认值是 left,valign 默认值是 middle。

width:单元格宽度。可以用像素或表格宽度的百分数表示。

height:单元格高度。可以用像素或表格高度的百分数表示。如果与<tr>设置冲突时,使用较大高度值。

bordercolor:单元格边框颜色。

bgcolor、background:单元格背景色、背景图片。单元格可以单独设置自己的背景色或背景图片,与网页、表格的背景色、背景图片设置无关。

nowrap:该单元格内容不能自动换行。

rowspan="n":单元格所占的行数。

colspan="n":单元格所占的列数。

5. 合并单元格

如果需要图 2-15 所示的表格,就需要使用<td>标记的 rowspan、colspan 属性来合并单元格。

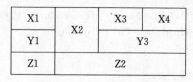

图 2-15　合并表格单元格

使用表格标记描述一个表格时,一般是分行描述,每行描述行内的单元格。遇到需要合并单元格的情况,在描述表格时需要按照以下规则。

(1) 每行内的单元格个数是相同的(每行列数相同),每行单元格个数不能多也不能少。

(2) 如果在一个单元格内使用了 colspan="2",表示该单元格占据了两个单元格位置,所以需要少写一个<td>标记。colspan="3"时就需要少写 2 个<td>标记,以此类推。

(3) 如果在一个单元格内使用了 rowspan="2",表示该单元格占据了下一行该列单元格位置,所以在下一行该列不能再有<td>标记。colspan="3"时下面两行该列就不能再有<td>标记,以此类推。

根据以上规则,图 2-15 所示的表格描述应该如下:

(1) 表格为 3 行 4 列。

(2) 第一行使用 4 个<td>标记,其中第二个<td>标记使用 rowspan="2",占据两行。

(3) 第二行使用 2 个<td>标记,其中第二个<td>标记使用 colspan="2",占据两列。加上第一行占用的第二列单元格,一共 4 个单元格。

(4) 第三行使用 2 个<td>标记,其中第二个<td>标记使用 colspan="3",占据三列,一共 4 个单元格。

图 2-15 所示的表格描述标记为:

```
<table border="1" width="300">
    <tr><td>x1<td rowspan="2">x2<td>x3<td>x4</tr>
    <tr><td>y1<td colspan="2">y3</tr>
    <tr><td>z1<td colspan="3">z2</tr>
```

2.7.2　制作"校园风光"网页

1. 表格布局

该任务需要用 HTML 标记实现一个如图 2-16 所示的布局表格,在相应的单元格内加入图像标记即可。

2. 创建 prac2-4-4. html 文档

打开 Windows 记事本,将文件另存为本地站点文件夹 Myweb 下的 prac2-4-4. html。

3. 网页制作

在记事本文档窗口内输入如下内容:

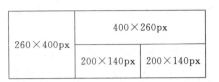

| 260×400px | 400×260px | |
| | 200×140px | 200×140px |

图 2-16 布局表格

```
<html>
<head>
<title>校园风光</title>
</head>
<body>
<table width="660" border="0" cellspacing="1" cellpadding="1" align="center">
    <tr>
        <td width="260" rowspan="2"><img src="images/tp2-4.jpg" ></td>
        <td height="260" colspan="2"><img src="images/tp2-5.jpg" ></td>
    </tr>
    <tr>
        <td width="200"><img src="images/tp2-6.jpg" ></td>
        <td width="200"><img src="images/tp2-7.jpg" ></td>
    </tr>
</table>
</body>
</html>
```

保存文件,在 Windows 资源管理器窗口中双击 prac2-4-4. html,调整 Widows 窗口显示尺寸大约为 660×400px 时,页面显示效果如图 2-17 所示。

图 2-17 "校园风光"网页

2.8   导航栏网页制作

该任务完成 HTML 标记栏目中的导航栏网页 prac2-2. html 文档的制作。页面大小按照 150×400px 制作,该网页比较简单,主要由 4 个超链接构成,需要使用超链接标记。

2.8.1   超链接标记

网站是通过超链接标记链接在一起的一组逻辑上相关的网页。超链接标记在网页中至关重要。

1. URL

URL(Universal Resource Locator,统一资源定位器)是表示 Internet 上资源的方法。使用 URL 标准,可以表示 Internet 上任何一个文档甚至文档内的某个标记点。通常可以理解为网络信息资源地址,URL 的一般格式为:

协议://域名(IP 地址)[: 端口]/目录/文件名[♯锚记]

协议:表示访问资源的种类。常用的有如下几种。

(1) http://——超文本传输协议。

(2) ftp://——文件传输协议。

(3) mailto:——电子邮件协议。

(4) telnet://——远程登录协议。

域名(IP 地址):被访问主机资源的地址。

端口:服务器的各种资源都有默认的服务端口,例如 HTTP 协议使用 80 端口,FTP 协议使用 21 端口。如果服务器的某种服务没有使用默认服务端口,在请求该种服务时需要使用服务器公布的特定端口,例如: http://www.yija.com:8080。

目录/文件名:被访问的文件资源信息。在 HTTP 协议中省略该部分时表示请求首页文件。

♯锚记:被访问文件内部的部位标记,通常也叫标签、书签。使用♯锚记时,需要该文件中有命名的该锚记(书签)。

在网页文档内引用一个文件时,需要指出文件的路径。这个路径可以是 Internet 资源,也可以是本地计算机系统上的文件资源。

2. 超链接标记格式

<a href="URL" [target="_self|_blank|_top|_parent|框架名"]>链接指针</a>

格式说明如下。

href 属性:指示超链接目标的地址,超链接目标即链接的对象。

(1) 超链接的类型。超链接的类型一般有以下 3 种。

① 站外链接:链接到其他网站。一般需要使用从协议开始的 URL 绝对路径,例如链接到中央电视台网站的超链接标记为:

<a href="http://www.cctv.com">中央电视台</a>

在网页上一种经常使用的超链接是电子邮件链接,一般在网页首页经常会见到"联系我们"的超链接标记,该超链接也是站外链接,实现该链接的标记为:

<a href="mailto:xxx@yyy.zzz">联系我们</a>

单击该链接标记会打开电子邮件工具书写和发送电子邮件。mailto:后面的电子邮件地址自动进入收件人地址栏中。有的网页用"E_mail:youzy@sohu.com"方式表示联系地址,这需要使用下面标记实现:

<a href="mailto:youzy@sohu.com"> E_mail:youzy@sohu.com </a>

② 站内链接:链接到网站内部某个文件。这是在制作网站时使用的主要链接形式。在制作网站时,网站是存放在本地磁盘上一个文件夹中的一组文件。站内链接实际就是链接本地驱动器上的文件。对于站内链接,注意不要使用绝对路径,必须使用相对路径才能保证网站超链接的正确性。例如:

<a href ="prac2-4.html">我的自白</a>

链接到本网页所在目录中的 prac2-4.html 网页。

③ 页内链接:一般在较长的页面中通过页内链接跳转到指定的页面位置显示。页内链接使用:

<a href="#锚记">链接指针</a>

页内链接需要事先使用下面讲到的命名锚记标记在目标位置命名锚记。

(2) 超链接目标资源类型。超链接目标资源可以是各种类型的文件,如网页文件,文本文件,Word 文档,Excel 文件,图片文件,声音文件,视频文件,.exe 可执行文件,.zip,.rar 等压缩文件。无论指向什么文件,如果浏览器能处理,那么浏览器就会打开该文件。例如,网页文件、图片文件、文本文件等就可以在浏览器上显示;对于声音文件、视频文件,浏览器会使用相应的播放器软件打开播放;而.exe 可执行文件,.zip、.rar 压缩文件等浏览器不能打开处理的文件,浏览器会打开一个文件下载窗口提示下载该文件。通常在 Web 网站上的"点击下载"就是通过超链接完成的。

target 属性:该属性指示链接目标在哪个窗口打开。默认值是_self,即当前窗口;如果需要在一个新的窗口打开,需要使用_blank 属性值;_top 和_parent 表示在顶层和上级窗口打开。如果本网页是一个框架结构,还可以使用框架名指示打开链接文件的框架窗口。本页面就需要使用 target= "框架名",由于目前还没有生成框架集文件,所以暂时先不使用 target 属性。

链接指针:页面上显示的超链接标记。

3. 命名锚记标记

<a name= "锚记名"></a>

该标记命名一个锚记名称,以便在超链接标记中使用。

页内链接最多的用途是制作文档内容目录。如果一个文档的内容有上百行,例如教材教案,在这样的网页上寻找某个章节内容很麻烦。可以在网页开始制作一个内容目录。如:

```
<body>
<p>目录：</p>
<p>一、<a href="#s0">HTML 的基本概念</a></p>
<p>二、<a href="#s1">HTML 的头部标记与主体标记</a></p>
<p>三、<a href="#s3">文本标记与超链接标记</a><p>
<p>四、<a href="#s4">图像标记</a></p>
<p>五、<a href="#s5">表格标记</a></p>
<p>六、<a href="#s6">框架</a></p>
<p>七、<a href="#s7">其他标记</a></p>
<p>八、<a href="#s8">样式表 CSS</a></p>
   …
```

在每一节内容的开始命名相应的锚记名称，例如在"图像标记"一节开始加上：

```
<p><a name="s4"></a>四、图像标记</p>
```

或者

```
<p><a name="s4">四、图像标记</a></p>
```

两种方式都是命名了 s4 锚记名，对"四、图像标记"文字不影响。这样，网页中的目录和单击"图像标记"超链接时的显示如图 2-18 所示。

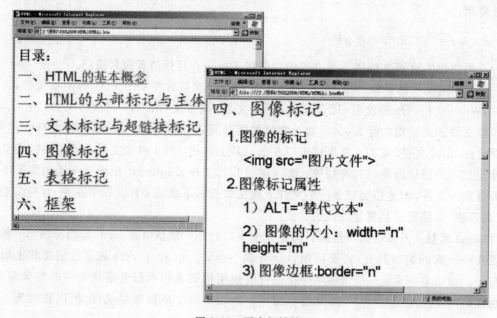

图 2-18　页内超链接

在超链接中如果使用：

```
<a href="#">xxxx</a>
```

表示该链接指向本页面的开始，一般称作空链接。

4. 图像超链接

在超链接标记中也可以使用图片作为超链接指针，例如：

＜a href＝http://www.sohu.com＞＜img src＝"images\sohu_logo.gif"＞＜/a＞

超链接的指针就是"sohu_logo.gif"图片,单击该图片时就会链接到搜狐网站。在使用图片作超链接指针时,系统会自动为图片加上边框,用于指示这是一个超链接。该超链接显示效果如图 2-19 所示。

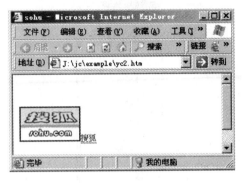

图 2-19　图像超链接

图片也可以和文字一起作为超链接指针,即单击文字或单击图片都能链接到目标对象,如:

＜a href＝http://www.sohu.com＞ ＜img src＝"images\sohu_logo.gif"＞搜狐＜/a＞

2.8.2　导航栏网页制作

1. 创建 prac2-2. html 文档

打开 Windows 记事本,将文件另存为 E:\Myweb 目录下的 prac2-2. html。

2. 网页制作

在记事本文档窗口内输入如下内容:

```
＜html ＞
＜head＞
＜title＞导航栏＜/title＞
＜/head＞
＜body topmargin＝"100"＞
＜center＞
＜font size＝"4"＞
＜p＞＜a href＝"prac2-4-1. html"＞我的自白＜/a＞＜/p＞
＜p＞＜a href＝"prac2-4-2. html"＞石邮校训＜/a＞＜/p＞
＜p＞＜a href＝"prac2-4-3. html" ＞学院简介＜/a＞＜/p＞
＜p＞＜a href＝"prac2-4-4. html" ＞校园风光＜/a＞＜/p＞
＜p＞＜a href＝"index. html" ＞返回首页＜/a＞＜/p＞
＜/font＞
＜/center＞
＜/body＞
＜/html＞
```

保存文件,在 Windows 资源管理器窗口中双击 prac2-2. html,调整 Widows 窗口显示尺寸大约为 150×400px 时,页面显示效果如图 2-20 所示。单击其中的超链接文本,可以打开相应的页面,但都是在该窗口中打开。使用浏览器工具栏中的"后退"按钮可以退回到本页面显示。通过"返回首页"超链接返回网站首页。

图 2-20   导航栏页面

2.9   版权页面制作

该任务完成 HTML 标记栏目中的版权网页 prac2-5.html 文档的制作。页面大小按照 960×50px 制作,该网页需要使用电子邮件链接超链接。网页中的背景图片使用素材图片 images\tp1-9.jpg。

1. 创建 prac2-5.html 文档

打开 Windows 记事本,将文件另存为本地站点目录下的 prac2-5.html。

2. 网页制作

在记事本文档窗口内输入如下内容:

```
<html>
<head>
<title>版权</title>
</head>
<body background="images/tp1-9.jpg">
<p align="center">
<font color="blue" size="2">
版权所有 石家庄邮电职业技术学院 计 1236 班 孙小丫 <br>
和我联系:<a href="mailto:wangcx@163.com">yaya@163.com</a></font></p>
</body>
</html>
```

保存文件,在 Windows 资源管理器窗口中双击 prac2-5.html,调整 Widows 窗口显示尺寸大约为 960×50px 时,页面显示效果如图 2-21 所示。

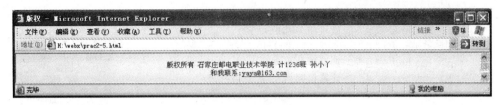

图 2-21 版权网页

2.10 滚动超链接页面制作

该任务完成 HTML 标记栏目中的滚动超链接网页 prac2-3.html 文档的制作。页面大小按照 150×400px 制作。该网页虽然也是超链接,但是由于超链接的内容比较多,所以超链接内容通过滚动显示出来,而且要求在鼠标停在该页面上面时,滚动停止;鼠标离开后继续滚动。制作该网页需要使用文本移动标记和一点超出 HTML 标记的 JavaScript 脚本。

2.10.1 文本移动标记

文本移动标记完成指定文字在页面上的滚动效果。标记格式为:

< marquee [direction = "down | up | left | right" behavior = "scroll | slide | alternate" loop = "n | -1" scrollamount = "n" width = "n" height = "n"] >
移动文字
</marquee>

具体介绍如下。

direction:滚动方向。默认值为 left。

behavior:滚动方式。scroll(循环,默认)、slide(一次)、alternate(来回)。

loop:滚动次数,默认值为-1(循环)。

scrollamount:滚动速度,单位为 px/s,默认 5px/s。

width、height:滚动区域(像素)。

滚动文字可以是多行。

2.10.2 制作滚动超链接页面

1. 创建 prac2-3.html 文档

打开 Windows 记事本,将文件另存为本地站点目录下的 prac2-3.html。

2. 网页制作

在记事本文档窗口内输入如下内容:

```
<html>
<head>
<title>滚动超链接</title>
</head>
<body>
<p><font size="4" face="黑体" color="blue">我的专业课程</font></p>
<marquee direction=up height=300 scrollamount=1 >
<p>
```

```
<a href="prac2-3-1.html">静态网站制作</a>
    <p><a href="#">微机组装维护</a>
    <p><a href="#">C 语言程序设计</a>
    <p><a href="#">数据库技术</a>
    <p><a href="#">计算机网络</a>
    <p><a href="#">Java 程序设计</a>
    <p><a href="#">Jsp 动态网站技术</a>
    <p><a href="#">ASP.NET</a>
    <p><a href="#">网络集成技术</a>
    <p><a href="#">网络安全技术</a>
</marquee>
</body>
</html>
```

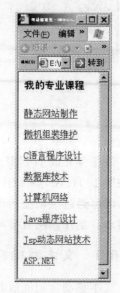

图 2-22　滚动超链接页面

在超链接标记中除了"静态网站制作"链接到了 prac2-3-1. html 之外,其他超链接的 href 属性值为"#",即"空链接",表示该网页还没有制作完成。

保存文件,在 Windows 资源管理器窗口中双击 prac2-3. html,调整 Windows 窗口显示尺寸大约为 150×400px 时,页面显示效果如图 2-22 所示。

2.10.3　添加鼠标悬停效果

使用下面的<marquee>标记可以实现鼠标在文字滚动区域上的悬停:

```
<marquee height="n" width="m" onMouseover="this.stop()" onMouseOut="this.start()"
… scrollAmount=n>
…
</marquee>
```

onMouseover="this.stop()" onMouseOut="this.start()"是 JavaScript 脚本,本教材中虽然经常使用 JavaScript 脚本,但是并不介绍 JavaScript 脚本的知识,读者如果想更多地了解 JavaScript 脚本,需要参考其他教科书。这里只需要按照给出的格式正确书写即可。

给滚动超链接网页增加了鼠标悬停功能的网页代码如下:

```
<html>
<head>
<title>滚动超链接</title>
</head>
<body>
<p><font size="4" face="黑体" color="blue">我的专业课程</font></p>
<marquee direction=up height=300 scrollamount=1 onMouseover="this.stop()" onMouseOut=
"this.start()">
<p>
    <a href="prac1-32.html">静态网站制作</a>
    <p><a href="#">微机组装维护</a>
    <p><a href="#">C 语言程序设计</a>
    <p><a href="#">数据库技术</a>
```

```
<p> <a href=" # ">计算机网络</a>
<p> <a href=" # ">Java 程序设计</a>
<p> <a href=" # ">Jsp 动态网站技术</a>
<p> <a href=" # ">ASP.NET</a>
<p> <a href=" # ">网络集成技术</a>
<p> <a href=" # ">网络安全技术</a>
</marquee>
</body>
</html>
```

2.11　"静态网站制作"网页制作

该任务完成 HTML 标记栏目中的"静态网站制作"网页 prac2-3-1.html 文档的制作。该网页中包含表格布局、背景音乐、过渡效果和单击下载超链接内容,网页中使用图片素材为 images\tp2-8.jpg。

2.11.1　背景音乐与过渡效果

1. 背景音乐

网页中的背景音乐可以使用以下两种标记实现。

(1) 多媒体标记。多媒体标记用于在页面中插入音乐、视频、动画等,标记格式为:

```
<embed src="多媒体文件"[ width="n" height="n" autostart="true|false"] >
```

在较高的 IE 版本中,当不使用 width、height 属性或属性值为 0 时,如果多媒体文件是音乐文件,就可以实现背景音乐播放,但 autostart 属性必须为 true。如果 width、height 属性值不为 0,页面上将显示媒体播放器,可以通过按钮控制播放。在较低的 IE 版本中,不使用 width、height 属性时会按播放器的大小显示播放器,并且总是自动播放。

(2) 背景音乐标记。标记格式为:

```
<bgsound src="声音文件" [loop="n"]>
```

该标记用于设置背景音乐,类似<embed>标记不使用 width、height 属性或属性值为 0 的情况,但该标记需要在头部使用,打开页面时自动播放,默认播放一遍。如果需要循环播放,可以设置 loop 属性为-1。

2. 网页过渡效果

使用网页过渡效果可以实现在打开或关闭网页时的动态效果。网页过渡效果通过头部<meta>标记实现,标记格式为:

```
<meta http-equiv="page-enter|page-exit" content="revealtrans(duration=n, transition=n)">
```

page-enter 用于指示网页打开时的过渡效果;page-exit 用于指示网页关闭时的过渡效果。

duration:过渡动作时间。单位:秒。

transition:效果类型。取值 0~23。

网页过渡类型说明见表 2-3。

表 2-3　网页过渡类型

值	过度效果	值	过度效果	值	过度效果	值	过度效果
0	盒状收缩	6	向右擦除	12	随机分解	18	从左上抽出
1	盒状放射	7	向左擦除	13	左右向中央收缩	19	从右下抽出
2	圆形收缩	8	垂直遮蔽	14	中央向左右扩展	20	从右上抽出
3	圆形放射	9	水平遮蔽	15	上下向中央收缩	21	随机水平线条
4	向上擦除	10	横向棋盘式	16	中央向上下扩展	22	垂直水平线条
5	向下擦除	11	纵向棋盘式	17	从左下抽出	23	随机

2.11.2　制作"静态网站制作"网页

1. 素材准备

在本地站点目录中创建一个文件夹 waves，从 Internet 上下载一个 MP3 音乐文件存放到 waves 文件夹中，文件重命名为 yy. mp3；使用文件压缩工具将声音文件压缩为 yy. rar，将压缩文件存放在 waves 文件夹中。

2. 创建 prac2-3-1. html 文档

打开 Windows 记事本，将文件另存为本地站点目录下的 prac2-3-1. html。

3. 网页制作

在记事本文档窗口内输入如下内容：

```
<html>
<head>
<title>静态网站制作</title>
<meta http-equiv="page-enter" content="revealtrans(duration=3,transition=23)">
<bgsound src="waves/yy.mp3" loop="-1">
</head>
<body>
<table width="660" border="0">
    <tr>
        <td height="40" colspan="2" align="center"><font face="华文彩云" size="6" color=#003300>静态网站制作</font></td>
    </tr>
    <tr>
        <td width="233" rowspan="3"><img src="images/tp2-8.jpg" width="260" height="307"></td>
        <td width="457" height="44" align="center"><font face="黑体" size="4">课程内容介绍</font></div></td>
    </tr>
    <tr>
        <td height="147">   
<font size="3">这是一门学习静态网站制作技能的课程.该课程根据一个设计好的网站项目,通过
完成网站项目中的各个工作任务,学习 HTML 标记和 CSS 样式表的使用;学习使用可视化网页编辑
工具制作网页;学习使用图像处理工具编辑网页中的图像、制作 Gif 动画和制作网页;学习使用网页
动画制作工具制作 Flash 动画.    </font>
        <p><font size="3">    在今天的计算机网络世界中,网
```

站是信息传播的主要手段.作为现代知识分子,网页制作技术在工作和生活中都是必不可少的.网站是计算机网络上的最基本的应用,也是计算机技术的基本应用.</font> </p></td>
　　　　</tr>
　　　　<tr>
　　　　　<td height="43"> <a href="waves/yy.rar">背景音乐下载</a> </td>
　　　　</tr>
　　</table>
　</body>
</html>

保存文件,在 Windows 资源管理器窗口中双击 prac2-3-1.html,调整 Widows 窗口显示尺寸大约为 660×400px 时,页面显示效果如图 2-23 所示。

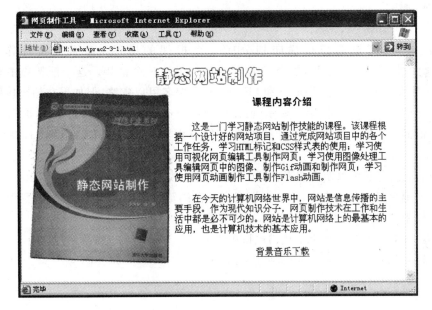

图 2-23 "静态网站制作"网页

在打开该网页后,将循环播放 waves 目录中的 yy.mp3 音乐。但是在打开单个网页时,网页过渡效果一般显示不出来,在网页超链接打开时就会看到网页过渡效果。单击"背景音乐下载"超链接时,会弹出如图 2-6 所示的"文件下载"对话框。

2.12 制作框架集以及组合网页

该任务完成 HTML 标记栏目中的栏目首页 prac2.html 文档的制作。该栏目采用框架结构,其他页面都要组合在框架中,所以本任务完成该栏目的最终制作。

2.12.1 框架标记

1. 框架页面布局

框架是一种页面布局结构。在一个浏览器窗口中如果需要显示多个网页,就必须使用框架页面结构。例如聊天室网页,对方信息显示和发言窗口是两个网页,而它们必须同时显示在同一个浏览器窗口中,所以必须使用框架页面。

2. 基本框架

框架页面的标记描述为:

```
<html>
<head>
</head>
<frameset rows="n1,n2,n3">
    <frame src="URL1" name="topFrame">
    <frame src="URL2" name="mFrame">
    <frame src="URL3" name="bFrame">
</frameset>
</html>
```

这是一个将浏览器窗口横向划分成 3 个框架的描述。该页面也称作框架集,<frameset>标记描述框架集,每个<frame>标记描述一个框架。这个框架集中有 3 个框架,名称分别为 topFrame、mFrame 和 bFrame。框架名可以省略,但如果在超链接标记中需要指定打开的页面在哪个框架中显示,就需要使用 target="框架名"表达,这时若省略框架名就无法做到了。3 个框架中打开的网页文件分别为 URL1、URL2、URL3,高度分别为n1、n2、n3。

框架的高度表示可以使用像素、浏览器窗口百分数和 * 号。例如 rows="100,50%,*",表示第一个框架高度为 100px,第二个框架高度占浏览器窗口的 50%,其余的是第三个框架的高度。如果三部分都使用 * 号,表示三等分窗口。

注意:框架集页面文档中不使用<body>标记。

如果将<frameset>中的 rows 换成 cols,即

```
<frameset cols="n1,n2,n3">
```

那就是将浏览器窗口纵向划分成 3 个框架。一般<frameset>中的 rows、cols 属性不同时使用。rows、cols 属性中将浏览器窗口划分成了几部分,框架集中就必须有几个<frame>标记。

3. 框架嵌套

如果需要既有横向框架又有纵向框架的框架页面,那么就需要使用框架嵌套,例如:

```
<html>
<head>
</head>
<frameset rows="80,*">
    <frame src="URL1">
    <frameset cols="20%,*">
        <frame src="URL2">
        <frame src="URL3">
    </frameset>
</frameset>
</html>
```

4. 框架标记属性

框架标记<frame>常用的属性如下:

src="URL"——框架页面文件路径。该属性不能省略。

frameborder="0|1"——是否显示框架边框。

spacing="n"——边框宽度。

scrolling="yes|no|auto"——是否显示滚动条。默认为 auto。

name="框架名"——在超链接中需要在该框架中显示时必须指定,而且与大小写有关。

2.12.2 栏目首页制作

1. 创建 prac2.html 文档

打开 Windows 记事本,将文件另存为本地站点目录下的 prac2.html。

2. 网页制作

在记事本文档窗口内输入如下内容:

```
<head>
<title>HTML 网页制作</title>
</head>
<frameset rows="160,*,50" border="0">
    <frame src="prac2-1.html">
    <frameset cols="150,660,150" border="0" scroll="no">
        <frame src="prac2-2.html" scrolling="no">
        <frame src="prac2-4-1.html" name="mainFrame" scrolling="no">
        <frame src="prac2-3.html" scrolling="no">
    </frameset>
    <frame src="prac2-5.html" scrolling="no">
</frameset>
    </body>
</html>
```

保存文件,在 Windows 资源管理器窗口中双击 prac2.html,调整 Widows 窗口显示尺寸大约为 960×620px 时,就会显示出如图 2-1 所示的页面效果(注意将浏览器的显示"文字大小"设置为"中")。

但是,这时如果单击导航栏中的超链接或滚动超链接中的"静态网站制作",打开的链接页面不会显示在预定的主框架中。

2.12.3 组合框架页面

为了实现预期的页面效果,需要对导航栏页面和滚动超链接页面进行改造。

使用 Windows 记事本打开本地站点目录下的 prac2-2.html 文件,在超链接标记中添加 target="mainFrame"属性(注意字母的大小写)。由于"返回首页"超链接需要打开网站首页,所以 target 属性需要使用"_parent"或"_top"、"_blank"。改造结果如下:

```
<html>
<head>
<title>导航栏</title>
```

```
</head>
<body topmargin="100">
<center>
<font size="4">
<p><a href="prac2-4-1.html" target="mainFrame">我的自白</a></p>
<p><a href="prac2-4-2.html" target="mainFrame">石邮校训</a></p>
<p><a href="prac2-4-3.html" target="mainFrame">学院简介</a></p>
<p><a href="prac2-4-4.html" target="mainFrame">校园风光</a></p>
<p><a href="index.html" target="_parent">返回首页</a></p>
</font>
</center>
</body>
</html>
```

保存文件,再打开本地站点目录下的 prac2-3.html 文件,在"静态网站制作"超链接标记中添加 target="mainFrame"属性,保存文件。

打开网站首页文件(见图 1-2),单击网站首页文件中的"HTML 标记"导航按钮打开 HTML 标记栏目首页(见图 2-1),单击 HTML 标记栏目导航栏中的各个超链接按钮可以看到 2.1.1 小节设计的各个页面效果;在滚动超链接中页面中可以测试鼠标悬停效果,单击"网页制作工具"超链接可以看到随机的网页过渡效果,如图 2-24 所示。

图 2-24　网页过渡效果

打开"网页制作工具"网页后,如果计算机有音响设备,可以听到背景音乐。

2.13 小 结

本章使用 HTML 标记制作完成了网页制作实训网站中的 HTML 标记栏目的制作。使用 HTML 标记制作网页看起来比较繁琐,其实在掌握了使用 HTML 标记制作网页技术后,学习使用其他工具制作网页就非常简单。其他网页制作工具实际上就是帮助用户生成 HTML 标记,当然还有一些其他功能,但是毕竟使用工具生成代码是由程序实现的,所以总是难免有无法实现的功能,所以使用 HTML 代码就能解决一些工具不能实现的功能。总之掌握了 HTML 标记使用就掌握了网页制作技术的根本。

2.14 习 题

1. HTML 标记是否区分大小写字母?什么地方区分?
2. 设置颜色值可以有哪些格式?
3. 头部标记和正文标记有什么区别?
4. 什么是文档的可发布性与可移植性?如何做到?
5. 如何设置页面背景?
6. 在超链接标记中,为什么要使用相对路径?
7. 怎样设置图像在页面中的大小?
8. 图像的对齐属性和图文混排有什么区别?
9. 框架名有什么用途?如何保存框架文档?
10. <embed>标记和<bgsound>标记有什么异同?

2.15 实训:"我的大学"主题网站制作

1. 实训目的

熟悉 HTML 标记,练习使用 HTML 标记制作网页。

2. 实训任务与实训指导

按照教学项目网站中"HTML 标记"栏目设计,以"我的大学"为主题,完成下列各个实训任务及网站发布。

实训任务 2-1:"我的自白"页面制作

使用自己的信息制作实训网站项目中"我的自白"网页 prac2-4-1. html;训练页面排版标记的使用。

(1) 使用"记事本"在本地站点文件夹中生成 prac2-4-1. html 网页文件。

(2) 参照 2.3.2 小节内容输入 HTML 标记及页面文本内容,其中文字内容可以自己编写,页面格式要按照设计制作。在书写标记时需要注意如下几点。

① 标记要书写正确,单词不要拼错。

② 不要丢掉双标记的结束标记,注意结束标记中的"/"。

③ 注意嵌套的标记不要出现交叉。

④ 注意使用双引号时要成对出现,不能使用汉字状态或全角状态的双引号。

⑤ 注意空格、<>特殊字符的输入方式及格式。特殊字符输入格式中的分号不能少。

(3) 在本地浏览网页,查看页面显示是否符合设计要求(浏览器窗口调整到 660×400px)。

(4) 使用 FTP 工具将 prac2-4-1.html 文件上传到 Web 服务器网站根目录下。在本地浏览器地址栏输入:

　　http://Web 服务器域名地址/学号/prac2-4-1.html

检查网站发布是否正确。

(5) 保存本地站点。

实训任务 2-2: 栏目标题页面制作

使用自备图片制作实训网站项目"我的大学"栏目标题网页 prac2-1.html;训练<body>标记属性设置。

(1) 在本地站点 Images 文件夹中准备一张学院图片:tp2-1.jpg。

(2) 使用"记事本"在本地站点文件夹中生成 prac2-1.html 网页文件。

(3) 参照 2.4.2 小节内容输入 HTML 标记及页面文本内容。

(4) 在本地浏览网页,查看页面显示是否符合设计要求。

(5) 使用 FTP 工具将 prac2-1.html 上传到 Web 服务器网站根目录下,将图片 tp2-1.jpg 上传到 Web 服务器网站 Images 文件夹中。在本地浏览器地址栏输入:

　　http://Web 服务器域名地址/学号/prac2-1.html

检查网站发布是否正确。

(6) 保存本地站点。

实训任务 2-3: "校训"页面制作

使用自备图片制作实训网站项目中"校训"网页 prac2-4-2.html;训练<img>标记的使用。

(1) 在本地站点 Images 文件夹中准备一张学院"校训"图片:tp2-2.jpg。

(2) 使用"记事本"在本地站点文件夹中生成 prac2-4-2.html 网页文件。

(3) 参照 2.5.2 小节内容输入 HTML 标记及页面文本内容,注意<img>标记中要使用 width、height 属性指定图片显示的大小。

(4) 在本地浏览网页,查看页面显示是否符合设计要求。

(5) 使用 FTP 工具将 prac2-4-2.html 上传到 Web 服务器网站根目录下,将图片 tp2-2.jpg 上传到 Web 服务器网站 Images 文件夹中。在本地浏览器地址栏输入:

　　http://Web 服务器域名地址/学号/prac2-4-2.html

检查网站发布是否正确。

(6) 保存本地站点。

实训任务 2-4："学院简介"页面制作

使用自备图片和学院信息制作实训网站项目中"学院简介"网页 prac2-4-3.html；训练网页图文混排。

(1) 在本地站点 Images 文件夹中准备一张学院图片：tp2-3.jpg。

(2) 使用"记事本"在本地站点文件夹中生成 prac2-4-3.html 网页文件。

(3) 参照 2.6 节内容输入 HTML 标记及页面文本内容。学院介绍的内容要根据学院的情况组织。注意使用<img>标记的 width、height 属性控制图片的大小，实现图文混排。

(4) 在本地浏览网页，查看页面显示是否符合设计要求。

(5) 使用 FTP 工具将 prac2-4-3.html 上传到 Web 服务器网站根目录下，将图片 tp2-3.jpg 上传到 Web 服务器网站 Images 文件夹中。在本地浏览器地址栏输入：

http://Web 服务器域名地址/学号/prac2-4-3.html

检查网站发布是否正确。

(6) 保存本地站点。

实训任务 2-5："校园风光"页面制作

使用自备图片制作实训网站项目中"校园风光"网页 prac2-4-4.html；训练网页表格布局。

(1) 在本地站点 Images 文件夹中准备 4 张学院图片：tp2-4.jpg、tp2-5.jpg、tp2-6.jpg、tp2-7.jpg。

(2) 使用"记事本"在本地站点文件夹中生成 prac2-4-4.html 网页文件。

(3) 参照 2.7.2 小节内容输入 HTML 标记及页面文本内容。注意单元格的合并，每个图片都需要使用 width、height 属性指定图片的显示大小。

(4) 在本地浏览网页，查看页面显示是否符合设计要求。

(5) 使用 FTP 工具将 prac2-4-4.html 上传到 Web 服务器网站根目录下，将图片 tp2-4.jpg、tp2-5.jpg、tp2-6.jpg、tp2-7.jpg 上传到 Web 服务器网站 Images 文件夹中。在本地浏览器地址栏输入：

http://Web 服务器域名地址/学号/prac2-4-4.html

检查网站发布是否正确。

(6) 保存本地站点。

实训任务 2-6：导航页面制作

制作实训网站项目中导航页面 prac2-2.html 网页文件；训练超链接标记使用。

(1) 使用"记事本"在本地站点文件夹中生成 prac2-2.html 网页文件。

(2) 参照 2.8.2 小节内容输入 HTML 标记及页面文本内容。

(3) 在本地浏览网页，查看页面显示是否符合设计要求。

(4) 使用 FTP 工具将 prac2-2.html 上传到 Web 服务器网站根目录下。

(5) 在本地浏览器地址栏输入：

http://Web 服务器域名地址/学号/prac2-2.html

检查网站发布是否正确。单击页面中的超链接,检查超链接是否正确。

（6）保存本地站点。

实训任务 2-7： 版权页面制作

制作实训网站项目中版权页面 prac2-5.html 网页文件；训练电子邮件超链接。

（1）使用"记事本"在本地站点文件夹中生成 prac2-5.html 网页文件。背景图片使用 images\tp2-9.jpg。

（2）参照 2.9 节内容输入 HTML 标记及页面文本内容。其中版权信息、电子邮件地址要使用作者自己的信息。

（3）在本地浏览网页,查看页面显示是否符合设计要求。

（4）使用 FTP 工具将 prac2-5.html 上传到 Web 服务器网站根目录下。

（5）在本地浏览器地址栏输入：

http://Web 服务器域名地址/学号/prac2-5.html

检查网站发布是否正确。单击电子邮件超链接,检查能否发送电子邮件。

（6）保存本地站点。

实训任务 2-8： 滚动超链接制作

制作实训网站项目中的滚动超链接页面 prac2-3.html 以及链接网页 prac2-3-1.html；训练滚动标记、鼠标悬停效果、网页过渡效果、网页背景音乐。

（1）在本地站点 Images 文件夹中准备 1 张同学照片：tp2-8.jpg。

（2）在本地站点中新建一个文件夹 waves,从 Internet 上下载一个自己喜欢的歌曲存放在 waves 目录中。

（3）使用"记事本"在本地站点文件夹中生成 prac2-3.html 网页文件。

（4）参照 2.10 节内容输入 HTML 标记制作滚动超链接网页,并设置鼠标悬停效果。超链接更换成同学姓名,把一个同学姓名超链接到 prac2-3-1.html,其他设置成"♯"（空链接）。

（5）在本地浏览网页,查看页面显示是否符合设计要求。

（6）使用"记事本"在本地站点文件夹中生成 prac2-3-1.html 网页文件。

（7）参照 2.11 节格式制作显示同学照片、介绍同学的网页。

（8）在网页头部加入背景音乐和网页过渡效果。

（9）在本地浏览网页,查看页面显示是否符合设计要求。

（10）使用 FTP 工具将 prac2-3.html、prac2-3-1.html 和 waves 文件夹上传到 Web 服务器网站根目录下,将图片 tp2-8.jpg 上传到 Web 服务器网站 Images 文件夹中。

（11）在本地浏览器地址栏输入：

http://Web 服务器域名地址/学号/prac2-3.html

查看滚动效果、鼠标悬停效果是否正确。单击滚动超链接,检查超链接是否正确以及背景音乐、网页过渡效果。

（12）保存本地站点。

实训任务 2-9： 框架集制作

完成实训网站项目中框架集 prac2. html 文件制作；训练框架页面布局、框架页面中的超链接。

（1）使用"记事本"在本地站点文件夹中生成 prac2. html 网页文件。

（2）参照 2.12.2 小节内容制作框架集。

（3）修改 prac2-2. html 文件和 prac2-3. html 文件，给其中的超链接添加 target 属性，以便打开的页面在框架集主框架中显示和正确返回网站首页。框架名称需要注意大小写。

（4）使用 FTP 工具将 prac2. html、prac2-2. html、prac2-3. html 上传到 Web 服务器网站根目录下。

（5）在本地浏览器地址栏输入：

http://Web 服务器域名地址/学号

打开网站首页文件 Index. html，单击"HTML 标记"超链接按钮，打开 prac2. html 框架网页，单击其中的超链接，检查是否正确。

（6）保存本地站点。

使用 CSS 样式表制作网页

3.1 "CSS 样式"栏目设计

　　本章要完成教学项目网站中的"CSS 样式"栏目制作。本章介绍如何在网页制作中使用 CSS 样式表和 CSS 样式属性,该栏目设计如下。

3.1.1 页面内容与效果设计

　　该栏目设计为以"我的家乡"为主题的网站。栏目首页内容与效果设计如图 3-1 所示。

图 3-1　栏目首页设计

　　栏目标题为"请到我们家乡来"。"请到我们家乡来"文字设计为立体显示效果,并且在背景图片江水中有倒影显示。

　　栏目首页采用表格布局和嵌入式框架结构。页面左侧为导航栏,中间为嵌入式框架,右侧为阴影文字"家乡桂林"、带图片背景的文字和投影文字"我的家乡欢迎您"。页面按照 1024×768px 窗口设计。页面布局参数如图 3-2 所示,标题栏下面有 10px 的间隔。

　　导航栏中 4 个超链接各链接到一个页面,其中嵌入式框架中的初始页面为"城市徽标"

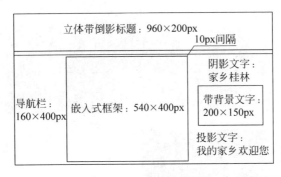

图 3-2　页面布局参数

网页,其他超链接打开的网页也都在嵌入式框架中显示。"城市徽标"网页上的文字"象山"有发光效果。"漓江夜色"页面内容与效果设计如图 3-3 所示,图片为放射状半透明效果显示。

图 3-3　"漓江夜色"页面内容与效果设计

　　"芦笛岩洞"页面内容与效果设计如图 3-4 所示,页面由两幅带边框的芦笛岩洞内的照片构成。

　　"龙脊梯田"页面中图片上面的一个区域内有介绍龙脊梯田的文字,"龙脊梯田"页面内容与效果设计如图 3-5 所示。

3.1.2　网页文件名设计

　　栏目首页文件名设计为 prac3.html,标题栏使用的背景素材图片为 tp3-1.jpg,文字介绍使用的背景图片为 tp3-2.jpg。

图 3-4　"芦笛岩洞"页面内容与效果设计

图 3-5　"龙脊梯田"页面内容与效果设计

超链接打开的网页在嵌入式框架内显示,页面显示区域按照 533×400px 设计,各个页面文件名设计为:

"城市徽标"页面文件名 prac3-1.html,使用的素材图片为 tp3-3.jpg。

"漓江夜色"页面文件名 prac3-2.html,使用的素材图片为 tp3-4.jpg。

"芦笛岩洞"页面文件名 prac3-3.html,使用的素材图片为 tp3-5.jpg、tp3-6.jpg。

"龙脊梯田"页面文件名 prac3-4.html,使用的素材图片为 tp3-7.jpg。

3.2　CSS 样式表及嵌入式框架

3.2.1　CSS 样式表及使用方法

CSS(Cascading Style Sheet,层叠样式表)是对 HTML 标记功能的扩充,许多使用 HTML 标记不能完成的功能可以使用 CSS 完成。CSS 也是一种格式化网页的标准方式, 能精确定位页面元素,保持页面在不同浏览器设置下显示一致,使页面显示内容不受浏览器 文字大小设置影响。

使用 CSS 可以在网页制作中将格式处理与内容编辑工作分开,减轻劳动强度,提高工 作效率。在 XML 标记格式处理和使用 JSP、ASP. NET 等语言制作网页时,CSS 有着不可 或缺的作用。

在网页中使用 CSS 一般有以下 3 种方式。

1. 嵌入式样式表

嵌入式样式表是将 CSS 样式直接嵌入到 HTML 的标记内,一般格式为:

＜标记 style＝"属性:属性值;属性:属性值;[…]"＞…＜/标记＞

嵌入式样式表的定义格式为:

style ＝"属性:属性值;属性:属性值;[…]"

CSS 样式表定义是由属性和属性值组成的。CSS 的属性名称和 HTML 标记的属性名 称有所不同,例如字体名称属性为 font-family,字体大小属性为 font-size,文字粗细属性为 字体浓度 font-weight。属性值也和 HTML 标记属性值有所不同,例如字体大小可以使用 cm(厘米)、mm(毫米)、in(英寸)、pt(点)、px(像素)表示。

在 CSS 样式表定义中,属性和属性值之间使用":"分隔,各个属性之间使用";"间隔。

嵌入式样式表的特点是简单、易用,只要在需要的标记中嵌入样式表就行了。但是嵌入 式样式表在格式与内容分离、减轻劳动强度、提高工作效率方面没有什么帮助,只是扩充了 HTML 标记的功能。

2. 全局格式页样式表

全局格式页是将 CSS 样式定义在网页头部。定义的样式在整个网页文件中都可以使 用。一般格式为:

```
＜html＞
＜head＞
＜style＞
    样式定义行 1
    样式定义行 2
        …
＜/style＞
```

```
</head>
    ...
```

全局格式页样式表的定义格式和嵌入式样式表不同,常用样式类型包括如下几种。

(1) 定义标签。定义标签就是对 HTML 标记进行重新定义,使其具有与原来不同的外观。这种全局格式页定义格式为:

```
<style>
    标记｛
        属性：属性值;
        属性：属性值;
        ...
        ｝
    ...
</style>
```

一般来说,HTML 标记在样式表中定义之后,标记外观与原标记已经不同,不能再使用标记的原外观属性。在这种样式表定义中,标签必须是 HTML 的标记,用户不能自创标记。

(2) 类。类是可以在任何标记内使用的样式。使用类定义全局格式页样式表的格式为:

```
<style>
.类名称｛
属性：属性值;
属性：属性值;
...
｝
</style>
```

在网页正文中使用样式表中类的方法是:

```
<body>
<标记 class="类名称">...</标记>
...
</body>
```

类定义可以在任何标记内使用。

在定义类时,类名称可以任意命名,但前面的"."不能丢;使用类名称时,类名称前不使用"."。

全局格式页样式表定义之后,在整个网页都可以使用,比起嵌入式样式表其利用率显著提高。但是这种方式在每个网页中还是都需要自己定义,不能实现样式表的页间共享。

3. 样式表文件

样式表文件可以实现多个网页文档共享样式表定义,真正做到格式处理与内容分离,提高工作效率,使页面格式标准化。

(1) 生成样式表文件。样式表文件就是只包含标签和类定义项的文本文件,文件扩展名为.css。

(2) 使用样式表文件。在网页中使用样式表文件有以下两种方式。

① 链接外部文件。链接外部文件方式是常用的样式表共享方式,这种方式只是将样式表文件链接到页面中,不需要占用存储空间。在网页中链接外部样式表的标记格式为:

```
<head>
<link href="样式表文件名" rel="stylesheet" type="text/css">
</head>
```

在链接外部样式表的<link>标记中,除了样式表文件名需要指定外,其他属性值都是固定的。rel 属性值只能是 stylesheet,type 属性值只能是 text/css。

② 导入格式页。导入格式页就是将样式表文件导入到本网页文件中。这种方式较少使用,因为浪费存储空间。在页面中导入格式页的标记格式为:

```
<head>
<style type="text/css">
@import url("样式文件名");
</style>
</head>
```

导入格式页和链接外部文件的效果相同。

3.2.2 CSS 属性

CSS 中使用的属性和 HTML 标记属性有所不同,使用时不能混用。下面介绍常用的 CSS 属性及常用的属性值表示。

1. 字体属性

字体属性说明网页中文字的显示方式,CSS 的字体属性有如下几种。

(1) font-family:字体名称。属性值:宋体、隶书……属性值中也可以指定几种字体名,以防止浏览器中没有指定的字体。该属性优先使用排在前面的属性值。

(2) font-style:字体风格。属性值:normal(正常)、italic(斜体)。

(3) font-size:字体大小。属性值:n 单位。常用单位有 cm、mm、in、pt、px(下同)。

(4) font-weigh:字体浓度。属性值:normal(正常)、blod(加粗)、bloder(特粗)、lighter(细体),或使用 100～900 表示的字体浓度,400 为正常字体。

2. 文本相关属性

文本相关属性用于控制文本段落格式,一些属性不能用于<span>。常用的属性有如下几种。

(1) text-align:水平对齐方式。属性值:left|right|center|justify(左、右、居中、两端对齐)。

(2) text-indent:首行缩进。属性值:n 单位。

(3) text-decoration:文本修饰。属性值:underline|overline|line-through(下划线、上划线、删除线)。

(4) text-transform:文字大小写。属性值:capitalize| uppercase| lowercase(大写单词首字母、大写、小写)。

(5) vertical-align:垂直对齐方式。属性值:top|middle|bottom|sub|super(顶部、中间、底部、下标、上标)。

(6) letter-spacing:字符间距。属性值:n 单位。

(7) line-height：行高。属性值：n 单位。

(8) color：颜色。颜色属性值与 HTML 标记中的颜色表示相同。

(9) margin：四周边距。属性值：n 单位。

margin-left、margin-top、margin-right、margin-bottom：分别指定边距。

3. 文本背景属性

(1) background-color：背景颜色。

(2) background-image：URL(图片文件路径)。设置文本行背景图片。

(3) background-repeat：背景图片重复方式。属性值：repeat-x|repeat-y|no-repeat(横向重复、纵向重复、不重复)。注意,背景图片只能在文字显示区域重复。

(4) background-position：水平对齐、垂直对齐。

水平对齐：left|right|center|n|n%——以文本区域左侧|右侧|水平居中|距左侧 n 单位|文本区域的 n%对齐。

垂直对齐：top|center|bottom|n|n%——以文本区域顶部|垂直居中|底部|距顶部 n 单位|文本区域高度的 n%对齐。

4. 边框属性

常用的边框属性有如下几种。

(1) border-style：边框类型。常用的有 solid(实线)、double(双线)、groove(槽框)、inset(内部镶嵌)、outset(外部镶嵌)立体效果。

(2) border-width：边框宽度,n 单位。

(3) border-color：边框颜色。

(4) width：区域宽度,n 单位。

(5) height：区域高度,n 单位。

5. 定位属性

CSS 定位属性可以对网页元素进行精确的定位。CSS 定位属性包括如下几种。

(1) position：定位方式。常用的有 absolute(绝对位置)、relative(相对位置)。绝对位置是相对于窗口左上角的坐标位置;相对位置是相对于当前位置。

(2) top：纵向起始位置,一般使用 n 单位或窗口高度百分数。

(3) left：横向起始位置,一般使用 n 单位或窗口宽度百分数。

(4) z-index：Z 向坐标。由于使用定位属性可以使元素位置重叠,所以使用 Z 向坐标确定前后位置。属性值取数值$-n\sim+n$,从后到前按数值从小到大排列。

经常和定位属性一起使用的属性是 width 和 height 属性,用于指定定位的区域。

6. 浮动属性

CSS 的浮动属性可以实现类似 Word 中字体下沉的效果。常用的浮动属性如下。

float：left|right,指定元素浮动到左方还是右方。

3.2.3　滤镜

如同 Photoshop 中的滤镜可以给图像添加多种效果一样,CSS 滤镜可以给页面增加许多绚丽多姿的色彩。CSS 滤镜效果与浏览器版本有关,IE5.0 以下版本对滤镜的支持较差,而且一些滤镜在不使用 CSS 定位属性时不能产生滤镜效果。

CSS滤镜是CSS的一个filter属性。格式为：

filter:属性值(参数＝参数值[,…])属性值(参数＝参数值[,…])

根据属性值和参数设置的不同可以产生不同的效果。常用的CSS滤镜属性值如下。

alpha：透明滤镜

blur：模糊滤镜

shadow/DropShadow：阴影效果滤镜

glow：发光效果滤镜

chroma：屏蔽色滤镜

FlipH：水平镜像滤镜

FlipV：垂直镜像滤镜

wave：波纹滤镜

gray：灰度滤镜

invert：翻转滤镜

Xray：X线滤镜

一些滤镜需要和CSS的定位属性一起使用，否则没有滤镜效果。一些滤镜不能用于图片，如发光滤镜。滤镜格式为：

filter:属性值(参数＝参数值[,…])[属性值(参数＝参数值[,…])];

下面介绍几个常用的滤镜。

1. 透明滤镜 alpha

透明滤镜是以透明效果显示指定区域的对象，格式为：

filter:alpha(opacity＝不透明度[,finishopacity＝结束不透明度,style＝样式,startX＝n, startY＝m, finishX＝p,finishY＝q]);

其中，n、m、p、q均为整数值。

不透明度的可选值为0～100,0代表完全透明，100代表完全不透明。

只使用opacity参数时，表示整个对象的不透明度。

使用可选项参数时，style参数是必需的，它指示透明区域的形状。其中，1代表线性；2代表放射状；3代表长方形。

finishopacity参数指示结束区域的不透明度，这时opacity指示开始区域的不透明度。区域是由startX,startY,finishX,finishY指定的。finishopacity参数的默认值为0。

startX,startY,finishX,finishY参数的默认值与style参数的取值有关。style＝1时默认值为startX＝0,finishX＝区域宽度,startY＝0,finishY＝0。起始、结束区域是针对对象的，而不是页面窗口坐标。style＝2或3时，区域起始点为对象区域中心，结束点为外边框，指定区域值无效。

2. 模糊滤镜 blur 与阴影效果滤镜 shadow、DropShadow

(1) 模糊滤镜产生类似阴影的效果。模糊滤镜格式为：

filter:blur(add＝true|false,direction＝方向,strength＝长度);

add参数默认值为true。add为true时为阴影模式；add为false时为模糊模式。

direction 为产生阴影的方向,默认值为 270(向左),只能使用 45 的整数倍数值,0 为垂直向上,按顺时针递增。strength 为阴影长度,默认为 5px。

（2）shadow 滤镜。shadow 滤镜可以在指定方向产生阴影。格式为:

filter:shadow(color=阴影颜色,direction=角度);

direction 指示阴影的方向,它的取值和模糊滤镜是一样的。

（3）DropShadow 滤镜。DropShadow 滤镜可以产生投影。格式为:

filter:DropShadow(color=投影颜色,offx=n,offy=m,positive=true|false);

offx 和 offy 分为 x 方向和 y 方向投影的偏移量,n、m 代表偏移量整数值。正整数代表 x 轴的向右方向和 y 轴的向下方向,负整数则相反。偏移量单位为像素,但是偏移量参数中不能指定单位。positive 参数有两个值: true 表示为可见对象建立投影(默认值),false 表示为对象透明部分建立可见的投影。低版本浏览器不支持 positive 参数。

3. 发光效果滤镜 glow

发光效果滤镜 glow 会使对象的边缘产生类似发光的效果。格式为:

filter:glow(color=发光颜色,strength=光线长度);

4. 水平与垂直镜像滤镜 FlipH、FlipV

FlipH、FlipV 滤镜用于实现对象的水平与垂直翻转效果。格式为:

filter:FlipH|FlipV;

5. 灰度滤镜 gray、翻转滤镜 invert 和 X 线滤镜 Xray

灰度滤镜 gray、翻转滤镜 invert 和 X 线滤镜 Xray 都是没有参数的滤镜。灰度滤镜 gray 把彩色图片转换成灰度等级的图片(黑白图片);翻转滤镜 invert 对图片的色彩、饱和度和亮度值产生翻转效果;X 线滤镜 Xray 可以产生类似 X 光片的效果。

3.2.4　嵌入式框架

嵌入式框架(也称浮动框架)是使用 HTML 标记<iframe>实现的。所谓嵌入式框架是指使用该标记定义的框架不需要单独保存框架文件,框架可以嵌放在任意的表格单元格内,所以使用比较灵活方便。<iframe>标记格式如下:

<iframe src=URL name="框架名" width=n height=m frameborder="0|1"［marginwidth=边距宽 marginheight=边距高］srcolling="yes|no|auto"></iframe>

在超链接标记中将目标属性设置为 target="框架名",页面将显示在嵌入式框架中。

3.3　"城市徽标"页面制作

该任务完成 CSS 栏目中的"城市徽标"网页 prac3-1. html 文档的制作。页面大小按照 533×400px 制作,使用的图片素材为 images\tp3-3. jpg。

1. 任务分析

该任务完成 CSS 栏目中的"城市徽标"网页制作。该任务中主要是利用 CSS 滤镜实现在图片上的文字发光效果。

按照以往的经验,可以将图片作为背景图片,然后在合适的位置放置发光文字。但是按照过去的做法,如果将图片作为网页背景,当窗口大于背景图片尺寸时,背景图片会发生重复;当背景图片尺寸大于窗口时,又无法指定背景图片的大小,所以不好控制页面效果。还有,发光文字也无法使用 HTML 标记完成,所以制作该网页需要使用 CSS 样式。

2. 制作网页

打开 Windows 记事本,将文件另存为本地站点根目录下的 prac3-1.html。在记事本文档窗口内输入如下内容:

```
<html>
<head>
<title>城市徽标</title>
<style>
.s1 {
    position:absolute;
    left:62px;
    top:50px;
    z-index:2;
    font-family: "华文新魏";
    font-size: 42px;
    color: #FF9933;
    line-height: 70px;
    filter: glow(color=#cc3300, strength=10);
    }
</style>
</head>
<body leftmargin="0" topmargin="0">
<p ><img src="images/tp3-3.jpg" ></p>
<p class="s1"> 象山  </p>
</body>
</html>
```

在代码中图片使用<img>标记插入,由于素材图片大小已经处理成了 533×400px,所以在<img>标记中不需要指定图片的大小。

<body>标记中设置了 leftmargin="0" topmargin="0"属性,这是为了去掉在嵌入式框架中显示时的页边距。

在全局各式页中定义了样式类 s1,s1 中的属性包括如下内容。

① 定位属性:

position:absolute;left:62px;top:50px;z-index:2;

用于"象山"文字相对于窗口位置的定位,由于是在图片上面显示,所以使用了 z-index:2。

② 文本属性:

font-family: "华文新魏";font-size: 42px;color: #FF9933; line-height: 70px;

用于指定"象山"文字字体、大小、颜色。"line-height:70px;"和 HTML 标记中" 象山 "文字前后的空格是用于给发光文字留出发光的空间,否则文字发光效果会不理想。

③ 发光滤镜：

filter: glow(color=＃cc3300, strength=10);

用于"象山"文字的发光效果，包括发光颜色和光线长度。

"<p class="s1"> 象山 </p>"用于给"象山"文字指定 s1 样式。该页面在本地浏览器中浏览结果如图 3-6 所示。

图 3-6 "城市徽标"网页效果

3.4 "漓江夜色"网页制作

该任务完成 CSS 栏目中的"漓江夜色"网页 prac3-2.html 文档的制作。页面大小按照 533×400px 制作，使用的图片素材为 images\tp3-4.jpg。

1. 任务分析

该任务完成 CSS 栏目中的"漓江夜色"网页制作。该任务中主要是利用 CSS 滤镜实现图片放射状半透明效果显示。

2. 制作网页

打开 Windows 记事本，将文件另存为本地站点根目录下的 prac3-2.html。在记事本文档窗口内输入如下内容：

```
<html>
<head>
<title>漓江夜色</title>
<style>
.s1 {
        position: absolute;
```

```
        filter: alpha(opacity=100, finishopacity=0, style=2);
    }
</style>
</head>
<body leftmargin="0" topmargin="0">
<img src="images/tp3-4.jpg" class="s1" >
</body>
</html>
```

在全局格式页中定义了样式类 s1，s1 样式中主要使用了透明滤镜。style=2，即放射状透明效果。<img src="images/tp3-4.jpg" class="s1" >是将样式直接嵌入到了 img 标记内，为 img 标记指定显示的样式。

在本地浏览该网页效果如图 3-7 所示。

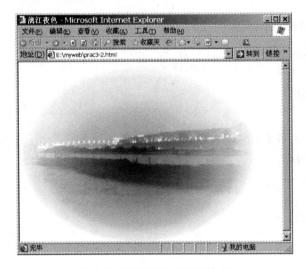

图 3-7 "漓江夜色"网页效果

3.5 "芦笛岩洞"网页制作

1. 任务分析

该任务完成 CSS 栏目中的"芦笛岩洞"网页制作。该任务中主要是利用 CSS 样式，将两幅图片 images\tp3-5.jpg、tp3-6.jpg 放置在两个边框内部分重叠显示。

页面设计效果可以通过 CSS 定位属性、边框属性和 z-index 属性实现。按照设计效果，在全局格式页中定义两个样式类如下：

```
.s1 {
        position:absolute;
        top:10px;
        left:20;
        z-index:1;
        border-style:groove;
        width:267px;
        height:200px;
```

```
        border-width:5mm;
        border-color:red;
        }
.s2 {
        position:absolute;
        top:164px;
        left:230px;
        z-index:2;
        border-style:double;
        width:267px;
        height:200px;
        border-width:10pt;
        border-color: orange;
    }
```

将两个样式分别指定给两幅图片：

```
<img src="images/tp3-5.jpg" class="s1">
<img src="images/tp3-6.jpg" class="s2" >
```

就可以实现设计效果。

2. 制作网页

打开 Windows 记事本，将文件另存为本地站点根目录下的 prac3-3.html。在记事本文档窗口内输入如下内容：

```
<html>
<head>
<title>芦笛岩洞</title>
<style>
.s1 {
        position:absolute;
        top:10px;
        left:20;
        z-index:1;
        border-style:groove;
        width:267px;
        height:200px;
        border-width:5mm;
        border-color:red;
    }
.s2 {
        position:absolute;
        top:164px;
        left:230px;
        z-index:2;
        border-style:double;
        width:267px;
        height:200px;
        border-width:10pt;
        border-color: orange;
    }
```

```
</style>
</head>
<body>
<img src="images/tp3-5.jpg" class="s1">
<img src="images/tp3-6.jpg" class="s2">
</body>
</html>
```

在本地浏览器中浏览该页面效果如图 3-8 所示。

图 3-8 "芦笛岩洞"网页效果

3.6 "龙脊梯田"网页制作

1. 任务分析

该任务完成 CSS 栏目中的"龙脊梯田"网页制作。该任务中主要是利用 CSS 样式,在图片上的指定区域显示文字。

按照页面设计效果,在图片 images\tp3-7.jpg 上一个指定区域放置说明文字,可以通过 CSS 定位属性和指定显示区域完成。说明文字可以通过下面的样式实现:

```
.s1 {
        position: absolute;
        z-index: 2;
        left: 70px;
        top: 320px;
        height: 50px;
        width: 400px;
        font-weight: 600;
        color: #FFFFFF;
        font-size: 12px;
    }
```

其中定位属性指定文字显示的开始位置及 Z 轴属性值,width、height 属性指定文字显示的区域。

2. 制作网页

打开 Windows 记事本,将文件另存为本地站点根目录下的 prac3-4.html。在记事本文档窗口内输入如下内容:

```
<html>
<head>
<title>龙脊梯田</title>
<style>
.s1 {
        position: absolute;
        z-index: 2;
        left: 70px;
        top: 320px;
        height: 50px;
        width: 400px;
        font-weight: 600;
        color: #FFFFFF;
        font-size: 12px;
    }
</style>
</head>
<body leftmargin="0" topmargin="0">
<img src="images/tp3-7.jpg" >
<p class="s1">    龙脊梯田开造始于宋代,由居住在这里的壮族、瑶
族人民祖祖辈辈开造.龙脊梯田遍布崇山峻岭,上下落差达 800 多米.龙脊梯田的景色随季节而变化,
春如银带相叠;夏风翻卷道道绿波;金秋漫山铺金;隆冬银装素裹.这里不仅仅是富饶的农田,这里
更是旅游胜地.</p>
</body>
</html>
```

在本地浏览器中浏览该页面效果如图 3-9 所示。

图 3-9 "龙脊梯田"网页效果

3.7 CSS 栏目首页制作

该任务完成 CSS 栏目中的栏目首页网页 prac3.html 文档的制作。使用的图片素材为 images\tp3-1.jpg、tp3-2.jpg。

1. 任务分析

本教学任务是制作"CSS 样式"栏目中的栏目首页。根据教学项目网站中该页面的设计,该任务中主要包括表格布局、嵌入式框架、CSS 样式及滤镜效果。

(1) 页面布局。按照图 3-1CSS 栏目首页设计与图 3-2 页面布局参数设计要求,该页面采用表格布局和嵌入式框架结构,页面按照 1024×768px 窗口设计,顶部栏目标题为 960×200px 的单元格,单元格背景图片为 tp3-1.jpg,第 2 行为 10px 的空白间隔。

第 3 行左侧为 160×400px 的栏目导航栏,中间为 540×400px 的嵌入式框架,右侧为 260×400px 的文字区。文字区上方为带阴影文字"家乡桂林",中间的 200×150px 区域为带图片背景的文字,下方是投影文字"我的家乡欢迎您"。

网页布局可以使用下列标记完成:

```
<table width="960" border="0" cellpadding="0" cellspacing="0">
  <tr>
    <td height="200" colspan="3"> </td>
  </tr>
  <tr><td height="10" colspan="3"></td></tr>
  <tr>
    <td width="160" >
    <td width="540" height="400" >
<iframe src="prac3-1.html" name="miframe" width=533 height=400 scrolling=no></iframe>
</td>
<td width="260" > </td>
</tr>
</table>
```

框架不使用边框和滚动条,框架名为"miframe",框架中的初始页面使用"城市徽标" prac3-1.html。

在图 3-1 中可以看到框架外边有一个边框,这个边框不能使用嵌入式框架的属性指定,可以使用表格实现。在中间单元格内插入一个 1 行 1 列的表格,设置表格的边框和边框颜色,实现代码如下:

```
<td width="540" height="400" >
<table border="3" bordercolor="#66CCFF" width="540" height="400">
<tr><td>
<iframe src="prac3-1.html" name="miframe" width=533 height=400 scrolling=no ></iframe>
</td></tr>
</table>
</td>
```

(2) 栏目导航栏制作。栏目导航栏放置在 160×400px 的单元格内,为了美观起见,在 <td>标记内可以使用水平、垂直对齐属性。每个超链接标记的 traget 属性要使用 target=

"miframe"。超链接文字大小设置为 18px，导航栏单元格代码为：

```
<td width="160" valign="middle" align="center">
<p style="font-size: 18px;"><a href="prac3-1.html" target="miframe">城市徽标</a></p>
<p style="font-size: 18px;"><a href="prac3-2.html" target="miframe">漓江夜色</a></p>
<p style="font-size: 18px;"><a href="prac3-3.html" target="miframe">芦笛岩洞</a></p>
<p style="font-size: 18px;"><a href="prac3-4.html" target="miframe">龙脊梯田</a></p>
<p style="font-size: 18px;"><a href="index.html" target="_top">返回首页</a></p>
</td>
```

超链接文字大小设置使用 CSS 属性更加直观。

（3）栏目标题制作。栏目标题中的图片可以通过设置单元格背景图片实现，也可以在单元格内插入图片。栏目标题文字的立体效果可以使用多个重叠错位放置的文字实现，例如：

```
<p style="position:absolute;top:55px;left:279px;z-index:1;font-size:64px; color: #990000;font-weigh:800;font-family:华文新魏;">请到我们家乡来</p>
<p style="position:absolute;top:53px;left:277px;z-index:2;font-size:64px; color: #990000;font-weigh:800;font-family:华文新魏;">请到我们家乡来</p>
<p style="position:absolute;top:51px;left:275px;z-index:3;font-size:64px; color: #ff0000;font-weigh:800;font-family:华文新魏;">请到我们家乡来</p>
```

最顶层的文字颜色比下层的文字颜色更明亮，用以实现立体感。文字水中倒影可以通过垂直反转滤镜实现，定义一个 CSS 类如下：

```
.s1 {
        position:absolute;
        top:140px;
        left:275px;
        z-index:1;
        font-size:64px;
        color: #990000;
        font-weigh:800;
        font-family:华文新魏;
        filter: flipv;
}
```

为了更形象逼真，可以使用透明滤镜使倒影文字变模糊一些，当然也可以使用模糊滤镜，但这两种滤镜的效果不一样。加入透明滤镜后的样式为：

```
.s1 {
        position:absolute;
        top:140px;
        left:275px;
        z-index:1;
        font-size:64px;
        color: #990000;
        font-weigh:800;
        font-family:华文新魏;
        filter: alpha(opacity=30, finishopacity=30,style=1) flipv;
}
```

在透明滤镜中,将起始不透明度和结束不透明度都设置为 30(%),即倒影文字的不透明度只有 30%,使文字呈现出模糊效果。注意使用两个滤镜的格式,两个滤镜之间使用空格间隔,不能使用";"间隔。

(4) 阴影效果文字"家乡桂林"制作。带阴影效果文字可以使用 CSS 阴影滤镜 filter: shadow()实现。按照设计要求,定义一个 CSS 样式类如下:

```
.s2 {
        position: absolute;
        left: 760px;
        top: 260px;
        width: 170px;
        font-family: "隶书";
        font-size: 40px;
        font-weight: 800;
        color: #00994d;
        filter: shadow(color=#0099cc, direction=45);
}
```

其中,position:absolute;left:760px;top:260px;width:170px 指定显示位置与显示区域;font-family:"隶书";font-size:40px;font-weight:800; color:#00994d 指定文字的属性;阴影滤镜 filter:shadow(color=#0099cc, direction=45)指定阴影效果、颜色和阴影方向。

使用

```
<p class="s2">家乡桂林</p>
```

将该样式指定给文字即可完成设计要求。

(5) 带背景图片文字制作。带背景图片文字可以使用下面样式完成:

```
.s3 {
        position: absolute;
        left: 740px;
        top: 335px;
        height: 150px;
        width: 200px;
        background-image: url(images/tp3-2.jpg);
        background-repeat: no-repeat;
        font-family: "宋体";
        font-size: 14px;
        line-height: 20px;
        font-weight: 600;
        color: #000000;
}
```

其中,position:absolute;left:740px;top:335px;height:150px;width:200px 指定显示区域位置、大小; background-image: url(images/tp3-2.jpg); background-repeat: no-repeat 指定显示的背景图片与背景图片重复方式(不重复);其他为文本样式。

(6) 投影效果文字"我的家乡欢迎您"制作。投影效果文字使用 CSS 投影滤镜 filter:

DropShadow( )完成。定义一个 CSS 样式类如下：

```
.s4 {
        position: absolute;
        left: 755px;
        top: 535px;
        height: 70px;
        width: 175px;
        font-family: "隶书";
        font-size: 40px;
        font-weight: 600;
        color: #cc0000;
        filter: DropShadow(color=#333300, offX=3, offY=3);
}
```

其中，position：absolute；left：755px；top：535px；height：70px；width：175px 指定显示区域位置、大小；font-family："隶书"；font-size：40px；font-weight：600；color：#cc0000 指定文本属性；投影滤镜 filter：DropShadow(color=#333300，offX=3，offY=3)指定投影效果、投影颜色和偏离值。

2. 制作网页

打开 Windows 记事本，将文件另存为本地站点根目录下的 prac3.html。在记事本文档窗口内输入如下内容：

```
<html>
<head>
<title>css</title>
<style>
.s1 {
        position:absolute;
        top:140px;
        left:275px;
        z-index:1;
        font-size:64px;
        color:#990000;
        font-weigh:800;
        font-family:华文新魏;
        filter: alpha(opacity=30, finishopacity=30,style=1) flipv;
}
.s2 {
        position: absolute;
        left: 760px;
        top: 260px;
        width: 170px;
        font-family: "隶书";
        font-size: 40px;
        font-weight: 800;
        color: #00994d;
        filter: shadow(color=#0099cc, direction=45);
        width: 170px;
}
```

```
.s3 {
        position: absolute;
        left: 740px;
        top: 335px;
        height: 150px;
        width: 200px;
        background-image: url(images/tp3-2.jpg);
        background-repeat: no-repeat;
        font-family: "宋体";
        font-size: 14px;
        line-height: 20px;
        font-weight: 600;
        color: #000000;
    }
.s4 {
        position: absolute;
        height: 70px;
        width: 175px;
        left: 755px;
        top: 535px;
        font-family: "隶书";
        font-size: 40px;
        font-weight: 600;
        color: #cc0000;
        filter: DropShadow(color=#333300, offX=3, offY=3);
    }
</style>
</head>
<body>
<table width="960" border="0" cellpadding="0" cellspacing="0">
<tr>
<td height="200" colspan="3"><img src="images/tp3-1.jpg" width="960" height="200">
<p style="position:absolute;top:55px;left:279px;z-index:1;font-size:64px;color:#990000;font-weigh:800;font-family:华文新魏;">请到我们家乡来</p>
<p style="position:absolute;top:53px;left:277px;z-index:2;font-size:64px;color:#990000;font-weigh:800;font-family:华文新魏;">请到我们家乡来</p>
<p style="position:absolute;top:51px;left:275px;z-index:3;font-size:64px;color:#ff0000;font-weigh:800;font-family:华文新魏;">请到我们家乡来</p>
  <p class="s1">请到我们家乡来</p>
  </td>
</tr>
  <tr><td height="10" colspan="3"></td></tr>
  <tr>
  <td width="160" valign="middle" align="center">
<p style="font-size:18px;"><a href="prac3-1.html" target="miframe">城市徽标</a></p>
  <p style="font-size:18px;"><a href="prac3-2.html" target="miframe">漓江夜色</a></p>
  <p style="font-size:18px;"><a href="prac3-3.html" target="miframe">芦笛岩洞</a></p>
  <p style="font-size:18px;"><a href="prac3-4.html" target="miframe">龙脊梯田</a></p>
  <p style="font-size:18px;"><a href="index.html" target="_top">返回首页</a></p> </td>
  <td width="540" height="400" >
  <table border="3" bordercolor="#66CCFF" width="540" height="400">
```

```
<tr><td>
<iframe src = " prac3-1. html" name = " miframe" width = 533 height = 400 scrolling = no >
</iframe>
</td></tr>
</table>
</td>
<td width="260" valign="top">
<p class="s2" >家乡桂林</p>
<p class="s3">   我的家乡是享有"山水甲天下"美名的广西桂林.这里有数
不尽的奇峰溶洞.美丽如画的漓江,神奇美妙的芦笛岩、冠岩,天下奇观龙脊梯田.请到我们家乡来,这
里的景色一定会使你流连忘返.</p>
<p class="s4">我的家乡<br>
  —欢迎您</p>
</td>
</tr>
</table>
</body>
</html>
```

在本地浏览器中浏览该页面显示效果如图 3-1 所示。

3.8 小　　结

CSS 扩充了 HTML 标记功能,能够完成网页元素的三维精确定位以及特殊效果的实现。本章主要是使用 CSS 属性和 CSS 滤镜完成 HTML 标记不能完成的网页制作。CSS 在网页设计中有着特殊的作用,灵活使用 CSS 是网页制作中不可或缺的技能。

3.9 习　　题

1. CSS 样式属性中,常用的文字大小单位有哪些?
2. 在网页中使用 CSS 样式的方法有几种? 举例说明。
3. 如何实现阴影滤镜不能实现的文字立体效果?
4. 举例说明 background-position 属性的使用方法。
5. 透明滤镜中的 style 属性起什么作用?
6. 如何对一个对象添加多个滤镜效果?

3.10 实训:"我的家乡"主题网站制作

1. 实训目的

熟悉 CSS 样式表的使用,练习使用 CSS 样式表制作网页。

2. 实训任务与实训指导

参照教学项目网站中 CSS 样式栏目内容与效果设计,以"我的家乡"为主题,从 Internet 上下载或自己采集有关自己家乡的若干图片,仿照 3.3 节到 3.7 节内容,完成该栏目网站的

制作,并发布到远程 Web 服务器网站中。栏目标题、导航栏内容需要根据自己设计的页面内容自主确定。

实训任务 3-1：发光文字页面制作

使用自备图片制作实训网站项目中带发光文字页面 prac3-1. html,训练 CSS 样式及发光滤镜使用。要求网页大小为 533×400px。

（1）在本地站点 Images 文件夹中准备一张家乡标志性图片 tp3-3.jpg。

（2）使用"记事本"在本地站点文件夹中生成 prac3-1. html 网页文件。

（3）参照 3.3 节"城市徽标"页面代码,完成该页面的制作。注意插入图片要使用如下格式：

<img src="images/tp3-3.jpg" width="533" height="400">

如果不指定图片的大小,由于下载或自己采集的图片尺寸不合适,难以保证该网页在嵌入式框架中显示时的效果。

（4）在本地浏览该页面,查看页面显示是否符合设计要求。

（5）使用FTP工具将 prac3-1. html 上传到 Web 服务器网站根目录下,将图片 tp3-3.jpg 上传到 Web 服务器网站 Images 文件夹中。

（6）在本地浏览器地址栏输入：

http://Web 服务器域名地址/学号/prac3-1.html

检查网站发布是否正确。

（7）保存本地站点。

实训任务 3-2：图片透明效果页面制作

使用自备图片制作实训网站项目中图片放射状透明效果显示网页 prac3-2.html,训练 CSS 透明滤镜使用。要求网页大小为 533×400px。

（1）在本地站点 Images 文件夹中准备一张家乡风景图片 tp3-4.jpg。

（2）使用"记事本"在本地站点文件夹中生成 prac3-2. html 网页文件。

（3）参照 3.4 节"漓江夜色"页面代码,完成该页面的制作。注意插入图片要使用：

<img src="images/tp3-4.jpg" width="533" height="400" >

为图片指定显示大小。

（4）在本地浏览该页面,查看页面显示是否符合设计要求。

（5）使用FTP工具将 prac3-2. html 上传到 Web 服务器网站根目录下,将图片 tp3-4.jpg 上传到 Web 服务器网站 Images 文件夹中。

（6）在本地浏览器地址栏输入：

http://Web 服务器域名地址/学号/prac3-2.html

检查网站发布是否正确。

（7）保存本地站点。

实训任务 3-3：带边框图片页面制作

使用自备图片制作实训网站项目中带边框图片网页 prac3-3.html,训练 CSS 边框、定位属性。要求网页大小为 533×400px。

(1) 在本地站点 Images 文件夹中准备 2 张家乡风景图片 tp3-5.jpg、tp3-6.jpg。

(2) 使用"记事本"在本地站点文件夹中生成 prac3-3.html 网页文件。

(3) 参照 3.5 节"芦笛岩洞"页面代码,完成该页面的制作。注意插入图片要使用:

```
<img src="images/tp3-5.jpg" width="267" height="200" class="s1">
<img src="images/tp3-6.jpg" width="267" height="200" class="s2">
```

为图片指定显示大小。

(4) 在本地浏览该页面,查看页面显示是否符合设计要求。

(5) 使用 FTP 工具将 prac3-3.html 上传到 Web 服务器网站根目录下,将图片 tp3-5.jpg、tp3-6.jpg 上传到 Web 服务器网站 Images 文件夹中。

(6) 在本地浏览器地址栏输入:

http://Web 服务器域名地址/学号/prac3-3.html

检查网站发布是否正确。

(7) 保存本地站点。

实训任务 3-4：指定区域显示文字页面制作

使用自备图片制作实训网站项目中指定区域显示文字页面 prac3-4.html,训练 CSS 定位属性。要求网页大小为 533×400px。

(1) 在本地站点 Images 文件夹中准备一张家乡风景图片 tp3-7.jpg。

(2) 使用"记事本"在本地站点文件夹中生成 prac3-4.html 网页文件。

(3) 参照 3.6 节"龙脊梯田"页面代码,在图片上的指定位置显示介绍该图片的文字,完成该页面的制作。注意插入图片要使用:

```
<img src="images/tp3-7.jpg" width="533" height="400">
```

为图片指定显示大小。

(4) 在本地浏览该页面,查看页面显示是否符合设计要求。

(5) 使用 FTP 工具将 prac3-4.html 上传到 Web 服务器网站根目录下,将图片 tp3-7.jpg 上传到 Web 服务器网站 Images 文件夹中。

(6) 在本地浏览器地址栏输入:

http://Web 服务器域名地址/学号/prac3-4.html

检查网站发布是否正确。

(7) 保存本地站点。

实训任务 3-5："我的家乡"栏目首页制作

仿照教学项目网站中 CSS 栏目首页效果设计,使用自己准备的素材,完成以"我的家乡"为主题的实训网站项目"我的家乡"栏目首页 prac3. html 的制作,并将 prac3-1. html、prac3-2. html、prac3-3. html、prac3-4. html 链接到栏目首页中,在栏目首页的嵌入式框架中显示。训练嵌入式框架布局、立体效果文字制作、CSS 属性及滤镜的使用。

(1) 在本地站点 Images 文件夹中准备 2 张家乡风景图片 tp3-1. jpg、tp3-2. jpg,tp3-1. jpg 应该是一张有水面景色的图片。

(2) 使用"记事本"在本地站点文件夹中生成 prac3. html 网页文件。

(3) 参照该栏目首页布局与效果设计以及 3.7 节中的页面代码,完成栏目首页页面制作。要求该页面中必须使用嵌入式框架,有立体效果文字,要使用发光滤镜、透明滤镜、阴影滤镜、投影滤镜和制作带图片背景的文字。注意"返回首页"超链接的 target 属性要使用"_parent"或"_top"等,其他超链接的 target 属性要使用嵌入式框架名。

(4) 在本地浏览该页面,查看页面显示是否符合设计要求,查看所有超链接是否正确。

(5) 使用 FTP 工具将 prac3. html 上传到 Web 服务器网站根目录下,将图片 tp3-1. jpg、tp3-2. jpg 上传到 Web 服务器网站 Images 文件夹中。

(6) 在本地浏览器地址栏输入:

http://Web 服务器域名地址/学号

在网站首页中单击"CSS 样式"超链接按钮,检查 prac3. html 网页能否正确显示,检查 prac3. html 网页中的超链接是否正确。

(7) 保存本地站点。

使用 Dreamweaver 制作网页

本章介绍如何使用网页编辑工具 Dreamweaver 制作网页。本章完成的内容是教学项目网站中的"网页编辑工具"栏目制作。

4.1 "网页编辑工具"栏目设计

4.1.1 栏目内容与效果设计

1. 栏目首页内容与效果设计

该栏目设计为以介绍网页编辑工具 Dreamweaver 的使用为主题的网站。栏目首页内容与效果设计如图 4-1 所示。

图 4-1   栏目首页设计

标题栏尺寸为 960×160px,背景图片使用 images/tp4-1.jpg,文字为"方正舒体",大小为 2cm,白色,居中对齐;

导航栏尺寸为 960×50px,背景图片使用 images/tp4-2-1.jpg,文字为"黑体",大小为

14px,颜色使用"#006699",居中对齐。

其中超链接如下。

(1) 首页:链接到 index.html。

(2) Dreamweaver 简介:链接到 prac4-1.html,在窗口宽度为 960px 的窗口中打开。

(3) 层与行为:链接到 prac4-2.html,在 980×620px 的窗口中打开。

(4) 热点图像:链接到 prac4-3.html,在新窗口打开。

导航栏后面是当前的系统日期,是用 JavaScript 脚本实现的。

网页主体部分是 960×400px 带边框的表格,边框宽度为 5px,边框颜色为#006600。网页主体部分左边图片为 images/tp4-3.jpg,显示为放射状半透明效果的"交换图像",当鼠标移动到该图片上方时会显示交换图片 images/tp4-4.jpg,鼠标移开后恢复显示图片 images/tp4-3.jpg。

网页主体部分右边上方是尺寸为 410×90px 的 Flash 动画 flashes\fl4-1.swf;下方是一个 GIF 动画 images/tp4-5.gif。

网页最下面一行为 960×40px 的版权信息区间,背景使图片用 images/tp4-2.jpg。

2. Dreamweaver 简介页面设计

Dreamweaver 简介页面内容与效果设计如图 4-2 所示。

图 4-2　Dreamweaver 简介页面设计

页面标题设为使用阴影滤镜效果的"华文新魏"文字,颜色为"#0000b3",阴影颜色为"#6666ff",大小为 2cm。页面标题背景图片为 images/tp4-1-2.jpg。

页面中的图片为 images/tp4-6.jpg。

3. 层与行为页面设计

层与行为页面内容与效果设计如图 4-3 所示。

页面顶部为 Flash 动画,使用素材 flashes/fl4-2.swf;页面右侧为图片 images/tp4-11.jpg,图片替代文本为"新加坡国家植物园"。当鼠标移动到左侧超链接文本"胡姬花 1 号"及其他 5 个超链接文本上面时,在 images/tp4-11.jpg 位置分别显示 images/tp4-3.jpg、images/

图 4-3　层与行为页面设计

tp4-4.jpg、images/tp4-7.jpg、images/tp4-8.jpg、images/tp4-9.jpg、images/tp4-10.jpg 图片,鼠标离开后,恢复显示 images/tp4-11.jpg 图片。

页面左侧文本"胡姬花"为 2cm 绿色"华文彩云"文字;超链接文本大小为 20px。说明文字是颜色为"#009999"、16px 默认字体的文本,文字内容为:

在新加坡国家植物园内,有 3 千多种胡姬花。胡姬花是东南亚一带人们对兰花的称呼,例如我们常见的蝴蝶兰。

新加坡国家植物园内的胡姬花品种在世界上是最多的,而且很多新品种都是他们自己培育的,很多胡姬花的名字是用名人的名字命名的,所以一般人叫不出这些胡姬花的名字。

下面使用编号来表示胡姬花的种类,使用鼠标移动到某个编号上,你就可以欣赏到该编号的胡姬花。

页面底部的状态栏中显示的文字为:

将鼠标指向"胡姬花×号",可以看到不同的胡姬花。

4. 热点图像页面设计

热点图像页面内容及显示效果设计如图 4-4 所示。

页面标题"赏花"为 25mm 大小、隶书字体,颜色为 #FF6600,带阴影效果的文字。阴影颜色为 #996600。

水平线宽度为窗口的 80%,宽 8px,颜色为 #00cc00。

页面左下方为图片 images/tp4-12.jpg。该图片中有 9 种胡姬花,当鼠标指向该图片中的某个胡姬花时,在右面区域将显示该花放大的图片。

图 4-4 热点图像页面设计

4.1.2 页面文件名设计

栏目首页文件名：prac4.html；

Dreamweaver 简介页面文件名：prac4-1.html；

层与行为页面文件名：prac4-2.html；

热点图像页面文件名：prac4-3.html。

4.2 网页编辑工具 Dreamweaver

4.2.1 Dreamweaver 概述

Dreamweaver 是由 Macromedia 公司开发的一款可视化的网页编辑工具。Dreamweaver 和专业图像处理工具 Fireworks、二维动画制作工具 Flash 被称为网页设计三剑客，三者被 Macromedia 公司称为 Dreamteam(梦之队)。在静态网站制作中，Dreamweaver 主要帮助用户生成 HTML、CSS 代码以及 JavaScript 脚本。Dreamweaver 中还集成了"层"布局工具，使用层可以减少书写 CSS 代码，完成网页三维布局。Macromedia 公司开发的三剑客最高版本为 8.0 版。

2005 年 4 月，Macromedia 公司被 Adobe 公司以约 34 亿美元的价格收购，然后 Adobe 公司推出了图形设计、影像编辑与网络开发的软件创意组合(Creative Suite)软件产品，所有的软件版本称为 CS 版，目前较高的版本为 CS5。

在 Dreamweaver CS 版本中删除了时间轴动画、框架布局、Flash 按钮等内容；将"插入"栏放入了面板组内；加强了对动态网站开发工具和对数据库、XML 的支持；加强了 JavaScript 程序库(称作 Spry 框架)。使用 Spry 可以方便地生成下拉式菜单栏、选项卡和折叠式面板等。在 Dreamweaver CS 版本中层称作"AP div"；在行为中，行为对象不仅可以是层元素，还可以是所有的网页元素。

使用 Dreamweaver 可以实现网页的可视化设计制作。该工具主要具有以下几个方面的功能。

(1) 站点管理功能。帮助用户建立和管理本地站点，实现和远程站点的文档上传与下载。

(2) HTML 标记生成功能。用户可以通过对菜单、工具按钮、对话框、属性面板的操作完成 HTML 标记及其属性的设置。

(3) CSS 样式生成与管理。在 Dreamweaver 中，几乎所有格式都是使用 CSS 定义的。使用属性面板和 CSS 面板都可以很方便地生成和编辑 CSS 样式。

(4) 生成 JavaScript 代码。用户不必了解 JavaScript 脚本技术就能使用 Dreamweaver 中的"行为"生成 JavaScript 脚本代码，完成 DHTML 的功能。

Dreamweaver 最主要的功能是站点管理和帮助用户书写 HTML 标记与设置标记属性。从某种意义上说，没有 HTML 和 CSS 基础，使用 Dreamweaver 也能够设计制作网页，但是，如果熟悉 HTML 标记和 CSS，那么学习 Dreamweaver 将是一个非常简单的事情，而且，所有网页编辑工具都不能完全解决 HTML 标记和 CSS 能够解决的问题，很多情况还是需要用户直接编辑 HTML 标记。

在 Dreamweaver CS 版本中，主要加强了对动态网站技术的支持。对于比较简单的静态网站，使用较高版本的 Dreamweaver 反而会有很多不便。例如在 Dreamweaver CS5 版本中，文本属性中去掉了超链接等属性，框架布局也不支持了等。所谓不支持，并不是说在该版本中不能使用了，而是需要用户自己去书写 HTML 代码，所以在制作静态网页时，如果对下拉式菜单、三维页面布局技术要求不高，可以考虑尽量使用较低版本的 Dreamweaver，例如中文 Dreamweaver 8.0。

4.2.2　Dreamweaver 工作窗口

图 4-5 是中文 Dreamweaver 8.0 的工作窗口。

中文 Dreamweaver 8.0 的工作窗口主要由菜单栏、"插入"栏、"文档"窗口、"属性"检查器和面板组构成，其中菜单栏中包括了 Dreamweaver 所有的操作项目。"插入"栏是一组下拉列表式工具栏，用于将各种类型的"对象"插入到文档中。"文档"窗口是显示当前创建的文档和编辑当前文档的场所。"文档"窗口上方为"文档"工具栏。根据"文档"工具栏的"代码"、"拆分"、"设计"视图选择，"文档"窗口有设计窗口、代码窗口和拆分窗口 3 种形式。在设计窗口中，可以实现可视化的设计方式，通过直接书写、插入、属性面板操作等方式完成页面设计制作；在代码窗口中，可以通过书写 HTML 代码的方式制作网页文档，一般在代码窗口中只是修改 HTML 标记；拆分窗口是设计窗口和代码窗口的组合形式，可以同时查看代码与设计效果。

"文档"工具栏如图 4-6 所示。

"文档"工具栏中常用的项目是"代码"、"拆分"、"设计"视图转换；"文档标题"用于设置 HTML <title>标记内容；"在浏览器中浏览/调试"按钮用于预览网页效果。

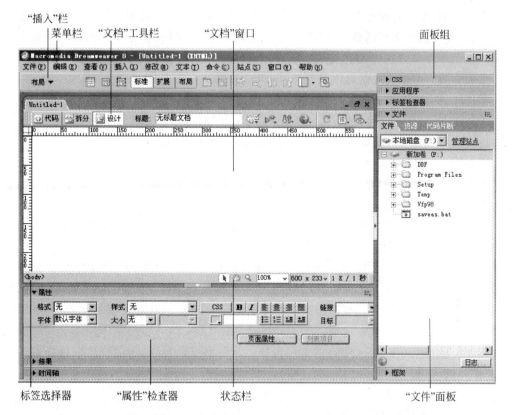

图 4-5 中文 Dreamweaver 8.0 工作窗口

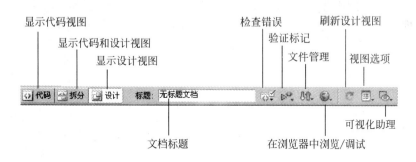

图 4-6 "文档"工具栏

"文档"窗口底部的状态栏提供与当前文档有关的其他信息。状态栏如图 4-7 所示。

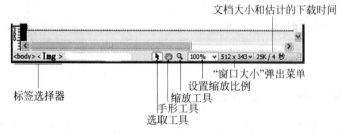

图 4-7 状态栏

标签选择器：标签即标记。单击标签可以选择该标签及其全部内容。例如单击＜body＞可以选择文档的整个正文；单击＜img＞可以选择该标记中的图像。右击某个标签从弹出菜单中可以选择"删除标签"、"设置类"（为标签指定 CSS 的类样式）等命令。

选取工具：用于选取窗口中的对象，与手形工具为互锁工具。

手形工具：用于将其他文档拖到"文档"窗口中，但不能选择窗口中的对象。

缩放工具：用于对窗口的放大或缩小（缩小：加 Alt 键）。

设置缩放比例：以菜单方式设置窗口的放大或缩小比例。

窗口大小：显示当前窗口的大小。

文档大小和估计下载时间：当前文档的大小和使用 56Kbps 的 Modem 时打开网页需要的时间。

"属性"检查器用于检查、设置当前选定页面元素的属性。"属性"检查器中的内容根据选定的元素不同而不同。

面板组是组合在一个标题下面的相关面板的集合，其中"文件"面板类似于 Windows 资源管理器。若要展开一个面板，可以单击名称左侧的展开箭头；若要折叠一个面板，可以单击名称左侧的折叠箭头。在面板组中的面板只是 Dreamweaver 面板的一部分，如果需其他面板可以在"窗口"菜单中选择。

图 4-8 是 Dreamweaver CS5 的工作窗口。从图中可以看到属性窗口、面板组都简化了很多，主要的改进是加强了对数据库、XML 的支持，增强了制作动态网站的功能。

图 4-8　Dreamweaver CS5 的工作窗口

4.2.3　Dreamweaver 站点管理

Dreamweaver 具有强大的站点管理功能。在 Dreamweaver 中创建或打开站点之后，

Dreamweaver 会自动将链接到站点目录之外的文件复制到站点目录中,所有链接地址均自动采用相对路径,避免发生超链接错误。Dreamweaver 能够很好地管理本地与远程站点,实现本地站点与远程站点之间的上传和下载,能够很方便地完成网站的发布与网站维护。

1. 创建站点

在 Dreamweaver 中使用"站点"|"新建站点"菜单项,打开"站点定义"对话框。低版本的 Dreamweaver 中"站点定义"对话框有"基本"与"高级"两个选项卡。"基本"选项卡提供"站点定义向导",Dreamweaver CS 版本中不再提供"站点定义向导"。

(1)站点本地信息设置。低版本的 Dreamweaver 中"站点定义"对话框"高级"选项卡"本地信息"的设置对话框如图 4-9 所示。

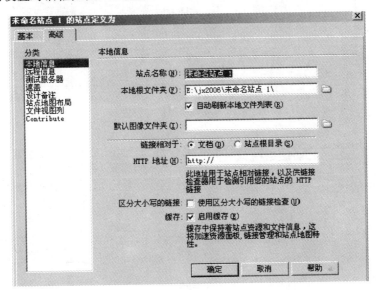

图 4-9 "站点定义"本地信息对话框

在"本地信息"对话框中,主要设置的内容如下。

① 站点名称:本地站点的名称,一般不重要。

② 本地根文件夹:网页文件存放的文件目录,是站点内所有文件目录的根目录。

Dreamweaver CS 版本中设置本地站点在"站点"选项卡中设置。

(2)站点远程信息设置。低版本的 Dreamweaver 中"远程信息"的设置对话框如图 4-10 所示。在本地开发网站时,可以不设置"远程信息"。如果需要将网站发布到 Web 服务器上,"访问"方式需要选择"FTP",并且需要设置 FTP 主机的域名或 IP 地址、主机目录(即远程站点中的子目录,如果主机目录为远程站点中的根目录,主机目录不需要设置)、用户的登录名称和登录密码。最后单击"测试"按钮,如果能和远程站点链接,那么远程设置就成功了。"启用存回和取出"用于多人维护网站的情况,只有他人存回之后才可能被取出。Dreamweaver CS 版本中设置"远程信息"如图 4-11 所示。选择"服务器"选项卡,单击"添加新服务器"按钮,在配置服务器的"基本"选项卡中填写 FTP 参数即可。

2. 管理本地站点

在 Dreamweaver 中使用"站点"|"管理站点"菜单项,可以完成站点的"编辑"、"删除"等

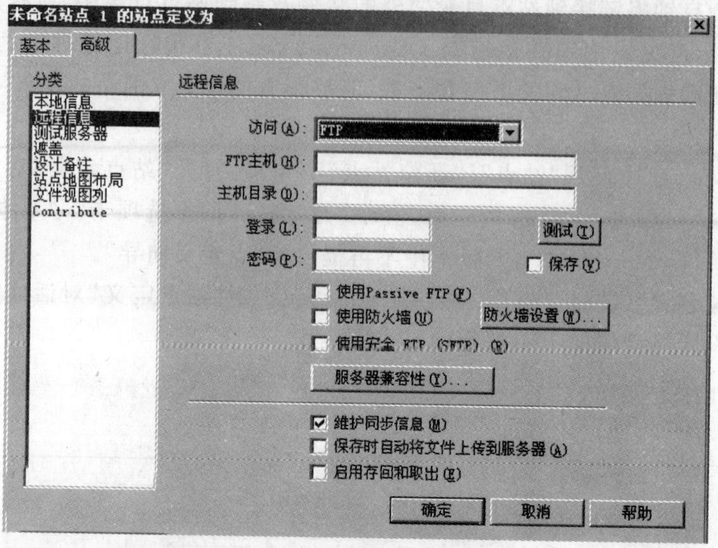

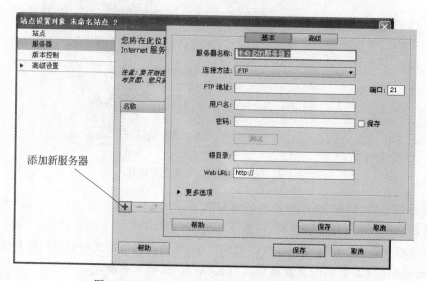

图 4-10　站点远程信息设置

图 4-11　Dreamweaver CS 版本中远程信息设置

操作。

3. 文件的上传和下载

本地站点与远程站点之间的网页文档上传和下载可以通过"文件"面板中的"上传"、"下载"按钮完成。上传和下载的内容可以是整个网站内容或选择的部分文件。如果网站启用了"启用存回和取出"复选框,那么文件的上传和下载需要使用"取出"、"存回"按钮。"文件"面板中的"上传"、"下载"按钮如图 4-12 所示。

上传可以选择整个站点或某个文件。如果上传一个网页文件,系统会提示"要上传相关文件?",回答"是"之后,该网页中使用的图片等文件都会上传到服务器上。

4.2.4 页面属性

在 Dreamweaver 中，文档元素的格式一般使用 CSS 样式和无样式。所谓无样式就是文档页面属性设置的样式，或者说默认样式。没有进行页面属性设置时，系统默认样式是由系统参数定义的，系统参数可以在菜单"编辑"|"首选参数"中修改。在设置了"页面属性"后，系统默认样式由"页面属性"定义。设置页面属性可以通过单击"属性"面板的"页面属性"按钮，打开"页面属性"对话框进行设置。"页面属性"设置包括"外观"、"链接"、"标题"、"标题/编码"和"跟踪图像"设置。

图 4-12　"上传"和"下载"按钮

1. "外观"设置

"外观"设置对话框如图 4-13 所示。

图 4-13　"外观"设置对话框

在"外观"设置对话框中通过页面字体、大小、文本颜色列表框可以选择设置页面和表格中的默认的文本字体、大小、粗体、斜体、颜色。

"页面字体"的设置可以通过下拉列表框选择。如果在下拉列表框的列表项中没有需要的字体，可以单击列表框中的"编辑字体列表"项，打开"编辑字体列表"对话框，如图 4-14 所示。

在"可用字体"列表框中选择需要的字体，单击"⟫"按钮，将选择字体添加到"选择的字体"列表框中，单击"确定"按钮，选择字体进入"字体列表"框中，在"页面字体"设置中就可以使用了。不过"编辑字体列表"每次只能添加一种字体（一行中有多种字体时，优先使用排列在前面的字体）。添加多行字体需要多次进入"编辑字体列表"对话框。

在"外观"设置对话框中通过"背景颜色"、"背景图像"、"重复"列表框和文本框设置页面的背景颜色、背景图像以及背景图像重复方式。背景图像可以使用浏览方式选择。

通过"外观"设置对话框中的左边距、右边距、上边距、下边距文本框可以设置页面的上下左右边距。

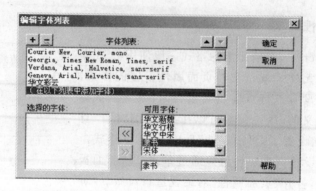

图 4-14 "编辑字体列表"对话框

2. "链接"设置

"链接"设置用于定义超链接标记的样式,包括字体、大小、各种状态的颜色和下划线的样式。为了避免他人对页面超链接的误解,一般不要自己设置超链接的样式。

3. "跟踪图像"设置

用于设置页面的跟踪图像(设计底图)以及图像的透明度。

4.2.5 CSS 样式定义与管理

在 Dreamweaver 中,页面元素格式一般都采用 CSS 样式进行定义。掌握 CSS 样式的定义与管理是使用 Dreamweaver 的基本技术。

1. CSS 样式定义

在 Dreamweaver 中定义 CSS 样式有下面几种方式。

(1) 在文档"属性"面板中设置文本 CSS 样式。在文档"属性"面板中,选中某些文本后,只要对"字体"、"大小"和"颜色"属性对话框中的某个内容进行修改,便可以定义一个新的样式,样式名称就会显示在"样式"列表框中。样式名称是全局格式页的"类"名称,自动取名为style1,style2,…。如果属性定义与以前定义过的内容相同,就不会产生新的样式。

(2) 使用"新建 CSS 规则"对话框创建 CSS 样式。在如图 4-15 所示的"CSS 样式"面板中单击"新建 CSS 规则"按钮,可以打开"新建 CSS 规则"对话框,如图 4-16 所示。

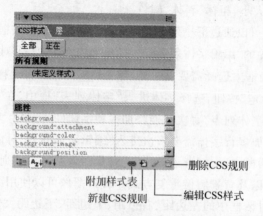

图 4-15 "CSS 样式"面板

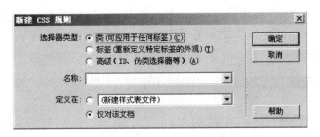

图 4-16 "新建 CSS 规则"对话框

在"新建 CSS 规则"对话框中,"选择器类型"有"类"、"标签"和"高级"选项。"类"可以应用于任何标签;"标签"定义 HTML 标签的外观样式;"高级"用于定义超链接标记样式等。一般常用的是"类"定义。

在选择"类"时,在"名称"文本框中需要输入一个类名称。类名称前缀"."是需要的,省略时系统会自动加入。

"定义在"选项用于选择 CSS 样式是"仅对该文档"的全局格式页,还是存放在外部样式表文件中。如果选择"定义在",那么需要在下拉列表框中输入或选择一个样式表文件名。如果选择了"新建样式表文件",单击"确定"按钮后,系统打开"保存样式表文件"对话框,从中选择存放路径和指定样式表文件名(扩展名为.CSS)保存即可。

在完成上述操作之后,系统打开"CSS 规则定义"对话框,在该对话框中可以通过下拉列表框选择、复选框选择、浏览和文本框输入方式直观地设置 CSS 样式属性。"CSS 规则定义"对话框中可以设置的 CSS 属性比第 3 章中介绍的要多,但不是常用的属性一般也不需要设置。

在"CSS 规则定义"对话框中,CSS 样式定义分为以下 8 种类别。

① "类型"属性设置。CSS 样式表"类型"属性主要是设置 CSS 的字体属性。"类型"属性设置对话框如图 4-17 所示,主要完成下列 CSS 字体属性的设置:font-family(字体),font-size(大小),font-style(样式),line-height(行高),font-weight(粗细),text-transform(大小写),color(颜色),text-decoration(修饰)。

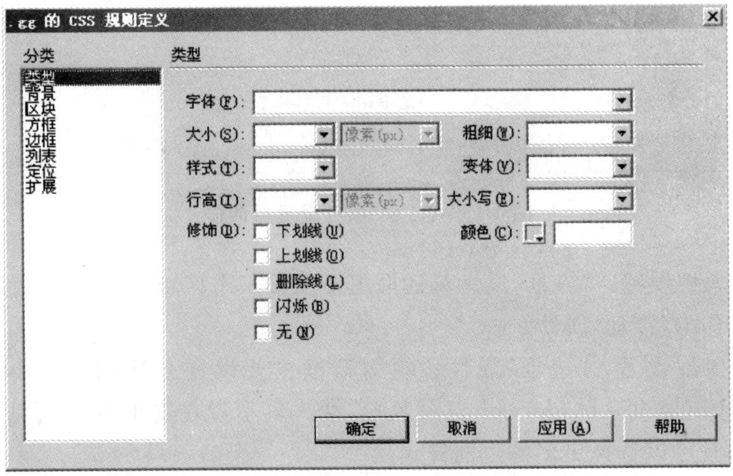

图 4-17 "类型"属性设置对话框

②"背景"属性设置。"背景"属性设置对话框如图 4-18 所示，主要完成下列 CSS 背景属性的设置：background-color（背景颜色），background-image（背景图像），background-repeat（重复），background-position（水平、垂直位置）。

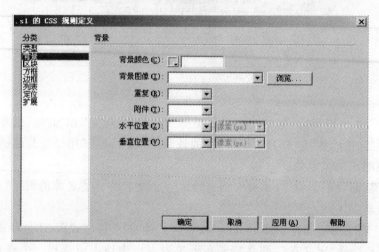

图 4-18 "背景"属性设置对话框

③"区块"属性设置。"区块"属性设置对话框如图 4-19 所示，在对话框中主要完成下列 CSS 文本相关属性的设置：word-spacing（单词间距），letter-spacing（字母间距），vertical-align（垂直对齐），text-align（文本对齐），text-indent（文本缩进）。

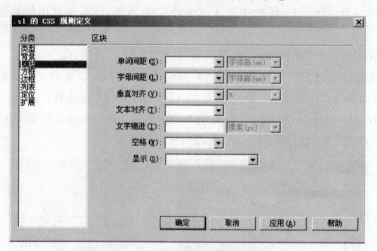

图 4-19 "区块"属性设置对话框

④"方框"属性设置。"方框"属性对话框主要设置一个区域的 width（宽）、height（高）、margin（边距）、float（浮动）属性。

⑤"边框"属性设置。"边框"属性设置对话框主要设置 CSS 边框的 border-style（样式）、border-width（宽度）、border-color（颜色）属性。只不过在这里可以分别设置边框的上下左右属性，而且可以选择更多的边框样式。

⑥"列表"属性设置。设置 CSS 的列表项属性。

⑦ "定位"属性设置。"定位"属性设置对话框除了设置 position（定位类型）、top、left、z-index 定位属性之外，还包括一个区域的大小 width（宽）、height（高）设置。定位类型选择"绝对"时，top、left 是相对于浏览器窗口左上角的坐标，定位的对象会呈现出"层"的特性，可以使用鼠标移动区块位置来改变 top、left 属性；定位类型选择"相对"时，top、left 是相对于该区块对象当前应该占据的位置，只能使用代码调整 top、left 属性，不能通过鼠标移动区块。

⑧ "扩展"属性设置。"扩展"属性设置对话框中主要是设置鼠标的样式和 CSS 的滤镜效果。

在"CSS 规则定义"对话框中将 CSS 样式分为 8 种类别，但是，在定义 CSS 样式时并非一个样式只能在一个分类中定义。一个样式可能需要几个分类中的属性。

2. CSS 样式管理

（1）附加样式表。在使用外部样式表文件时，需要通过链接或导入的方式附加外部样式表文件。操作方法可以是：在文档属性面板的"样式"下拉列表框中选择"附加样式表"或在"CSS 样式"面板中单击"附加样式表"图标都可以打开"链接外部样式表"对话框，从中选择样式表文件和选择"链接"、"导入"方式，就可以将外部样式表文件附加到本网页文档。

（2）为对象指定样式。无论是在文档中定义的样式还是附加的样式表文件中的样式，都可以在文档属性面板的"样式"下拉列表框中选择使用；在"属性"面板的"类"下拉列表框中也可以选择样式；在选中对象之后，右击打开快捷菜单，选择"CSS 样式"命令，在弹出的菜单中也可以选择样式。

（3）编辑样式。在"CSS 样式"面板中（见图 4-15），从"所有规则"列表中选择一个样式，在 CSS 面板的"属性"窗口便可以对样式的所有属性进行修改。在文档"代码"窗口中，也可以直接修改 CSS 样式代码。

4.3 "Dreamweaver 简介"页面制作

4.3.1 任务分析

本教学任务是制作"网页编辑工具"栏目中的"Dreamweaver 简介"网页 prac4-1. html。根据教学项目网站中该页面的设计，该任务中主要是使用 CSS 样式实现网页显示效果。使用的素材图片为 images\tp4-1-2. jpg、tp4-6. jpg。

4.3.2 Dreamweaver 简介页面制作

1. 新建站点

启动 Dreamweaver，打开"站点"菜单，选择"新建站点"命令，将"本地站点文件夹"设置到前面章节创建的本地站点根目录。

2. 新建文档

在 Dreamweaver 中，新建"HTML 文档"（在菜单栏中选择"新建"| HTML 命令，单击"创建"按钮新建一个网页文件），在本地站点中保存为 prac4-1. html（在菜单栏中使用"文件"|"另存为"命令，选择站点文件夹，文件名使用 prac4-1. html）。注意：不要使用

Dreamweaver 自动命名的文件名 Untitled-x. html,要使用容易辨认的网页文件名保存网页文件。

3. 定义边框样式

在"CSS 样式"面板中单击"新建 CSS 规则"按钮打开"新建 CSS 规则"对话框,新建一个"类",类名称使用 s1,选择"仅限该文档"。

在"背景"选项卡中设置"背景图像"为 images\tp4-1-2. jpg。

在"方框"选项卡中设置"宽度"为 900px,"高度"为 120px。

在"边框"选项卡中设置"样式"为 inset,"宽度"为 20px,"颜色"为♯00ff99。

4. 显示边框

在页面中输入几个回车符(标签选择器中出现＜p＞,代码窗口中会出现几个＜p＞ ＜/p＞标记),在文档窗口选择第 1 行,右击,在快捷菜单中选择"CSS 样式"命令,在打开的样式列表中选择 s1。文档窗口内会出现 CSS 样式效果,如图 4-20 所示。

图 4-20   CSS 样式效果

5. 定义标题样式

在"CSS 样式"面板中使用"新建 CSS 规则"按钮打开"新建 CSS 规则"对话窗口,新建一个"类",类名称使用 s2,选择"仅限该文档"。

在"类型"选项卡中设置"字体"为"华文新魏(或其他字体)";"大小"为 2cm;"粗细"选择 800;"颜色"为♯0000b3。

在"扩展"选项卡中选择 shadow(color＝♯6666ff, direction＝45)。

在"定位"选项卡中设置"类型"为 absolute,"Z 轴"为 2。

6. 插入网页标题

在边框下面输入文字"网页编辑工具",选中"网页编辑工具",右击,在快捷菜单中选择"CSS 样式"命令,在打开的样式列表中选择 s2。用鼠标将"网页编辑工具"文字区块拖动到边框内的适当位置。

保存文档,在浏览器中预览网页就会看到文字的阴影效果(注意,如果不使用"定位"属性,滤镜效果可能不起作用)。

7. 插入图片

选择"插入"|"图像"命令,选择 images\tp4-6. jpg。选中插入的图片,在"属性"面板中设置图片的属性为宽 200px,高 100px,垂直边距 20px,水平边距 20px,"对齐"选择"左对齐",用于实现图文混排。

8. 插入文字

如果使用系统默认的样式,可以直接在文档窗口中输入文字。也可以在输入文字后,选中文字,从"属性"面板中设置文字的样式。注意每段文字开始的空格需要使用 Ctrl＋Shift＋Space 键输入。

　　在文档窗口中选中文本之后,在"属性"面板中可以设置选中文本的属性。文本属性面板如图 4-21 所示,其中图 4-21(a)是低版本的 Dreamweaver 文本属性面板,图 4-21(b)是 Dreamweaver CS 版本中文本属性面板。

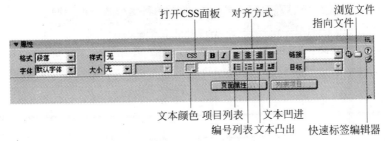

(a) 低版本的Dreamweaver文本属性

(b) Dreamweaver CS版本的文本属性

图 4-21　文本属性面板

　　从图 4-21 可以看到,Dreamweaver CS 版本中文本属性设置的项目减少了很多。对于设置文本的超链接只能使用"插入"|"超链接"命令去设置。

　　文字输入完成之后保存文档,在浏览器中浏览效果。

4.4　"层与行为"页面制作

4.4.1　任务分析

　　本任务是制作"网页编辑工具"栏目中的"层与行为"网页 prac4-2.html。根据教学项目网站中该页面的设计,该任务中主要是使用"层"布局技术和"显示-隐藏层"行为完成扩展网页容量的效果。

　　该任务中使用的图片素材为 images\tp4-11.jpg、tp4-3.jpg、tp4-4.jpg、tp4-7.jpg、tp4-8.jpg、tp4-9.jpg、tp4-10.jpg;Flash 动画素材是 flashes/fl4-2.swf。

4.4.2　层（AP Div）

　　Dreamweaver 中使用"层"表示一个可以精确定位的网页元素。"层"是一个可以容纳文本、图像等网页元素的容器,是一个可以单独编辑处理的对象,是一个可以进行三维精确定位的元素。"层"在 Dreamweaver CS 版本中称作"AP Div"元素。

1. 插入层

　　在菜单栏中使用"插入"|"布局对象"|"层（或 AP Div）"命令可以在网页中插入一个"层";或者在"插入"、"布局"工具栏中选择"绘制层（绘制 AP Div）"工具后,在文档窗口可以绘制"层"。

"绘制层"可以在窗口的任何位置绘制，也可以重叠。每个层有一个唯一的 Z-轴属性值。在如图 4-22 所示的"层（AP 元素）"面板中，可以选择层、设置层的 Z-轴属性、可见性；选中"防止重叠"复选框后，"绘制层"时就不能重叠绘制。

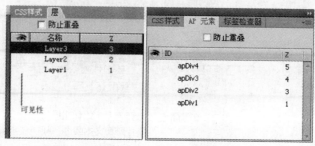

(a) 低版本的层面板　　　　(b) 高版本的AP元素面板

图 4-22　"层（AP 元素）"面板

2. 设置层的属性

选中一个层后，可以通过"层调整手柄"调整层的大小，可以移动层的位置，可以设置层的属性。层"属性"面板如图 4-23 所示。

图 4-23　层"属性"面板

在层"属性"面板中，"左"、"上"和"Z 轴"是层的定位属性，指定层的左上角坐标位置和 Z 轴方向排列顺序。修改"左"、"上"属性可以移动层的位置；修改"Z 轴"属性可以改变层的前后重叠位置顺序。

"宽"、"高"属性指定层的大小。修改"宽"、"高"属性可以改变层的大小。

"背景图像"、"背景颜色"用于设置该层的背景图像或背景颜色。

"可见性"属性一般选择 Default 和 Hidden。Hidden 为隐藏的。该属性也可以在"层"面板中单击层名称中的"可见性"列来设置。

"溢出"属性设置层内的内容超出了层的大小时的处理方式，其中选项列举如下。

Visible：自动向右下方扩展以显示所有内容。

Hidden：不显示溢出部分内容。

Scroll：为层加上滚动条用于溢出浏览。

Auto：在产生溢出时，自动添加滚动条用于溢出浏览。

"剪辑"属性用于设置显示在层内的部分内容，其中"左"、"上"、"右"、"下"指定显示区域相对于层的左上角坐标和右下角坐标。例如，图 4-24 中是剪辑区域相对于层的左上角坐标为（50,50），右下角坐标为（300,200）的显示效果。

3. 对齐层

需要将多个层的位置对齐时，可以按住 Shift 键，单击多个层完成多个层的选择。在

图 4-24 剪辑区域

"属性"面板中设置层的"左"、"上"、"宽"、"高"属性使多个层对齐;或者在菜单中使用"修改"|"排列顺序"命令,选择"左对齐"、"右对齐"、"对齐上缘"、"对齐下缘"可以完成对某个边缘的对齐;选择"设成宽度相同"和"设成高度相同"可以使其大小相同。

多个层完全重叠后,选择下面的层时只能在"层"面板中选择层名称。

4. 层内容编辑

"层"在页面中是一个完全独立的元素,通过层属性面板可以设置每个层的背景颜色与背景图片。单击某个层后,就可以在层内插入文本、图像、表格、水平线、超链接等网页元素,层内容的编辑方式和普通网页文档编辑完全相同。

4.4.3 行为

1. 行为的概念

Dreamweaver 中的"行为"是面向"事件驱动"的 JavaScript 脚本程序。当页面上发生某一"事件"时,根据事先的定义去执行该事件的过程代码,在页面上产生某种效果的"动作"。所谓"行为"就是根据发生的"事件"而采取的"动作"。

2. 事件

事件是网页中发生的某种动作。常用的事件列举如下。

onLoad:页面或图像文件被打开时发生的事件。

onUnload:页面或图像文件关闭时发生的事件。

onMouseOver:当鼠标移动到对象上面时发生的事件。

onMouseOut:当鼠标从对象上移开时发生的事件。

onClick:当鼠标单击对象时发生的事件。

onDblClick:当鼠标双击对象时发生的事件。

onMouseDown:当鼠标按下时发生的事件。

onMouseUp:当鼠标放开时发生的事件。

onKeyDown：当键盘上有键按下时发生的事件。

onKeyUp：当键盘按键放开时发生的事件。

onKeyPress：当键盘有按键时发生的事件。

3. 添加行为

为选中的对象添加行为需要在"窗口"菜单中选择"行为"命令，打开"行为"面板。"行为"面板如图 4-25 所示。

"行为"面板的说明如下。

(1) 行为对象：该行为附加到的对象。图 4-25 中的＜body＞表示该行为对象是页面。

(2) 添加行为按钮：是一个下拉菜单，从中可以选择添加的行为。

(3) 删除行为按钮：用于删除选中的行为。

(4) 显示所有事件：在事件列表位置显示所有的事件。

(5) 显示设置事件：在事件列表位置显示已经设置的事件及动作。"显示所有事件"和"显示设置事件"为互锁按钮。

(6) 行为顺序调整：用于调整行为的先后顺序。一个对象可以附加多个行为，行为顺序按行为列表中的排列顺序发生。

4. 行为对象

在低版本的 Dreamweaver 中，行为对象一般是页面（＜body＞）、超链接（＜a＞）、图像（＜img＞）和层（＜div＞）。如果需要为文本添加行为，就需要将文本制作成一个"空链接"，即将超链接的目标地址属性设置为"♯"。在 Dreamweaver CS 版本中，行为对象可以是任何网页元素。

5. 行为菜单

选中行为对象之后，单击"添加行为"按钮，可以打开行为菜单。图 4-26(a)是低版本的 Dreamweaver 行为菜单；图 4-26(b)是 Dreamweaver CS 版本中行为菜单。

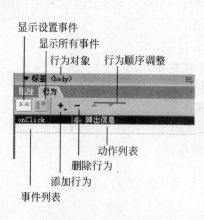

图 4-25 "行为"面板

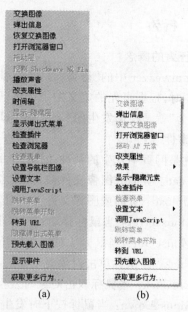

图 4-26 行为菜单

根据选择的行为对象不同,行为菜单中的菜单项的状态有所不同。行为对象不能添加的行为在行为菜单中显示为灰色状态,表示该行为不能用于该对象。

单击可选的行为,可以为行为对象添加该行为。有的行为菜单还有下级菜单。

6. 添加行为过程

在 Dreamweaver 中,添加行为的一般过程如下:

(1) 选择行为对象。

(2) 单击"添加行为"按钮,打开行为菜单,选择添加的行为,打开该行为的参数设置对话窗口。

(3) 设置行为参数。单击"确定"按钮提交行为参数。

(4) 在"事件列表"中检查"事件"是否正确,不正确时通过"事件列表"中的下拉列表重新选择事件。

7. 编辑行为动作

如果需要修改行为的动作设置,双击行为的动作部分,可以打开动作设置对话框重新设置。

4.4.4　"显示-隐藏层"行为

"显示-隐藏层"行为在 Dreamweaver CS 版本中称作"显示-隐藏元素"。

在低版本的 Dreamweaver 中"显示-隐藏层"的行为对象只能是超链接标记和图像;在 Dreamweaver CS 版本中"显示-隐藏元素"的行为对象可以是文本。

"显示-隐藏层"行为是利用鼠标移到对象之上或从对象上移开的事件来触发对层"可见性"属性的修改,从而形成层内容的动态显示效果。设置"显示-隐藏层"行为对话框如图 4-27 所示。在设置"显示-隐藏层"行为对话框中可以设置当行为对象的特定事件发生时哪个层显示,哪些层隐藏。为了简单起见,一般在初始时只显示最底层的层,其余的层都隐藏起来。当行为对象的特定事件发生时,显示某个特定的层。当然,在特定事件发生过后,还应该将该层隐藏起来。

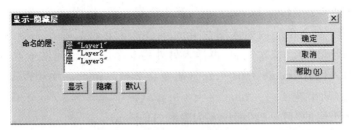

图 4-27　"显示-隐藏层"对话框

4.4.5　"层与行为"页面制作

1. 新建文档

在 Dreamweaver 中打开本地站点,新建"HTML 文档",在本地站点中"另存为"prac4-2.html。

2. 页面布局

（1）插入 3 行 1 列表格，宽度为 960px，边框粗细、单元格边距、间距全部设为 0。

（2）插入 Flash 动画。在表格第 1 行插入 Flash 动画。在 Dreamweaver 中使用"插入"|"媒体"|Flash（或 SWF）命令，插入 flashes\fl4-2.swf。

使用 HTML 标记在网页中插入 Flash 动画比较困难，即便使用 Dreamweaver 插入 Flash 动画后，在网页上只是显示占位符。如果在设计窗口中想查看 Flash 动画效果，可以选中 Flash 动画后在属性面板中单击"播放"按钮。

（3）在第 3 行单元格内插入 2 行 2 列表格，边框粗细为 0，单元格边距、间距设为 10px。

（4）选中新插入表格的第 1 行第 1 列单元格，设置其"宽度"为 390px，居中对齐。输入文字"胡姬花"，设置文本属性，"字体"为华文彩云（或其他字体），"大小"为 2cm，颜色选择 #006666。

（5）选中新插入表格的第 2 行第 1 列单元格，输入以下文字：

在新加坡国家植物园内，有 3 千多种胡姬花。胡姬花是东南亚一带人们对兰花的称呼，例如我们常见的蝴蝶兰。

新加坡国家植物园内的胡姬花品种在世界上是最多的，而且很多新品种都是他们自己培育的，很多胡姬花的名字是用名人的名字命名的，所以一般人叫不出这些胡姬花的名字。

下面使用编号来表示胡姬花的种类，使用鼠标移动到某个编号上，你就可以欣赏到该编号的胡姬花。

胡姬花 1 号　　　　胡姬花 2 号

胡姬花 3 号　　　　胡姬花 4 号

胡姬花 5 号　　　　胡姬花 6 号

3. 制作显示-隐藏层

（1）插入层。插入或绘制一个层（AP Div），选中该层，将其 Z 轴属性设为 1；使用"插入"|"图像"命令，在层内插入图片 images/tp4-11.jpg，替换文本设置为"新加坡国家植物园"。调整层的大小，使其与图片大小一致。

再插入或绘制一个层（AP Div），大小与第 1 个层一致，选中该层，将其 Z 轴属性设为 2；使用"插入"|"图像"命令在层内插入图片 images/tp4-3.jpg（胡姬花 1 号），将该层的"可见性"设置为隐藏（Hidden）。依次炮制，再插入另外的 5 个层，Z 轴属性依次设置为 3，4，5，6，7；分别在层内插入图片 images/tp4-4.jpg（胡姬花 2 号）、images/tp4-7.jpg（胡姬花 3 号）、images/tp4-8.jpg（胡姬花 4 号）、images/tp4-9.jpg（胡姬花 5 号）、images/tp4-10.jpg（胡姬花 6 号）；将这 5 个层的"可见性"都设置为隐藏（Hidden）。

（2）对齐层。在层面板（AP 元素面板）中使用鼠标加 Shift 键将 7 个层全部选中，在属性面板中设置"左、上、宽、高"属性，使其大小、位置全部一致。

（3）制作"显示-隐藏层"行为。在低版本的 Dreamweaver 中，"显示-隐藏层"的行为对象不能是文本，所以，首先选中"胡姬花 1 号"文字，在属性面板中设置"超链接"为"#"，表示该超链接是连接到本页面的开始，实际上是一个空链接。

选中"胡姬花 1 号"超链接文本，打开"行为"面板，添加"显示-隐藏层"行为，打开如图 4-27 所示的"显示-隐藏层"行为对话框。在"命名的层"中选择插入"胡姬花 1 号"图片的层，选择"显示"，单击"确定"按钮完成设置，在"行为"面板中调整行为事件为 onMouseOver。再为"胡姬花1号"超链接添加一个"显示-隐藏层"行为,在"命名的层"中选择插入"胡姬花1号"图片的层,选择"隐藏",单击"确定"按钮完成设置,在"行为"面板中调整行为事件为 onMouseOut。

（4）完成其他层的"显示-隐藏层"行为。为"胡姬花2号～6号"完成"显示-隐藏层"行为制作。

在 Dreamweaver CS 版本中,虽然可以为文本直接设置"显示-隐藏元素"行为,但是文本实际上是针对<p>标记。对某些文本添加的"显示-隐藏元素"行为,当该行的任意位置发生指定的事件时,都会产生动作,所以还是将"显示-隐藏元素"行为对象设置为空链接比较理想。

在 Dreamweaver CS 版本中超链接只能使用"插入"|"超级链接"命令完成,不能像低版本那样在文档属性面板中设置。

4．制作显示状态栏文本行为

设置状态栏文本行为对象可以是超链接标记、图像或页面。当发生 onLoad、onUnload、onMouseOver、onMouseOut 事件时,在状态栏中显示特定的提示消息。

在"标签选择器"中选中<body>标记,打开"行为"面板,添加行为:"设置文本"|"设置状态栏文本",打开"设置状态栏文本"对话框,在"消息"文本框中输入"将鼠标指向'胡姬花×号',可以看到不同的胡姬花"。

5．保存文档

保存文档,预览页面效果。

4.5 "热点图像"页面制作

4.5.1 任务分析

本任务是制作"网页编辑工具"栏目中的"热点图像"网页 prac4-3. html。该任务中主要使用"热点图像"技术完成图片局部放大效果。

根据教学项目网站中该页面的设计效果,制作该页面除了使用"热点图像"技术之外,还包括"显示-隐藏层"或"设置层文本"行为以及 CSS 样式等。

该任务中使用的图片素材为 images\tp4-12. jpg、tp4-3. jpg、tp4-4. jpg、tp4-7. jpg、tp4-9. jpg、tp4-10. jpg、tp4-13. jpg、tp4-14. jpg、tp4-15. jpg、tp4-16. jpg。

4.5.2 图像属性与热点图像

1．图像属性面板

在 Dreamweaver 中选中一个图像后,"属性"面板中为图像的属性。图像属性面板如图 4-28 所示。

"宽"、"高"、"源文件"、"替换"、"边框"、"对齐"、"垂直边距"、"水平边距"用于设置<img>标记的 width、height、src、alt、border、align、vspace、hspace 属性。在"类"列表框中可以为图像选择 CSS 样式。"区段对齐"是设置<p>、<div>标记的 align 属性,使用此属性可以设置图像的水平居中放置,在 Dreamweaver CS 版本中去掉了"区段对齐"设置。"宽"、"高"属性也可以通过拖动图像上的控制点调整。

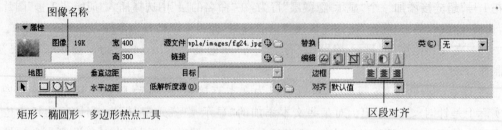

图像名称

矩形、椭圆形、多边形热点工具　　　　　　　　区段对齐

图 4-28　图像属性面板

使用图像属性面板中的"链接"文本框,可以为图像建立超链接,在"目标"文本框中可以选择超链接的 target 属性值。

2. 热点图像

热点图像是在一个图像上划定一个区域,这个区域可以单独创建超链接或添加行为。使用 HTML 标记也可以制作热点图像,但是区域的指定比较麻烦。在 Dreamweaver 中使用图像热点工具可以方便地制作各种形状的热点图像。

4.5.3 "热点图像"页面制作

1. 新建文档

在 Dreamweaver 中打开本地站点,新建 HTML 文档,在本地站点内另存为 prac4-3. html。

2. 页面标题制作

(1) 在文档窗口输入文字"赏花"。

(2) 在 CSS 面板中新建 CSS 规则,类名称使用 s1,选择"仅限该文档"。

① "类型"设置:

字体:隶书;大小:25mm;颜色:♯ff6600

② "扩展"设置:

filter:shadow(color=♯996600,direction=45);

③ "定位"设置:

类型:absolute

(3) 给文本指定样式。

① 选中"赏花"文本,右击,在快捷菜单选择"CSS 样式"命令,在"CSS 样式"列表中选择 s1。

② 使用鼠标移动文字到合适的位置。

3. 插入水平线

在 Dreamweaver 中插入水平线的操作方法如下:

(1) 确定插入位置(光标位置)。

(2) 使用"插入"|HTML|"水平线"命令。

(3) 修改水平线属性。当选中水平线后,属性面板为水平线属性。水平线属性面板如图 4-29 所示。

在水平线属性面板中,"宽"是水平线显示的水平宽度,可以使用像素指定宽度,也可以

快速标签编辑器

图 4-29 水平线属性面板

使用"％"指定宽度,即窗口宽度的百分数。水平线显示默认对齐方式为水平居中对齐。

在水平线属性面板中的属性设置比较少,如果需要更多的属性设置,可以在代码窗口中直接修改<hr>标记的属性;或者为水平线指定一个样式。修改<hr>标记的属性可以在水平线属性面板中单击"快速标签编辑器",打开<hr>标记,添加其他属性。

直接修改<hr>标记的其他属性后,在文档窗口内不能马上看到效果,需要在浏览页面时才能看到,这也就是所谓的不支持这样的功能。

4. 网页布局

网页布局可以使用表格实现。这里介绍使用层布局技术实现的做法。

(1) 按照网页设计布局插入(绘制)3 个层(AP Div),分别将 3 个层命名为 L1、L2、L3。调整层的位置及大小,如图 4-30 所示。

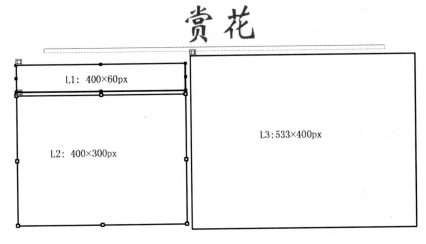

图 4-30 调整层的位置及大小

(2) 在层 L2 中书写文字"当你的鼠标指向下面图中的某个花上面时,右面会显示该花放大的图片"。在属性面板中设置文字的大小和颜色(20px,♯339966)。

(3) 在层 L2 中插入 images\tp4-12.jpg 图片。

(4) 在层 L3 中插入 images\tp4-7.jpg 图片。

5. 制作热点图像

(1) 选中层 L2 中的图片。

(2) 在图像属性面板中选择矩形热点图像工具,在层 L2 中的图片上按照不同的花绘制出 9 个矩形图像热点。

6. 制作热点图像效果

热点图像可以通过设置图像热点的超链接链接到不同的页面、图像等。按照设计效果,当鼠标移动到某个花上面时,右面会显示该花放大的图片,这种效果可以通过为图像热点设置行为完成。

完成该设计效果可以使用"显示-隐藏层"行为完成,也可以使用"设置层文本"行为完成。"设置层文本"行为在 Dreamweaver CS 版本中称作设置容器文本,即不仅可以设置 AP Div 元素的文本,也可以设置其他 Div、P 元素的文本。

使用"设置层文本"行为完成页面效果的操作如下:

选中第 1 个图像热点,在"行为"面板中添加"设置文本"|"设置层文本"(或"设置容器文本")行为,打开"设置层文本"对话框,如图 4-31 所示。

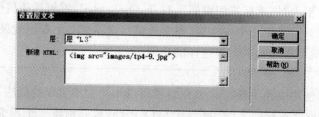

图 4-31 "设置层文本"对话框

设置的层文本内容就是在"新建 HTML"文本框内输入的文本内容或 HTML 标记。

在"新建 HTML"文本框内输入 HTML 标记:

<img src="images/tp4-9.jpg">

images/tp4-9.jpg 是第 1 个图像热点对应的图片,后面 8 个图像热点对应的图片为 images/tp4-10.jpg、images/tp4-13.jpg、images/tp4-3.jpg、images/tp4-7.jpg、images/tp4-4.jpg、images/tp4-14.jpg、images/tp4-15.jpg、images/tp4-16.jpg。

注意 HTML 标记中的"/"符号不能使用"\"。

使用"设置层文本"行为和"显示-隐藏层"行为达到的效果相同,但"设置层文本"行为只需要使用一个层容器,需要正确书写 HTML 标记。

7. 保存文档

保存文档,预览页面效果。

4.6　栏目首页页面制作

4.6.1　任务分析

本教学任务是制作"网页编辑工具"栏目中的栏目首页 prac4.html。该任务包括栏目标题、导航栏、系统日期显示,带透明效果的交换图像制作,Flash 动画、GIF 动画插入,版权信息、电子邮件连接以及网页表格布局等。

完成该任务需要使用表格布局、CSS 样式、Dreamweaver 行为等技术。

该任务中使用的素材为图片 images\tp4-1.jpg、tp4-2.jpg、tp4-2-1.jpg、tp4-3.jpg、tp4-4.jpg;GIF 动画 images/tp4-5.gif;Flash 动画 flashes/fl4-1.swf。

4.6.2 栏目首页页面制作

1. 新建文档

在 Dreamweaver 中新建 HTML 文档,在本地站点中保存为 prac4.html。

2. 插入页面布局表格

在文档窗口内,插入 5 行 1 列表格,表格宽度为 960px,边框粗细、单元格间距、单元格边距都设置为 0。插入表格后,在文档窗口右击表格区域,在快捷菜单中选择"表格"|"选择表格"命令,在"表格"属性面板中设置"对齐"属性为"居中对齐"。

表格"对齐"属性设置为"居中对齐"之后,在高分辨率的显示器上浏览时,例如在 1280×800 或 1440×900 的显示器上浏览时,页面内容都会居中显示,比靠窗口左侧显示美观。

3. 页面标题制作

在低版本的 Dreamweaver 中,可以如下制作页面标题。

(1) 选中表格的第 1 个单元格,在"单元格"属性面板中设置"高"为 160px;"水平"、"垂直"对齐方式都选择"居中";"背景"浏览选择 images\tp4-1.jpg。

(2) 在第 1 个单元格内输入文字"网页编辑工具"(文字显示位置不合适时可以插入空格调整)。

(3) 选中文字"网页编辑工具",在属性面板中设置"字体"为方正舒体(或其他字体);"大小"为 2cm;"粗细"选择 800;"颜色"为白色。

在 Dreamweaver CS 版本中,单元格属性面板中不能设置单元格背景图片,所以制作方法可以直接在"代码"窗口内修改<td>标记属性:

<td height="160" align="center" valign="middle" background="images/tp4-1.jpg" >

也可以按以下方法制作。

(1) 选中表格的第 1 个单元格,在"单元格"属性面板中设置"高"为 160px;"水平"、"垂直"对齐方式都选择"居中"。

(2) 在第 1 个单元格内输入文字"网页编辑工具"。

(3) 在"CSS 样式"面板中使用"新建 CSS 规则"按钮打开"新建 CSS 规则"对话框,新建一个"类",类名称使用 s1,选择"仅限该文档"。

在"背景"选项卡中设置"背景图像"为 images\tp4-1.jpg;

在"类型"选项卡中设置"字体"为方正舒体(或其他字体);"大小"为 2cm;"粗细"选择 800;"颜色"为♯990000。

(4) 选中文字"网页编辑工具",为其指定 CSS 样式 s1。

4. 导航栏制作

(1) 选中第 2 个单元格,设置单元格"高"为 50px;设置背景图片为 images/tp4-2-1.jpg(Dreamweaver CS 版本中单元格背景图片设置方法参考"3. 页面标题制作")。

(2) 在单元格内输入超链接文本,注意各个超链接文本之间使用空格间隔开。

(3) 在"CSS 样式"面板中使用"新建 CSS 规则"按钮打开"新建 CSS 规则"对话框,新建一个"类",类名称使用 s2,选择"仅限该文档"。

在"类型"选项卡中设置"大小"为 14px;"粗细"选择 600;"颜色"为♯33cc99。

在"定位"选项卡中设置"类型"为"相对","左"为 100px,"上"为 14px。

在"方框"选项卡中设置"宽"为 500px,"高"为 16px。

(4) 选中导航栏超链接文字,为其指定 CSS 样式 s2。

样式 s2 定位属性采用"相对"定位是由于布局表格使用了"居中对齐",如果使用"绝对"定位方式,当网页在较高分辨率的显示器中浏览时,超链接文本显示的位置就会偏离设计的位置,因为"绝对"定位是相对于屏幕窗口的。

采用相对定位时,由于导航栏超链接文本放置在了单元格内,定位是相对于该单元格的,无论表格的位置移动了多少,其相对位置是不变的。

5. 设置导航栏超链接

(1) 设置超链接样式。在图 4-1 中可以看到,导航栏中的超链接文本下面没有一般超链接的下划线,而且单击后也不像其他超链接一样超链接文本改变颜色,这是由"页面属性"中的"链接"样式设置的。"链接"样式设置对话框如图 4-32 所示。

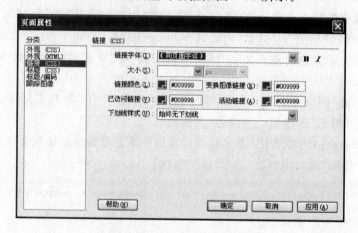

图 4-32　"链接"样式设置对话框

将"下划线样式"设置成"始终无下划线",颜色全部设置成♯009999,就可以实现页面设计要求。

(2) 页面超链接设计要求。栏目首页中的超链接设计要求为:

"首页"链接到 index.html;

"Dreamweaver 简介"链接到 prac4-1.html,在宽 960px 的窗口中打开;

"层与行为"链接到 prac4-2.html,在 980×620px 的窗口中打开;

"热点图像"链接到 prac4-3.html,在新窗口打开。

"首页"要求直接链接到"静态网站制作实训网站"首页文件 Index.html;"Dreamweaver 简介"和"层与行为"超链接要求在固定的窗口中打开链接的网页;"热点图像"要求在新窗口中打开链接的网页。在固定的窗口中打网页可以使用 Dreamweaver 的"打开浏览器窗口"行为实现。

(3) "打开浏览器窗口"行为。"打开浏览器窗口"行为对象一般是超链接标记,在单击超链接时在新的浏览器窗口中显示超链接目标文档。"打开浏览器窗口"行为和在超链接标记中使用 Target 属性值_blank 的不同之处是,"打开浏览器窗口"行为可以定义新窗口的外观。"打开浏览器窗口"行为的默认事件是 onClick。

注意：使用"打开浏览器窗口"行为打开浏览器窗口时，超链接标记要使用空链接。

选中超链接标记后，在"行为"面板中添加"打开浏览器窗口"行为，弹出"打开浏览器窗口"对话框，如图 4-33 所示。

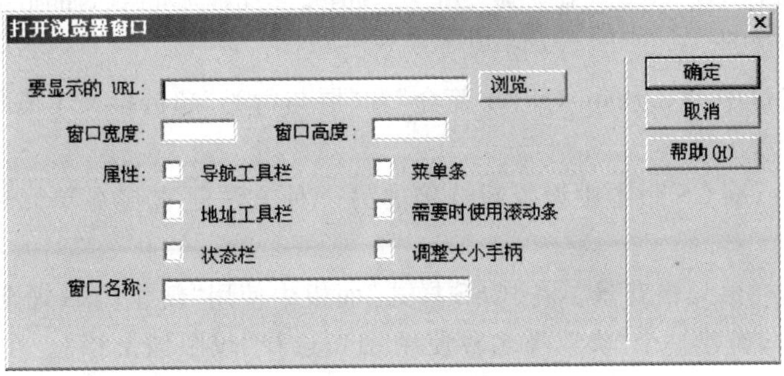

图 4-33　"打开浏览器窗口"对话框

"要显示的 URL"文本框中应该填写超链接目标地址；"窗口宽度"、"窗口高度"为打开窗口的大小(px)；"属性"中的复选框如果处于没选中状态，则窗口中没有该项显示。

注意：如果不设置窗口的大小，则"属性"中的复选框设置不起作用。"窗口名称"只在 JavaScript 中使用，一般不需要设置。

（4）在低版本的 Dreamweaver 中设置超链接。在低版本的 Dreamweaver 中，只要选中文本，在属性面板中就可以为文本设置超链接。具体设置如下：

① 选中"首页"文本，在属性面板中通过浏览设置超链接到网站首页文件 index.html。

② 选中"Dreamweaver 简介"文本，在属性面板中设置超链为"♯"，即空链接。在"行为"面板中添加"打开浏览器窗口"行为。"要显示的 URL"文本框中通过浏览设置超链接到 prac4-1.html 网页；"窗口宽度"设置为 960px；选中"调整大小手柄"复选框。

③ 选中"层与行为"文本，在属性面板中设置超链为"♯"，即空链接。在"行为"面板中添加"打开浏览器窗口"行为。"要显示的 URL"文本框中通过浏览设置超链接到 prac4-2.html 网页；"窗口宽度"设置为 980px；"窗口高度"设置为 620px。

④ 选中"热点图像"文本，在属性面板中通过浏览设置超链接到 prac4-3.html，"目标"属性选择"_blank"。

（5）在 Dreamweaver CS 版本中设置超链接。由于在 Dreamweaver CS 版本中不能从文本属性窗口中设置超链接，所以在 Dreamweaver CS 版本中完成设计要求的导航栏超链接设置就比较困难。

在 Dreamweaver CS 版本中设置超链接的一种方法是在代码窗口中直接修改 HTML 标记，设置方法如下：

① 选中设置了 CSS 样式 s2 的超链接文本后，打开"拆分"窗口，可以在代码窗口内选中的下列代码：

首 页   Dreamweaver 简介   层页面布局   热点图像</div>

② 将该段代码修改为如下内容：

＜a href＝"index. html"＞首 页＜/a＞   ＜a href＝" # "＞ Dreamweaver 简介＜/a＞   ＜a href＝" # "＞层页面布局＜/a＞   ＜a href＝"prac4-3. html" target＝"_blank"＞热点图像＜/a＞

③ 在设计窗口中为"Dreamweaver 简介"和"层与行为"超链接文本添加"打开浏览器窗口"行为。

在 Dreamweaver CS 版本中设置超链接的另一种方法是直接在单元格内插入超链接，设置方法如下：

① 设置导航栏单元格背景。在"CSS 样式"面板中使用"新建 CSS 规则"按钮打开"新建 CSS 规则"对话框，新建一个"类"，类名称使用 s11，选择"仅限该文档"。在"背景"选项卡中设置"背景图像"为 images\tp4-2-1.jpg；在"方框"选项卡中设置"高"为 50px。选中设置导航栏的单元格，指定 CSS 样式为 s11。

② 设置导航栏文本区块样式。在"CSS 样式"面板中使用"新建 CSS 规则"按钮打开"新建 CSS 规则"对话框，新建一个"类"，类名称使用 s2，该样式与前面的样式相同，内容为：

```
.s2{
        font-size: 14px;
        font-weight: 600;
        color: #33CC99;
        position: relative;
        left: 100px;
        top: 14px;
        width:500px;
        height:16px;
}
```

③ 单击设置导航栏的单元格，使用"插入"|"布局对象"|"Div 标签"命令打开"插入 Div 标签"对话框，如图 4-34 所示。

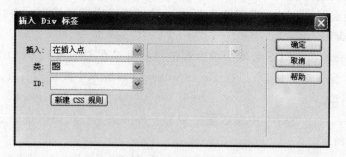

图 4-34　"插入 Div 标签"对话框

在"类"下拉列表框中选择 s2，在设置导航栏的单元格插入了一个 Div 标签。

④ 选中插入的 Div 标签中的文本，全部删除。使用"插入"|"超级链接"命令打开"超级链接"对话框，如图 4-35 所示。

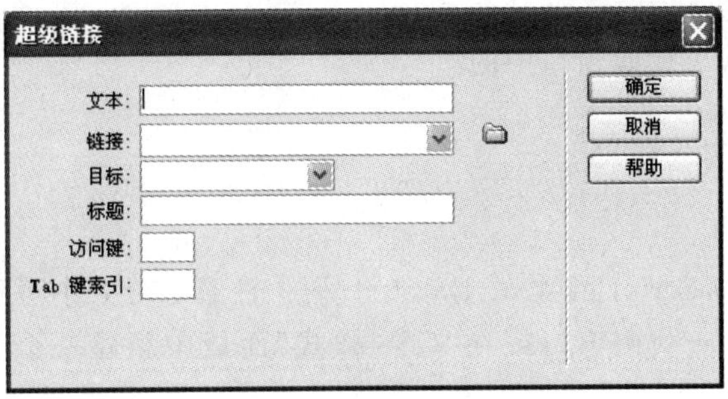

图 4-35 "超级链接"对话框

"超级链接"对话框中"文本"框中是超链接文本;"链接"是需要链接的文件;"目标"是超链接的 target 属性。

对于每一个超链接都要使用"插入"|"超级链接"命令来设置。对于"首页"超链接,可以直接在"超级链接"对话框中设置超链接文本和链接目标 index. html;对于"Dreamweaver简介"和"层与行为"超链接的"链接"属性需要设置成"♯";对于"热点图像"超链接除了设置"文本"、"链接"属性外,还需要在"目标"下拉列表框中选择"_blank"。注意在超链接文本之间需要插入一些空格。

⑤ 在设计窗口中为"Dreamweaver 简介"和"层与行为"超链接文本添加"打开浏览器窗口"行为。

6. 系统日期显示

如果只是插入一个日期,在 Dreamweaver 中只需选择"插入"|"日期"命令即可,但是这个日期是固定不变的。如果希望插入一个系统日期,即跟随计算机的系统日期变化,就需要使用程序代码实现。

(1) 调用 JavaScript 行为。在 Dreamweaver 的行为中,有"调用 JavaScript",即调用 JavaScript 脚本程序。例如,下面是一个显示系统日期的 JavaScript 函数 myDate():

```
function myDate()
{
    var Time＝new Date();
    var month＝Time. getMonth()＋1;
    document. getElementById("rq"). innerHTML＝Time. getFullYear()＋"年"＋month＋"月"＋
Time. getDate()＋"日";
}
```

JavaScript 脚本程序的语法不是该教材涉及的内容,但是在 Dreamweaver 中可以通过设置调用 JavaScript 行为来完成一些用 HTML 标记不能完成的功能。

该 JavaScript 脚本程序中读者需要了解的是:

```
document. getElementById("rq"). innerHTM＝Time. getFullYear()＋"年"＋month＋"月"＋ Time.
getDate()＋"日";
```

该段代码是给文档中的 ID＝"rq"的元素设置 HTML 代码,使其显示当前系统日期。ID＝"rq"的元素可以是＜p＞标记、＜div＞标记或层,所以在文档内需要书写一个 ID 为"rq"的＜p＞标记、＜div＞标记或者层。

（2）制作系统日期显示。

① 在 Dreamweaver 代码窗口中的

```
<script type="text/JavaScript">
...
</script>
```

代码段内加入上述 JavaScript 函数 myDate() 代码。注意字母大小写和单词不要写错。

② 在 Dreamweaver 代码窗口或在"CSS 样式"面板中新建一个类 s3，样式 s3 的定义如下：

```
.s3 {
    font-weight: 800;
    color: #FFFFFF;
    position: relative;
    left: 800px;
    top: 0px;
    width: 150;
    height: 16;
}
```

定位采用相对定位是因为需要将该元素放置到表格单元格内。

③ 在第 2 个单元格内容的后面加入标记：

```
<div class="s3" id="rq"></div>
```

这里使用了 <div>，也可以使用 <p>，但是不能使用层，因为层不能放置在表格单元格内，即层只能相对于窗口定位，所以无法适应表格居中对齐的定位需求。

④ 添加调用 JavaScript 行为。在 Dreamweaver 设计窗口中，选择"标签选择器"中的 <body> 标签，在"行为"面板中添加"调用 JavaScript" 行为，打开"调用 JavaScript"对话框，如图 4-36 所示。在 JavaScript 文本框内输入 JavaScript 函数名：myDate()。

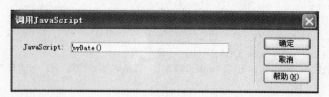

图 4-36　"调用 JavaScript"对话框

⑤ 预览页面，检查日期的显示位置是否合适。如果不合适，可以调整 s3 样式中的 left、top 属性，top 属性可以设置为负数，因为它是相对于该元素当前位置的 y 轴坐标，负数值可以使其 y 轴位置向上移动。

7．交换图像制作

页面中部左边为一个透明效果的交换图像，即当鼠标移到该图像上时，该处会显示另一幅图像。

为了便于页面布局，在页面表格的第 3 个单元格内再嵌套插入一个 1 行 2 列的表格，表格宽度为960px,"边框粗细"设置为5px,"边框颜色"设置为#006600(注:在Dreamweaver CS版本中,边框颜色需要在代码窗口内为<table>标记添加 bordercolor="#006600" 属性)。单元格间距、单元格边距都设置为0。插入表格后,选中新插入表格的第1列单元格,在属性面板内设置单元格"宽"为533px,"高"为400px。

制作该效果的图像在Dreamweaver中有如下两种方法。

(1) 使用"交换图像"行为。

① 在要插入图像的单元格内插入图片 images\tp4-3.jpg。

② 选中插入的图片,在"行为"面板中添加"交换图像"行为,打开如图 4-37 所示的"交换图像"对话框。

图 4-37 "交换图像"对话框

③ 单击"浏览"按钮,为"设定原始档为"文本框选择 images\tp4-4.jpg。

④ 保持"鼠标滑开时恢复图像"复选框为选中状态,否则需要再为图片添加"恢复交换图像"行为。

⑤ 在"CSS样式"面板中使用"新建CSS规则"按钮打开"新建CSS规则"对话框,新建一个类,类名称使用s4,选择"仅限该文档"。在"扩展"选项卡中设置:

filter: alpha(opacity=100, finishopacity=0, style=2);

选中图像,指定 CSS 样式为 s4。

⑥ 保存网页文件,浏览页面效果。半透明滤镜效果和交换图像行为只能在浏览页面时才能看到。

(2) 使用"鼠标经过图像"。

① 选中要插入图像的单元格,使用"插入"|"图像对象"|"鼠标经过图像"命令打开"插入鼠标经过图像"对话框,如图 4-38 所示。

② 在"插入鼠标经过图像"对话框中将"原始图像"选项设置为 images\tp4-3.jpg 图片;为"鼠标经过图像"选择 images\tp4-4.jpg 图片,启用"预载鼠标经过图像"复选框。

③ 在"CSS样式"面板中使用"新建CSS规则"按钮打开"新建CSS规则"对话框,新建一个类,类名称使用s4,选择"仅限该文档"。在"扩展"选项卡中设置:

filter: alpha(opacity=100, finishopacity=0, style=2);

选中图像,指定 CSS 样式为 s4。

④ 保存网页文件,浏览页面效果。

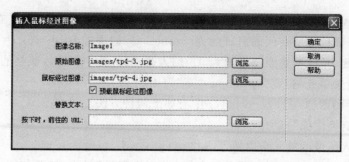

图 4-38 "插入鼠标经过图像"对话框

8. 插入 Flash 动画

选中"交换图像"右面的单元格,再嵌套插入一个 2 行 1 列表格。表格宽度设置为413px,边框粗细、单元格间距、单元格边距都设置为 0。选中第 1 行的单元格,使用"插入"|"媒体"|Flash(或 SWF)命令插入 flashes\fl4-1.swf 动画。

9. 插入 GIF 动画

选中 Flash 动画下面的单元格,选择"插入"|"图像"命令,通过浏览插入 images\tp4-5.gif。GIF 动画是一种多帧的图像,所以插入 GIF 动画和插入一般图片一样。

10. 制作版权信息和电子邮件链接

① 选中表格的最下面一个单元格,设置单元格"高"为 40px,设置单元格"背景"为images\tp4-2.jpg(**注**:在 Dreamweaver CS 版本中,设置单元格"背景"可以直接修改<td>标记,如:<td height="40" background="images/tp4-2.jpg">)。

② 输入版权信息,设置水平居中对齐。

③ 插入电子邮件链接。使用"插入"|"电子邮件链接"命令在"电子邮件链接"对话框内设置超链接"文本"与"E-Mail"的内容,在"E-Mail"文本框内应该书写电子邮件地址。

11. 保存文档

保存文档,浏览网页。查看所有的超链接是否正确。单击"首页"超链接应该打开实训网站首页,从实训网站首页中单击"网页编辑工具"超链接按钮,应该打开该栏目的首页。

4.7 小 结

本章主要介绍使用可视化网页编辑工具 Dreamweaver 编辑静态网页的基本方法。本章的内容是在 HTML 标记与 CSS 基础上进行的,即 Dreamweaver 一些操作和属性设置是使用 HTML 标记与 CSS 属性解释的,掌握了 HTML 标记与 CSS,使用 Dreamweaver 就显得异常简单。限于本章栏目内容以及静态网站制作的需求,Dreamweaver 的其他一些功能在教材中没有涉及。

4.8 习 题

1. 为什么要建立本地站点?

2. 怎样使用"文件"面板上传和下载文件?

3. 在 Dreamweaver 中如何定义 CSS 样式？

4. 如何为对象指定 CSS 样式？

5. 如何为文本添加行为？

4.9　实训："我们的宿舍"主题网站制作

1. 实训目的

熟悉可视化网页编辑工具 Dreamweaver 的使用，练习使用 Dreamweaver 制作网页。

2. 实训任务与实训指导

仿照教学项目网站中"网页编辑工具"栏目设计，以"我们的宿舍"为主题，使用自己的素材图片，完成下列各个实训任务及网站发布。

实训任务 4-1："宿舍简介"页面制作

使用自备图片和文字，按照教学项目中"Dreamweaver 简介"页面设计风格，制作"宿舍简介"网页 prac4-1.html，训练 CSS 样式定义与使用。

（1）在本地站点 Images 文件夹中准备一张宿舍的同学合影照片 tp4-6.jpg 和一张适合作标题背景的图片。

（2）在 Dreamweaver 中新建站点，"本地站点根文件夹"设置到自己的本地站点文件夹；根据服务器 Web 站点的 IP 地址、FTP 账号、密码设置远程信息。

（3）在 Dreamweaver 中新建 HTML 文件，另存为站点根目录下的 prac4-1.html。

（4）仿照 4.3 节，定义 CSS 样式 s1、s2，制作类似"Dreamweaver 简介"页面的网页标题效果。方框背景图片可以从 Internet 上下载或自己拍摄；标题样式、滤镜效果可以根据自己的爱好选择。仿照"Dreamweaver 简介"页面中的步骤，制作网页标题。

（5）插入宿舍同学合影照片，照片大小调整为约 200×150px 大小。设置照片的垂直、水平边距和对齐属性，实现图文混排。

（6）输入介绍宿舍以及各个同学的文字信息。注意空格的输入。

（7）保存文档，在浏览器中浏览页面效果（浏览器窗口调整到 1024×768px）。

（8）上传 prac4-1.html 及相关文件。在本地浏览器地址栏输入：

http://Web 服务器域名地址/学号/prac4-1.html

检查网页发布是否正确。

（9）保存本地站点。

实训任务 4-2："恰同学少年"页面制作

使用自备同学合影照片和个人生活照片，按照教学项目中"层与行为"页面设计风格，使用"显示-隐藏层"行为制作实训网站项目中显示同学生活照片的"恰同学少年"网页 prac4-2.html。训练"层"与"显示-隐藏层"行为应用技能。

（1）在本地站点 images 文件夹中准备 1 张宿舍同学合影照片 tp4-20.jpg 和宿舍中每个同学 1 张生活照片。

（2）在 Dreamweaver 中打开本地站点，新建 HTML 文件，在本地站点中另存为 prac4-2. html。

（3）仿照 4.4.5 小节"层与行为"页面布局制作表格布局页面。

（4）页面顶部的 Flash 动画插入 flashes\fl4-2. swf(以后再替换成自己的作品)。

（5）文字标题使用"恰同学少年"，文字内容替换成相应的内容。在"胡姬花 1 号"、"胡姬花 2 号"…处替换为各个同学的姓名。

（6）在页面右侧插入层，大小为 533×400 px，Z 轴属性设置为 1，在层内插入宿舍合影照片 tp4-20. jpg(图片大小调整为 533×400 px)。

（7）再插入相应的几个层，各个层的 Z 轴属性依次增加，将所有层对齐。在层内依次插入同学的生活照片，图片大小调整为 533×400 px，将新插入层的"可见性"属性设置为"隐藏"。

（8）将各个同学的姓名制作成空链接，为各个同学姓名制作"显示-隐藏层"行为。在浏览页面时，初始显示宿舍集体生活照，当鼠标移动到某个同学姓名上面时，照片显示该同学的生活照，鼠标离开后，依旧显示宿舍集体生活照。

（9）保存文档，在浏览器中浏览页面效果(浏览器窗口调整到 1024×768 px)。

（10）上传 prac4-2. html 及相关文件。在本地浏览器地址栏输入：

http://Web 服务器域名地址/学号/prac4-2. html

检查网页发布是否正确。

（11）保存本地站点。

实训任务 4-3："风华正茂"页面制作

使用同学合影照片和个人照片，按照教学项目中"热点图像"页面设计风格，使用"设置层文本"行为和"热点图像"技术，制作实训网站项目中的"风华正茂"网页 prac4-3. html。当鼠标指向某个同学头部时，旁边显示该同学的个人照片。训练层布局、热点图像和"设置层文本"行为应用技能。

（1）在本地站点 images 文件夹中准备 1 张同学合影照片和每个同学的个人照片。

（2）在 Dreamweaver 中打开本地站点，新建 HTML 文件，在本地站点中另存为 prac4-3. html。

（3）仿照 4.5.3 小节"热点图像"页面布局，插入 3 个层 L1、L2、L3，使用层完成页面布局，页面标题使用"风华正茂"。

（4）在层 L1 中插入提示文字"用鼠标指向某个同学的头部，网页右侧会显示该同学的特写照片"。

（5）在层 L2 中插入同学合影照片，图片大小调整为 400×300 px。

（6）在层 L3 中插入 1 个同学的个人照片，设置图片大小为 533×400 px。

（7）选中同学合影照片，使用"圆形热点工具"在每个同学的头部制作一个图像热点。

（8）制作"设置层文本"行为。选中一个同学的图像热点，添加"设置层文本"行为。在"新建 HTML"文本框内输入 HTML 标记：

＜img src＝"images/该同学个人照片" width＝"533" height＝"400" ＞

检查确认行为事件是"onMouseOver"。

（9）依次选中其他图像热点，为各个图像热点制作"设置层文本"行为。

（10）保存文档，在浏览器中浏览页面效果（浏览器窗口调整到 1024×768px）。

（11）上传 prac4-3.html 及相关文件。在本地浏览器地址栏输入：

http://Web 服务器域名地址/学号/prac4-3.html

检查网页发布是否正确。

（12）保存本地站点。

实训任务 4-4："我们的宿舍"栏目首页制作

使用自备图片，按照教学项目中"网页编辑工具"栏目首页设计风格，制作实训网站项目中"我们的宿舍"栏目首页 prac4.html。训练 CSS 样式、表格布局、超链接、"交换图像"行为、"调用 JavaScript"行为的使用，训练插入 GIF 动画、Flash 动画及电子邮件链接的技能。

（1）在本地站点 images 文件夹中准备 2 张同学合影照片和 1 张栏目标题背景图片 tp4-1.jpg。

（2）在 Dreamweaver 中打开本地站点，新建 HTML 文件，在本地站点中另存为 prac4.html。

（3）按照 4.6 节栏目首页页面布局，制作"我们的宿舍"的栏目首页页面。标题背景使用自备图片 images\tp4-1.jpg；标题样式可以根据自己的爱好选择。导航栏背景使用 images\tp4-2-1.jpg。超链接设置如下。

① "首页"：链接到实训网站首页 index.html。

② "宿舍简介"：使用"打开浏览器窗口"行为在宽 960px 的窗口中打开 prac4-1.html。

③ "恰同学少年"：使用"打开浏览器窗口"行为在 980×620px 的窗口中打开 prac4-2.html。

④ "风华正茂"：链接到 prac4-3.html，在新窗口打开。

（4）使用 4.6.2 小节"系统日期显示"中编写的"myDate()"JavaScript 函数，按照该节设置显示系统日期的方法，使用"调用 JavaScript"行为在导航栏中显示系统日期。注意书写代码时要注意语句格式、字母大小写和每行结束的"；"。

（5）使用同学合影照片，添加"交换图像"行为制作透明滤镜效果的交换图像。注意在插入图片后，要设置图片的大小为 533×400px。

（6）插入 Flash 动画，Flash 动画使用 flashes\fl4-1.swf（以后再更换）。

（7）插入 GIF 动画，GIF 动画使用 images\tp4-5.gif（以后再更换）。

（8）在网页底部单元格中，设置背景图片为 images\tp4-2.jpg，插入版权信息和电子邮件链接。所有信息要使用作者的真实信息。

（9）保存文档，在浏览器中浏览页面效果。

（10）上传 prac4.html 及相关文件。在本地浏览器地址栏输入：

http://Web 服务器域名地址/学号

打开实训网站首页，在实训网站首页中单击"网页编辑工具"超链接按钮，检查栏目中的页面显示及超链接是否正确。

（11）保存本地站点。

网页图像编辑

本章介绍使用图像编辑工具对网页图像进行编辑和使用图像编辑工具制作静态网页，完成教学网站项目中"网页图像编辑"栏目的制作。

5.1 "网页图像编辑"栏目设计

该栏目设计为个人网站。栏目首页内容与效果设计如图 5-1 所示。

图 5-1 "网页图像编辑"栏目首页设计

其中导航按钮中除了"首页"链接到了实训网站的首页 index. html、"作品欣赏"链接到了 prac5-1. html 页面之外，其他按钮没有设置超链接。

在栏目首页设计中，标题栏中有个人 Logo；网页的中部有类似嵌入式框架或显示-隐藏层效果的设计。当鼠标移动到"开心"、"寝室"、"相聚"、"校园"、"回忆"某组文字上时，在中间图片位置会显示相应的图片。图 5-2 是鼠标移动到"开心"文字上面时的页面显示。

"作品欣赏"prac5-1. html 页面设计如图 5-3 所示。

"作品欣赏"页面为一个表格结构，标题栏是一个逐帧 GIF 动画（prac5-1. gif），交替显示

图 5-2 "开心"页面显示

图 5-3 "作品欣赏"页面设计

文字"欢迎欣赏丫丫作品"和"期待您的批评指导"。

第 1 行的 3 个作品是图像作品,列举如下。

(1) 矢量图形编辑:prac5-2.jpg,文字位图填充变形、位图填充花球、贴图笔筒。

（2）位图图像编辑：prac5-3.jpg，人物图像克隆。

（3）位图蒙版：prac5-4.jpg，位图蒙版效果。

第 2 行的 3 个作品是 GIF 动画作品，列举如下。

（1）透明度变化 GIF 动画：prac5-5.gif，使图片发生透明度变化的 GIF 动画。

（2）位置变化 GIF 选择动画：prac5-6.gif，使用带飞机的素材图片制作的机场飞机不断起飞的 GIF 动画。

（3）分散到帧 GIF 动画：prac5-7.gif，一个月亮按弧形轨道落山的 GIF 动画。

最下面"返回"超链接用于返回该栏目首页。

5.2　图像编辑工具与图像编辑基础

5.2.1　图像编辑工具

网页的内容一般都是图文并茂的，而且在追求美感的网页设计中，网页设计越来越趋向广告平面设计。在网页设计中，人们已经不满足于在网页中插入采集的图片，而常见的是使用图像编辑工具直接设计一个整体效果的网页。

网页的下载时间主要受网页中图像和动画的数量、大小影响。网页中文本信息占用的存储空间一般不会超过几 KB，但普通数码相机拍摄的一张照片即便是压缩后一般也在几百 KB 以上，所以普通照片一般不能在网页中直接使用。虽然 Internet 上有许多网页素材图片，但制作自己的网站时，图片素材一般需要自己采集。自己采集的图片文件就需要经过处理之后成为适合在网页中使用的图像文件，这就需要使用图像编辑工具。

在图像编辑工具中最著名的是 Adobe Photoshop。只要提起图像编辑、平面设计，一般第一反应就是 Photoshop，因为该款软件太著名了。在影楼、广告设计、网页设计中都在使用 Photoshop。其实网页制作三剑客中的 Fireworks 也是一款非常出色的图像编辑工具。Fireworks 不仅能完成图像编辑、图像效果处理、GIF 动画制作，而且还能和 Dreamweaver 做到无缝结合。

Photoshop 与 Fireworks 相比较，Photoshop 在图像编辑方面比 Fireworks 功能更加强大，Photoshop 的图像编辑工具较多，参数设置灵活，可以根据需要设置各种图层样式；Photoshop 具有众多的滤镜，可以对图像添加较多的滤镜效果。但是对于网页设计来说，Fireworks 比 Photoshop 没有逊色多少。常见的图像效果、图像处理 Fireworks 都能够完成，而且使用 Fireworks 要比 Photoshop 简单得多，Fireworks 更适合于网页制作的初学者。

Photoshop 与 Fireworks 是两种图像编辑工具，各有所长，不能简单地说谁好谁差。至于选用哪个是由对这些工具的熟悉程度确定的。一些只熟悉 Photoshop 的人认为 Photoshop 是最好的，其实只是不熟悉 Fireworks 而已。如果 Fireworks 没有骄人之处，Adobe 公司也就不会花重金收购它了。现在 Photoshop 和 Fireworks 都是 Adobe 公司旗下的产品，它们都在不断升级换代，足以说明 Fireworks 在网页设计制作方面的强势。在网页编辑（设计）职业资格认证考试中，一般都是 4 个科目选择 3 个。4 个考试科目是：Dreamweaver、Fireworks、Photoshop、Flash，其中 Fireworks 和 Photoshop 选择一个科目。

在本教材中,考虑到课时因素以及初学者的特点,图像编辑工具选择 Fireworks,对于熟悉 Photoshop 的读者也可以使用 Photoshop 完成本章的所有教学任务。

5.2.2　网页中常用的图像格式

基于不同的压缩处理技术,电子图像文件有多种类型。各种类型的图片文件在网页中都可以使用。但一些类型文件,例如 BMP 格式图片、TIFF 格式图片,由于它们的字节(存储)尺寸较大,一般不适合在网页中使用。在网页中常用的图像文件类型如下。

1. GIF 格式

GIF(图形交换格式)是一种很流行的网页图形格式。GIF 中最多支持 256 种颜色。GIF 还可以包含透明区域和多个动画帧。在导出为 GIF 格式时,纯色区域图像的压缩质量最好。GIF 通常适合于卡通、徽标、包含透明区域的图形以及动画。由于 GIF 格式的图像中只有 256 种颜色,一般彩色照片转换为 GIF 格式后会产生失真。

2. JPEG 格式

JPEG 是由 Joint Photographic Experts Group(联合图像专家组)专门为照片或增强色图像开发的。JPEG 支持数百万种颜色(24 位)。JPEG 格式最适合于保存扫描的照片、使用纹理的图像和任何需要 256 种以上颜色的图像。JPEG 图像的字节大小和图像质量与压缩品质有关,一般压缩品质在 60～100 之间,数值越小压缩率越高,但图像质量越差。

3. PNG 格式

PNG,即可移植网络图形,是一种通用的网页图形格式。但是,并非所有的网页浏览器都能查看 PNG 图形。PNG 最多可以支持 32 位的颜色,可以包含透明度或 Alpha 通道,并且可以是连续的。PNG 是 Fireworks 本身的文件格式。但是,Fireworks PNG 文件包含应用程序特定的附加信息,导出的 PNG 文件或在其他应用程序中创建的 PNG 文件中不存储这些信息。

这 3 种格式图像文件都是压缩格式的文件,字节尺寸比较小,所以适合在网页中使用。

5.2.3　矢量和位图图形

1. 矢量图形

矢量图形使用称为“矢量”的线段(包含颜色和位置信息)定义图像。一个矢量图形是用一系列描述图像轮廓的点来定义图形轮廓,使用填充颜色描述定义图像区域。矢量图形与分辨率无关,调整矢量图形大小、更改矢量图形形状不会改变其外观品质。PNG 类型文件中可以保存矢量图形。

2. 位图图形

位图图形由排列成网格的称为“像素”的点组成。计算机的屏幕就是一个大的像素网格。在位图中,图像是由网格中每个像素的位置和颜色值决定的。每个点被指定一种颜色,就像马赛克贴砖那样拼合在一起形成图像。编辑位图图形是修改图像的像素。放大位图图形通常会使图像出现马赛克效果。.bmp、.tiff、.gif、.jpeg 等类型文件都是位图图形文件。

3. 编辑矢量图形和位图图形

Fireworks 中既包含矢量工具,又包含位图工具,能够编辑这两种格式的文件。但是在 Fireworks 中制作的矢量图形如果保存或导出为.gif、.jpeg 格式文件,文件中的矢量图形将变为位图图形。如果需要保持矢量图形,只能将文件保存为.png类型文件。

5.3 Fireworks 基本操作

5.3.1 Fireworks 的工作窗口

中文 Fireworks 8.0 的工作窗口如图 5-4 所示。

图 5-4 中文 Fireworks 8.0 的工作窗口

(1) 菜单栏:提供菜单操作命令。

(2) 工具箱:包括选择工具、位图工具、矢量工具、Web 工具、颜色工具和视图工具。

(3) 画布:进行图像制作、处理的区域。

(4) 预览视图:在导出图像之前,可以通过对比方式查看导出文件的大小。"原始"指图像的编辑区域,只有在"原始"视图中才能编辑图像;"预览"中的"2 幅"、"4 幅"是指图像的预览模式。利用多幅图像预览和分别设置每幅图像的导出格式可以比较优化结果。

(5) 属性面板:也称作属性检查器,显示和设置画布中对象的属性。

(6) 面板组:各种操作面板。通过"窗口"菜单可以打开更多的面板。

（7）播放按钮：预览 GIF 动画的控制按钮。

（8）画布尺寸：当前画布的大小设置。

（9）缩放比例：画布的显示比例。

（10）快速导出：将图像导出到其他工具的文档格式。

Fireworks 在 2005 年被 Adobe 公司收购之后，在 Adobe Fireworks CS 版本中对原来版本进行了一些改进，在滤镜中增加了 Photoshop 动态效果，增加了与 Photoshop 类似的路径编辑，但减少了一些属性设置，图像的大小、位置信息需要在"信息"面板中才能查询；窗口界面发生了一些变化，增强了对 Windows7 的支持，但是从功能上没有太大的变化。图 5-5 是 Adobe Fireworks CS5 的工作窗口。

图 5-5　Adobe Fireworks CS5 的工作窗口

5.3.2　Fireworks 文档操作

1. 新建文档

在 Fireworks 开始页中选择"Fireworks 文件"或"文件"|"新建"命令，打开"新建文档"对话框，如图 5-6 所示。

在"新建文档"对话框中可以设置新建文档的画布大小，分辨率一般不要改动。

"画布颜色"相当于背景色，可以根据需要设置。选择"透明"时，图像可以叠加到其他图

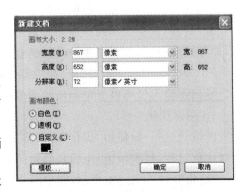

图 5-6　"新建文档"对话框

像上。

2. 文档"属性"面板

单击文档的画布,"属性"面板显示文档的属性。文档"属性"面板如图 5-7 所示。

默认导出选项

图 5-7　文档"属性"面板

在文档"属性"面板中,可以设置画布的颜色、画布的大小。"符合画布"按钮用于使画布的大小符合画布中图像的大小。"默认导出选项"中可以选择导出的文件类型。

"图像大小"按钮用于设置保存和导出图像的大小。

在"修改"菜单中修改文档属性,使用"修改"|"画布"命令。在"画布"菜单中有"图像大小"、"画布大小"、"画布颜色"、"符合画布"等命令。

3. 保存文档

选择"文件"|"另存为"命令,打开"另存为"对话框,在"保存文件类型"框中可以选择保存文件的类型,默认的保存类型为. png。

4. 打开和导入文档

在 Fireworks 菜单中选择"文件"|"打开"命令,可以打开各种格式的图像文件。打开一个图像文件时,画布自动符合图像的大小。在一个文档中只能打开一个图像。

在 Fireworks 菜单中选择"文件"|"导入"命令,可以导入各种格式的图像文件。导入的图像可以放置在画布的任意位置。如果需要画布符合图像的大小,可以在选中画布后,单击"属性"面板中的"符合画布"按钮。

在一个文档中可以导入多个图像文件,从而可以实现多个图像的叠加、组合等处理。

5. 预览图像

可以使用菜单"文件"|"在浏览器中预览"命令,或使用 F12 键预览图像在浏览器中的显示效果。

5.3.3　图像的优化与导出

网页图像编辑的最终目标是创建能被尽可能快地下载的精美图像。为此,必须在最大限度地保持图像品质和选择压缩质量最高的文件格式之间寻找一种平衡,这种平衡就是优化,即寻找颜色、压缩和品质的最佳组合。

Fireworks 中的文档可以另存为 GIF、JPEG 等类型的图像文件,也可以改变图像的大小。导出图像不仅可以指定导出的图像类型和图像的大小,还可以对图像进行优化。

1. 图像优化

图像优化,一般使用"优化"面板与文档窗口中的"预览"窗口配合完成,以便可以更好地控制优化过程,找到颜色、压缩和品质的最佳组合。

"优化"面板如图 5-8 所示,其中图 5-8(a) 是导出为 JPEG 文件时的"优化"面板,图 5-8(b) 是导出为 GIF 文件时的"优化"面板。

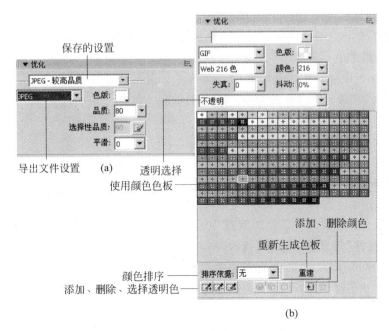

图 5-8 "优化"面板

"保存的设置"列表框中可以选择系统设置好的几种导出方式；"导出文件设置"列表框中可以选择 GIF、JPEG、PNG、TIFF、BMP 等导出类型。对于网页图像，一般使用 GIF、JPEG 较为普遍。

在导出类型选择 JPEG 时，图像优化的主要选项有"品质"和"平滑"。"品质"越高，图像质量越好，但图像字节尺寸就越大；"平滑"有 0～8 级选项，数值越大，图像清晰度越差，图像字节尺寸越小。

在导出类型选择 GIF 时，图像优化的主要选项有"失真"和"抖动"。"抖动"越高，图像质量越好，但图像字节尺寸就越大；"失真"越大，图像质量越差，字节尺寸越小。"颜色"对 GIF 图像的质量和字节尺寸也有影响。当"颜色"数选择 2 时，图像就变成了黑白图像，当然字节尺寸会变得很小。

导出 GIF 图像的"透明选择"设置中一般图像为"不透明"。对于背景为透明的图像，需要选择"索引色透明"。"透明选择"中的"Alpha 透明度"选项一般用于渐变透明和半透明的图形。

GIF 图像导出"优化"面板中的色板表示导出图像中使用的颜色，可以通过添加、删除颜色按钮添加或删除色板中的颜色。

2. 导出图像

使用"文件"|"导出"命令，在"导出"对话框中导出的文件类型是优化面板中确定的类型。"导出"的内容可以选择"仅图像"或"HTML 和图像"。如果需要直接导出为包含该图像的 HTML 网页文档，可以选择"HTML 和图像"。

5.3.4 图像大小编辑

在网站制作中经常使用数码相机采集素材，但一般数码相机拍摄的照片尺寸都比较大。一般分辨率越高，图片尺寸越大。在 HTML 的＜img＞标记中虽然可以指定图像的宽、高参数控制图片的显示大小,但是图片的存储尺寸并没有发生变化。在图像编辑工具中可以对图片大小进行编辑。在 Fireworks 中编辑图像大小可以使用下面两种方法之一。

1. 修改图像大小

在 Fireworks 中打开要编辑的图片,在菜单栏中选择"修改"|"画布"|"图像大小"命令,打开"图像大小"对话框,如图 5-9 所示。

在"图像大小"对话框中通过修改"像素尺寸"来改变图像的大小。在"约束比例"复选框被选中时,只需要修改宽或高中的一个参数。在修改图像大小时,"图像重新取样"复选框是必须要选中的。虽然在"图像重新取样"中有"双立方"、"双线性"等计算方法,但修改图像大小一般是将图片尺寸缩小,稍微放大一些也可

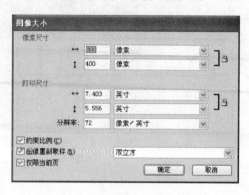

图 5-9 "图像大小"对话框

以,如果放大尺寸超过 1 倍,图像质量就会很差,就是在 Photoshop 中也是一样。

2. 图像预览

使用菜单中的"文件"|"图像预览"命令可以完成图像的优化、修改图像的大小和图像的导出。"图像预览"对话框如图 5-10 所示。

图 5-10 "图像预览"对话框

在"图像预览"对话框的"选项"选项卡中,可以完成对图像的优化设置,其操作界面和"优化"面板类似;在"文件"选项卡中,可以通过修改"缩放"的"%"对图像进行缩放;也可以通过修改"宽"、"高"参数设置导出图像的大小,其操作与设置"图像大小"对话框参数类似。如果需要只导出图像的部分区域,可以选中"导出区域"复选框,填写"导出区域"参数组的参数。

5.3.5　图层操作

Fireworks 使用图层组织图像文档结构。图层文档结构使文档组织清晰,避免图形对象的相互干扰。在画布之上可以有多个图层,每个图层内还可以有多个图形对象。对图层及层内对象的操作可以使用"层"面板完成。"层"面板如图 5-11 所示。

（1）选择活动层及对象：单击层或层内对象。

（2）锁定/编辑层：单击层中该列位置,会出现"锁"图标或"铅笔"图标。"锁"图标表示层或对象处于锁定状态,不受其他图形及编辑命令影响。显示"铅笔"图标的层为当前活动层,表示本层处于可编辑状态。

（3）显示/隐藏层：可以控制图层及图形对象的显示与隐藏。

（4）新建/复制层：单击"新建/复制层"按钮可以新建一个图层。选中一个图层,用鼠标拖动到"新建/复制层"按钮,可以复制该图层。

（5）调整层及对象位置：画布中显示的图像前后位置与"层"面板中层与层内对象的上下排列顺序是一致的。拖动层在"层"面板中的位置或拖动图形对象在层内的位置都可以改变图形对象在画布上的上下位置。

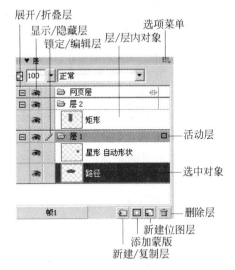

图 5-11　"层"面板

5.4　矢量图形编辑

矢量图形和一般的位图图像不同,矢量图形的创建、编辑需要使用矢量图形编辑工具。在矢量图形编辑中,除了矢量工具之外,还需要使用颜色工具、选择工具等。

5.4.1　颜色工具箱

图形是由边线和填充组成的。在 Fireworks 中,边线和填充都可以单独指定颜色。如果边线为透明色,即图形是由填充色组成的;如果图形的填充色为透明色,则图形只有边线。边线和填充不能同时是透明色。

笔触（边线）和填充颜色从 Fireworks"颜色"工具箱中选择。Fireworks"颜色"工具箱如图 5-12 所示。

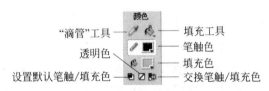

图 5-12　"颜色"工具箱

"笔触色"用于选择图形边线的颜色,"填充色"用于选择图形填充部分颜色。"滴管"工具可以从图像中选择颜色。

填充工具中有"油漆桶工具"和"渐变工具","渐变工具"有单击和拖动两种填充方式,用于控制渐变填充的位置和方向。在颜色框中为"/"时,表示透明色(无颜色)。

5.4.2　矢量工具

在 Fireworks 中制作矢量图形使用工具箱中的"矢量"工具。

Fireworks"矢量"工具箱如图 5-13 所示。其中路径工具、几何图形工具和修改路径工具中包含一组工具,单击其下拉按钮可以选择其中的其他工具。

1. 直线工具

使用直线工具可以绘制矢量直线。如果需要绘制 45°斜线,可以按住 Shift 键。

2. 几何图形工具

使用几何图形工具可以绘制矩形、椭圆、多边形等几何图形。几何图形工具中包含的几何图形种类如图 5-14 所示。在几何图形工具中,水平线上面的工具可以配合 Shift、Alt 键使用,而水平线下面的工具可以通过拖动控制点改变图形形状。

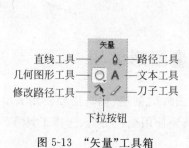

图 5-13　"矢量"工具箱

图 5-14　几何图形工具

(1) 绘制椭圆、圆形。使用"椭圆"工具,在画布上可以拖出任意的椭圆;按住 Shift 键,可以拖出一个圆形。如果需要从中心向四周展开,需要按住 Alt 键。

(2) 绘制矩形、正方形。使用"矩形"工具,在画布上可以拖出任意的矩形;按住 Shift 键,可以拖出一个正方形。如果需要从中心向四周展开,需要按住 Alt 键。如果需要绘制圆角矩形,可以在"属性"面板中设置"矩形圆度"。如果绘制一个正方形,"矩形圆度"选择 100 时,会得到一个正圆。

(3) 绘制多边形。当选中"多边形"工具时,"属性"面板为"多边形"工具属性。低版本 Fireworks"多边形"工具属性面板如图 5-15 所示。

在"多边形"工具属性面板中,"形状"中有"星形"和"多边形"两个选项;"边"为选择多边形的边数;"角度"只对"星形"起作用,表示角的锐度。"自动"复选框选中时,会自动调节角的锐度。

图 5-15　"多边形"工具属性面板

使用"多边形"工具绘制星形时,如果超过了五角,其星形效果较差。所以在 Fireworks CS 版本中,"多边形"工具属性面板中只有"形状"选择,选择"星形"后只能绘制五角星。绘制星形时最好使用几何图形工具中的"星形"工具。

使用"星形"工具绘制星形时,绘制出的星形上有 5 个调整手柄,如图 5-16 所示。拖动手柄调节星形的参数如下。

① 点数：调整角的个数。

② 半径 1：调节外半径。

③ 半径 2：调节内半径。

④ 圆度 1：调节外角锐度。

⑤ 圆度 2：调节内角锐度。

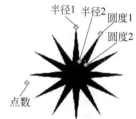

图 5-16　星形调整手柄

3. 矢量路径工具

矢量直线工具绘制的直线、几何图形工具绘制的图形边线都是矢量路径。路径工具中常用的有两个工具："钢笔"工具和"矢量路径"工具。

"钢笔"工具用于绘制闭合的曲线路径。"钢笔"工具绘制的曲线又称为贝塞尔曲线。贝塞尔曲线上有控制点可以拖动。拖动贝塞尔曲线控制点可以产生各种曲线效果,读者可以自己体验。

"矢量路径"工具可以绘制任意的曲线路径。

5.4.3　矢量图形编辑

1. 使用"选择"工具

"选择"工具箱中的工具有选择被编辑对象的工具和对矢量图形、位图图形进行编辑的工具。其中"部分选取"工具只能用于矢量图形编辑。"选择"工具箱如图 5-17 所示。

(1) 选取工具。选取工具中包含"指针"工具和"选择后方对象"工具。"指针"工具用于选择被编辑的对象;"选择后方对象"工具用于选择被图像遮挡的后方对象。

(2) "部分选取"工具。用于选择矢量路径上的控制点。当使用"部分选取"工具选取被编辑对象后,路径上会出现许多控制点。单击控制点会出现调整手柄(也称作点手柄),如图 5-18 所示。拖动点手柄会调整路径的曲率。

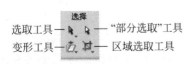

图 5-17　"选择"工具箱

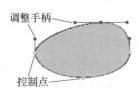

图 5-18　"部分选取"工具

（3）变形工具。变形工具中包括"缩放"工具、"倾斜"工具和"扭曲"工具，可以对矢量图形、位图图形进行整体的缩放、倾斜和扭曲操作。在 CS 版本中还增加了切片缩放工具，用于对切片的调整。

（4）区域选取工具。区域选取工具中包括"裁剪"工具和"导出区域"工具。"裁剪"工具可以对图形进行裁剪，得到一个矩形区域；"导出区域"工具则是选择一块矩形的导出区域，配合图像"导出"操作。

2. 修改路径工具

矢量工具箱中的修改路径工具是对矢量图形路径进行修改的工具，其中常用的是"自由变形"工具和"更改区域形状"工具。

"自由变形"工具有两种状态，当光标移动到路径上面时，鼠标图标旁边出现一个"s"，表示为拉伸状态；当光标不在路径上面时，鼠标图标旁边出现一个"o"，表示为推动状态。在拉伸状态时，拖动鼠标可以拉动路径改变形状；在推动状态时，拖动鼠标可以使用一个圆形推动路径改变形状。拉动路径的宽度和推动圆的直径由自由变形"属性"面板的"大小"确定。拉伸与推动的效果如图 5-19 所示。

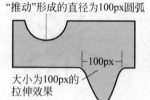

图 5-19　拉伸与推动的效果

注意：有些矢量图形不能使用修改路径工具编辑时，可以选中该图形，在"修改"菜单中选择"取消组合"后，就可以使用修改路径工具编辑了。

"更改区域形状"工具的形状为两个同心圆，拖动两个同心圆改变矢量路径的形状。其中外圆表示拖动区域宽度，由"更改区域形状"工具"属性"面板的"大小"确定；内圆表示强度，由"更改区域形状"工具"属性"面板的"强度"确定。图 5-20 是使用"更改区域形状"工具对一个矢量矩形区域的更改效果，其中"属性"面板的"大小"为 60px，"强度"分别为 15px、30px、45px 和 60px。

3. "刀子"工具

矢量工具箱中的"刀子"工具是对矢量图形路径进行切割的工具，可以把一个矢量图形切割开。图 5-21 是使用"刀子"工具切开的圆形矢量图形。

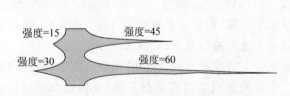

图 5-20　"更改区域形状"工具使用效果

图 5-21　使用"刀子"工具切开的圆形

注意：使用"刀子"工具切割图形需要划两刀。

4. 路径运算

在"修改"|"组合路径"菜单中有 6 种路径运算操作：接合、拆分、联合、交集、打孔和裁剪。其中"接合"是对多个路径的接合；"拆分"是接合的逆操作。在两个矢量图形运算时，"交集"和"裁剪"的功能是一样的。图 5-22 是原始图形为一个矩形矢量图形和一个椭圆矢

量图形的接合、联合、交集、打孔运算的结果。

原始图形   接合   联合   交集   打孔

图 5-22　接合、联合、交集、打孔路径运算结果

5.4.4　文本工具

在 Fireworks 中输入文字信息使用矢量工具箱的"文本"工具。选中"文本"工具后,在"文本"工具属性面板,可以设置文字字体、大小、颜色、对齐方式等属性。文字的大小除了可以在"文本"工具属性面板中使用"大小"设置之外,还可以使用"缩放"工具对文字进行任意缩放操作。

虽然"文本"工具在"矢量"工具箱中,但文字是字符编码信息。文字可以转换为矢量图形,转换后,文字就失去了编码信息,只是普通的矢量图形。

文字转换为矢量图形的操作使用"文本"|"转换为路径"命令完成。如果被转换的文字不是单个文字,还需要使用"修改"|"取消组合"命令,文字就完全变成了各自独立的图形文字。对于转换为路径的图形文字可以像矢量图形一样任意修改。

一般文字只能横排或竖排显示。如果需要文字按照某种曲线排列,可以使用将文字"附加到路径"的操作。例如在本章栏目标题栏中的 Logo 中,"China sun xiao ya"是沿圆弧排列的,可以使用文字"附加到路径"实现。注意文字"附加到路径"中的路径不能是闭合路径。该文字"附加到路径"的制作方法如下:

(1) 使用"文本"工具在画布中输入"China sun xiao ya",文字大小选择 20px。

(2) 使用"椭圆"工具在画布中绘制一个直径为 90px,无填充色的圆形(在 CS 版本中需要打开"信息"面板查看图形大小信息)。

(3) 使用"刀子"工具将圆形路径切除下面一段圆弧并删除。

(4) 按住 Shift 键,选取文字和剩下的圆弧路径。

(5) 选择"文本"|"附加到路径"命令,将文本附加到圆弧路径上。如果文字位置不理想,可以调整"属性"面板中的"文本偏移"量,但是如果在 CS 版本中,由于"属性"面板中没有"文本偏移"量调整,当文字位置不理想时只能修改路径。

(6) 文字"附加到路径"后,圆弧路径将不再显示。为了显示文字下面的圆形,还需要再绘制一个圆。

文字"附加到路径"的结果如图 5-23 所示。

图 5-23　文字"附加到路径"
的结果

5.4.5　矢量图形填充效果

使用矢量工具中的几何图形工具绘制矢量图形时需要选择填充色。填充色选择可以在"颜色"工具箱或在"属性"面板中完成。"属性"面板中的颜色设置及"填充类别"下拉列表内容如图 5-24 所示。

图 5-24　颜色设置及填充类别

1. 透明填充

当"填充类别"选择"无"时为透明填充。

2. 纯色填充

在"填充类别"为"实心"时,填充色为纯色填充。填充颜色可以从"填充色"框中选择,也可以在"颜色"面板"混色器"中选择。

3. 网页抖动

在使用非 Web 安全色填充时,可以选择"网页抖动"。使用"网页抖动"会增加图像的字节尺寸,一般很少使用。

4. 渐变色填充

在"填充类别"选择"渐变"时,填充色为渐变色填充。使用渐变色填充时可以从弹出菜单中选择线性、放射状、圆锥形等多种渐变填充效果。

(1) 编辑渐变色。单击"填充色"颜色框打开"编辑渐变"对话框,如图 5-25 所示。

在"预置"框中,可以选择系统预置的渐变颜色。可以拉动颜色块调整颜色的位置;单击颜色块,可以打开颜色样本,从中选择颜色;将颜色块拉出颜色区域可以删除该颜色;鼠标指向颜色块所在区域时,鼠标指针旁出现"＋"号,单击会增加一个颜色块。

"不透明度"块用于指示该区域的不透明度,单击不透明度块可以弹出一个"不透明度"编辑窗口,用于设置该"不透明度"块的不透明度。

(2) 填充效果调整。使用"颜色"工具箱中"渐变"填充工具为图形填充渐变色,可以采用"点击"和"拖动"两种填充方式。根据"点击"的位置和"拖动"的方向,可以得到不同的渐变填充效果。

使用"指针"工具选择具有渐变填充的对象时,该对象上面或其附近会出现一组手柄,如图 5-26 所示。拖动这些手柄可以移动、旋转、倾斜和更改对象的渐变填充位置和方向。

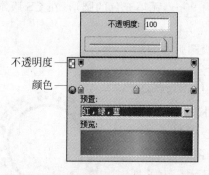

图 5-25　"编辑渐变"对话框

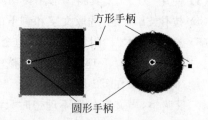

图 5-26　渐变填充的调整手柄

拖动圆形手柄到填充内的一个新位置,可以在对象内移动渐变填充位置;拖动连接手柄的直线,可以旋转填充方向;拖动方形手柄,可以调整填充宽度。

5. 图案填充

在"填充类别"选择图案填充时,可以从弹出菜单中选择很多种图案填充效果。使用图案填充和渐变填充一样,可以通过调整手柄调整填充效果。所不同的是,图案填充的调整手柄有两个方形手柄,分别调整水平和垂直方向的图案填充宽度和方向,圆形手柄调整填充位置。

可以使用任意位图图像做填充图案。在图案填充弹出菜单中选择"其他",打开"定位文件"对话框,从中选择图像文件并打开,该图像成为填充图案。

6．填充选项

在"颜色"工具箱的"填充色"设置和"填充类别"中都可以打开"填充选项"对话框,如图 5-27 所示。

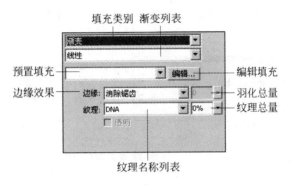

图 5-27 "填充选项"对话框

其中内容也是填充类别选择、编辑和"边缘"、"纹理"设置。在低版本的 Fireworks"属性"面板中也可以设置"纹理";在 CS 版本中,"纹理"只能在"填充选项"中设置。在"边缘"设置中,只有选择"羽化"时,"羽化总量"才能调整羽化边缘的宽度。

5.4.6 矢量图形滤镜效果

在矢量图形"属性"面板中使用"添加动态滤镜"(CS 版本中"添加滤镜")可以打开滤镜菜单,如图 5-28 所示。

对于矢量图形以及文字一般常用的滤镜为"斜角和浮雕"、"阴影和光晕"。

1．斜角和浮雕

斜角滤镜常用于按钮、文字效果的制作,其中"内斜角"滤镜设置对话框如图 5-29 所示。

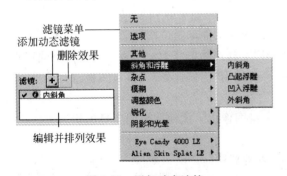

图 5-28 添加动态滤镜

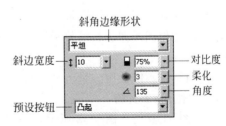

图 5-29 "内斜角"滤镜设置对话框

斜角边缘形状:常用"平坦"和"平滑"两种。"平坦"为 45°斜面;"平滑"为没有棱线的圆弧斜面。

斜边宽度:可以调整斜边的宽度。

预设按钮：可以选择斜角的形状，一般常用"凸起"。

对比度：斜边和平面的对比度。数值越大，立体效果越强。

柔化：斜边的柔化宽度。

角度：入射光线角度。

2. 阴影和光晕

阴影和光晕滤镜用于制作投影和发光效果的图像效果。

（1）投影。"投影"滤镜设置对话框如图 5-30 所示，其中图 5-30(b)是投影距离为 15px 的字母投影效果。

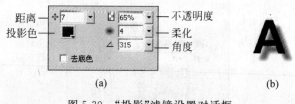

距离　　不透明度
投影色　　柔化
　　　　　角度
去底色

(a)　　　　　(b)

图 5-30　"投影"滤镜设置对话框

"不透明度"是投影的不透明度，角度为投影角度。选中"去底色"复选框时，只有投影显示。

（2）发光。"发光"滤镜设置对话框如图 5-31 所示，其中图 5-31(b)是图 5-31(a)设置的发光效果。

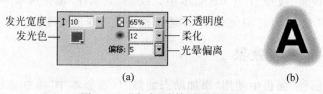

发光宽度　　不透明度
发光色　　　柔化
偏移：5　　光晕偏离

(a)　　　　　(b)

图 5-31　"发光"滤镜设置对话框

5.5　位图图像编辑

5.5.1　位图工具

在 Fireworks 中打开或导入的 GIF、JPEG 图像文件都是位图图像。位图图像需要使用位图工具编辑。编辑位图图像需要使用"位图"工具箱中的工具，"选择"工具箱中的变形工具也可以对位图图像进行缩放、倾斜、扭曲，可以使用"区域选择"工具对图像进行裁剪、设置导出区域。

位图图像不能使用矢量工具编辑，同样矢量图像也不能使用位图工具编辑。

1. "位图"工具箱

"位图"工具箱如图 5-32 所示，其中包括 4 类工具：绘图工具、擦除工具、区域选择工具和位图修饰工具。

2. 位图绘图工具

位图绘图工具包括"铅笔"工具和"刷子"工具。"铅笔"工具只能绘制 1px 的线条，一般只用于勾画草图。

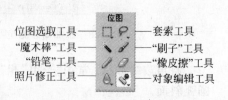

位图选取工具　　　套索工具
"魔术棒"工具　　　"刷子"工具
"铅笔"工具　　　　"橡皮擦"工具
照片修正工具　　　对象编辑工具

图 5-32　"位图"工具箱

"刷子"工具是一个包含各种笔触效果的绘图工具。

"刷子"工具除了可以选择笔触颜色、笔尖大小之外,还有如下 3 种。

(1) 描边种类:选择多种笔触效果。

(2) 边缘柔化:设置笔触边缘的柔化范围。

(3) 纹理:可以选择多种笔触纹理效果。

3."橡皮擦"工具

"橡皮擦"工具用于擦除位图图像。在"橡皮擦"工具"属性"面板中,可以设置橡皮擦的"大小"、"形状"(矩形、圆形)。如果需要边缘柔化,还可以设置其"边缘"的柔化大小。

4. 位图区域选择工具

在对位图进行颜色填充、区域复制、移动、删除等操作时,首先需要选择区域。位图图像区域选择工具有如下几种。

(1)"选取框"工具和"椭圆选取框"工具。用于选取位图图像上的一个矩形或椭圆形的区域。

(2)"套索"工具和"多边形套索"工具。"套索"工具使用曲线围成一个选取区域;"多边形套索"工具使用多段直线围成一个选取区域。

(3)"魔术棒"工具。"魔术棒"工具用于选择颜色相似的像素区域。通过在"属性"面板中调整"魔术棒"的"容差"和"边缘"选项,可以控制"魔术棒"选择像素的方式。

"容差"表示颜色的范围,0 表示完全相同的颜色。"羽化"可以设置柔化像素选取的边缘宽度。

(4) 对选取区域的操作。

① 移动选取区域:按住 Ctrl 键,使用鼠标拖动区域。

② 复制选取区域:按住 Ctrl+Alt 键,使用鼠标拖动区域。

③ 删除选取区域:Delete 键。

④ 取消选取区域:Esc 键。

⑤ 附加选取区域:按住 Shift 键,再选择新的选取区域。

⑥ 减去选取区域:按住 Alt 键,再选择去除的选取区域。

5. 位图修饰工具

Fireworks 位图修饰工具有如下几种。

(1)"橡皮图章"工具。"橡皮图章"工具可以克隆位图图像的部分区域,可以将其复制到图像中的其他区域。"橡皮图章"工具的使用方法如下:

① 选择"橡皮图章"工具。

② 单击某一区域将其指定为源(即要克隆的区域),取样指针即会变成十字形指针。要指定另一个要克隆的像素区域,可以按住 Alt 键并单击另一个像素区域,将其指定为源。

③ 移动光标指针到图像的其他部分,可以看到两个指针。第一个指针是克隆源,为十字形;第二个指针是蓝色圆圈形状。拖动第二个指针时,第一个指针下的像素会复制到第二个指针下的区域。

④ "属性"面板中的"大小"可以设置克隆区域的大小。

⑤ 按住 Alt 键,可以重新选择克隆源。

(2)"替换颜色"工具。用一种颜色替换另一种颜色。

（3）"红眼消除"工具。矫正照片红眼效应。仅对照片的红色区域用灰色和黑色替换。

（4）"模糊"工具。减弱图像中所选区域的清晰度。

（5）"锐化"工具。锐化图像中的区域。

（6）"减淡"工具。加亮图像中的部分区域。

（7）"加深"工具。加深图像中的部分区域。

（8）"涂抹"工具。拾取颜色并在图像中沿拖动的方向推移该颜色。

5.5.2　位图滤镜效果

编辑位图时经常需要使用滤镜达到某种预期的效果。Photoshop 中的滤镜种类较多，在 Fireworks 中编辑位图常用的滤镜有调整颜色、模糊和锐化滤镜，锐化滤镜主要是增加选区图像的对比度，模糊滤镜主要提供几种模糊效果，最复杂的是调整颜色滤镜，其中包含多种调整方法。

1. 调整颜色滤镜

（1）亮度/对比度调整。调整图像的亮度即改变图像的曝光量。对比度是颜色的清晰度。

（2）反转。颜色反转是将颜色 RGB 值取反，得到照片底片的效果。

（3）色阶。色阶是图形中颜色的数目。"色阶"对话框如图 5-33 所示。对话框的直方图中是图像中的颜色分布。颜色分布从纯黑到纯白色用 0～255 数值表示。调整"设置输入级别"的"纯黑色"滑块，可以改变"输入色阶"的最小强度值。当最小强度值变大后，表示从 0 到这一数值的颜色都用黑色表示，这时图像的亮度将降低，同时也减少了颜色数。同理，调整"设置输入级别"的"纯白色"滑块，可以改变"输入色阶"的最大强度值。当最大强度值变小后，表示从这一数值的颜色到 255 的颜色都用白色表示，这时图像的亮度将增大，同时也减少了颜色数。

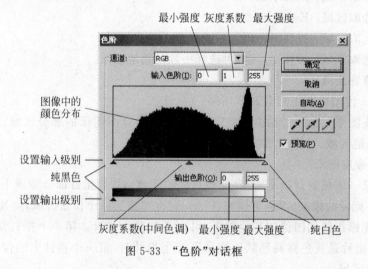

图 5-33　"色阶"对话框

输入色阶是从原图像中获取的色阶，输出色阶是导出图像使用的色阶。调整"设置输出级别"的"纯黑色"滑块，可以改变"输出色阶"的最小强度值。当最小强度值变大后，表示图像中最暗的颜色使用该强度表示，相当于增加了图像的亮度。同理，调整"设置输出级别"的

"纯白色"滑块,可以改变"输出色阶"的最大强度值。当最大强度值变小后,表示图像中最亮的颜色使用该强度表示,相当于降低了图像的亮度。

灰度系数代表了中间色调在暗色和亮色之间的分布比例,一般取值为 1。如果往暗调区域移动灰度调整滑块,图像将变亮。因为暗色到中间色调的距离比中间色调到亮色的距离短,表示中间色调偏向亮色区域更多一些,因此图像变亮了;反之,图像将变暗。

(4)色相/饱和度。色相即颜色的相貌,调整色相就是调整颜色。颜色的饱和程度称作饱和度。"色相/饱和度"对话框如图 5-34 所示,调整其中的"色相"指针可以调整图像中的颜色;调整"饱和度"指针可以调整图像中颜色的饱和度。

图 5-34 "色相/饱和度"对话框

(5)曲线。曲线滤镜功能同色阶功能相似,是以调整曲线的方式调整图像的高亮、暗色和中间色。

2. 模糊滤镜

模糊滤镜可以制作图像的多种模糊效果。图 5-35 是常用的放射状模糊、运动模糊、缩放模糊和高斯模糊的效果。其中"放射状模糊"和"缩放模糊"的模糊设置对话框中可以设置"模糊总量"和"模糊品质";"运动模糊"的模糊设置对话框中可以设置"模糊角度"和"模糊距离";"高斯模糊"的模糊设置对话框中可以设置"模糊范围"。通过不同的参数设置可以实现不同的模糊效果。

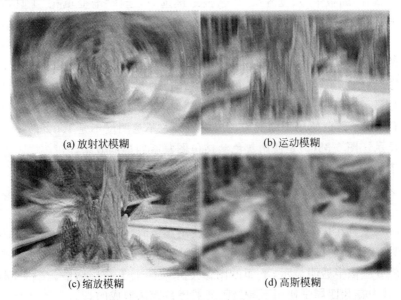

(a) 放射状模糊　　　　　　　　　　(b) 运动模糊

(c) 缩放模糊　　　　　　　　　　(d) 高斯模糊

图 5-35 各种模糊滤镜效果

5.5.3 图像蒙版效果

在 Fireworks 中,蒙版是一种图像显示效果。图像通过蒙版遮挡,形成部分图像显示或半透明效果显示。

1. 矢量蒙版

矢量蒙版是利用矢量图形作为蒙版制作的蒙版图像效果。矢量图形、文字都可以制作矢量蒙版。

矢量蒙版的制作方法如下:

图 5-36　矢量蒙版

(1) 打开位图图片。

(2) 在"矢量"工具箱中选择一个需要的矢量图形(或文字)工具,在位图图片中需要显露的位置绘制一个矢量图形,图形的填充色不能使用透明色。

(3) 选中矢量图形,使用 Ctrl+X 组合键剪切图形。

(4) 选中位图图片,在菜单栏选择"编辑"|"粘贴为蒙版"命令。

图 5-36 是使用椭圆图形制作的矢量蒙版。

2. 位图蒙版

位图蒙版是在位图图像上添加一个位图蒙版,通过修改蒙版的填充色来确定如何显示。蒙版的填充色如果是黑色,则被添加蒙版的图像不显示(显示为透明色);蒙版的填充色如果是白色,则显示被添加蒙版的图像;蒙版的填充色如果是灰色或透明度不是 100% 时,被添加蒙版的图像显示为半透明。

位图蒙版制作方法如下:

(1) 打开位图图片。

(2) 在如图 5-37 所示的图层面板中使用"添加蒙版"为位图图片添加一个位图蒙版。

(3)保持"属性"面板中"灰度等级"单选按钮被选中,选择"渐变填充"工具,在"属性"面板中选择填充类型,使用"渐变填充"工具在图片上点击或拖拽,制作出渐变半透明效果的蒙版图像。图 5-38(a)是使用线性填充蒙版的位图蒙版效果;图 5-38(b)是使用椭圆形渐变填充蒙版的位图蒙版效果。

使用位图"刷子"工具给蒙版着色,也可以制作位图蒙版效果。当刷子颜色使用黑色时,被涂抹的部分显示透明色;当刷子颜色使用白色时,被涂抹的部分(或不涂抹的部分)显示原来的图像;当刷子颜色使用不同的灰色或刷子颜色不透明度不是 100% 时,被涂抹的部分图像半透明显示。图 5-38(c)是使用灰色涂抹位图蒙版四周的效果。

如果希望图像的透明、半透明部分显示其他颜色,可以在图片之上添加一个色块,然后给色块添加蒙版,再通过给蒙版填充颜色达到预期的显示效果。例如使用"矩形"工具在图片上面绘制一个绿色矩形,在"层"面板中为矩形添加蒙版。

使用"刷子"工具涂抹蒙版,如果刷子颜色使用黑色时,绿色矩形上对应被涂抹部分应该透明显示,即显示下面的图像;如果刷子颜色使用灰色或选择不同的不透明度,绿色矩形上对应被涂抹部分应该半透明显示,下面的图像上像被蒙上了一层绿纱。图 5-38(d)是如上制作的结果,其中花朵四周是使用不同透明度的黑色涂抹形成的。

图 5-37　添加位图蒙版

(a) 线性渐变填充位图蒙版

(b) 椭圆形渐变填充位图蒙版

(c) 使用灰色涂抹位图蒙版四周

(d) 添加色块后的蒙版涂抹效果

图 5-38　位图蒙版

3. 使用位图蒙版制作网站标题

图 5-39 是中华人民共和国中央人民政府网站的标题栏。背景图片上有天安门、国徽和深红色线性半透明填充的矩形。

图 5-39   中华人民共和国中央人民政府网站标题栏

该标题栏制作方法如下：

（1）准备天安门城楼图片和国徽图案（国徽图案背景色需要使用透明色）。

（2）新建 Fireworks 文档，画布大小为 Banner 设计的大小。将天安门城楼图片导入，缩放成需要的大小。

（3）在画布上绘制一个矩形，颜色按需要选择。

（4）在"层"面板中为矩形添加蒙版。

（5）选择"渐变填充"工具填充类型为"线性"，用"渐变填充"工具在蒙版上拖动，形成所需的半透明效果图像（注意调整填充色块的位置，用于满足显示区域的需要）。

（6）导入国徽图案，调整大小和位置，导出图像。

5.6   "作品欣赏"页面制作

本任务要求完成本栏目中"作品欣赏"页面 prac5-1.html 的制作。

"作品欣赏"页面结构比较简单，为一个简单的表格结构。按照设计要求，本页面中包括以下 7 个作品。

标题栏 GIF 逐帧动画：prac5-1.gif；

矢量图形编辑：prac5-2.jpg；

位图图像编辑：prac5-3.jpg；

位图蒙版：prac5-4.jpg；

透明度变化 GIF 选择动画：prac5-5.gif；

位置变化 GIF 选择动画：prac5-6.gif；

分散到帧 GIF 动画：prac5-7.gif。

5.6.1   矢量图形编辑图片制作

按照设计要求，矢量图形编辑图片 prac5-2.jpg 中包含 3 个图形：一个使用图像填充和变形的"花"字图形；一个是带阴影的花球图形；一个是贴图笔筒图形。制作方法如下。

1. "花"字图形制作

（1）新建 Fireworks 文档，画布大小选择 320×240px。保存图像到本地站点 images 目录中，文件名使用 prac5-2.png。

（2）使用文本工具在画布左上角书写一个"花"字，大小 60px，隶书字体。选择"花"字，使用"文本"|"转换为路径"命令将其转换为矢量图形。

（3）使用矢量工具箱中的"更改区域形状"工具（大小、强度都选择40），对"花"字图形进行拖拽，修改图形形状。

（4）使用"指针"工具选择"花"字图形，在"属性"面板中选择填充类型为"图案"，在图案列表中选择"其他"，打开"定位文件"对话框，通过浏览选择本地站点images目录中的tp4-4.jpg。

（5）使用"指针"工具选择"花"字图形，调整填充位置，达到满意效果为止。保存文档。

2. 花球图形制作

（1）在prac5-2.png文档中锁定"花"字图形所在图层。新建图层，并命名新建图层名称为"花球"。

（2）在"花球"图层中绘制一个100×100px的正圆，选择"图案"填充，填充图案使用images\tp4-3.jpg。调整填充位置，达到满意效果为止。

（3）再绘制一个100×100px的正圆，选择"渐变"|"放射状"黑白填充，白色在中间形成高光球形效果。调整填充效果，使高光部位在球体左上方。

（4）将两个正圆对齐，在图5-40所示的"属性"面板的"混合模式"属性中选择"强光"，"不透明度"选择80%。

图5-40　"混合模式"属性设置

（5）在球体右下方绘制一个50×25px黑色填充的椭圆，在"属性"面板设置其"边缘"属性为"羽化"，"羽化总量"使用默认值（10），"不透明度"选择80%。

（6）保存文档，锁定"花球"图层。

3. 贴图笔筒图形制作

（1）在Fireworks中打开贴图图片images\tp5-1.jpg。

（2）新建图层，在新建图层中使用矢量"矩形"工具绘制一个80×130px的矩形（无笔触色，填充实心黑色）放置到图片适当的位置；再使用矢量"椭圆"工具绘制两个80×30px椭圆形（无笔触色，填充实心黑色），分别放置在矩形的上面和下面，椭圆横轴与矩形横边对齐。

（3）选中层中所有图形，选择"修改"|"对齐"|"左对齐"命令，再选择"修改"|"组合"命令，将3个图形组合成圆柱体。调整圆柱体与贴图图片的相对位置。

（4）选中圆柱体，使用Ctrl＋X键剪切圆柱体图形；选中"背景"图层中的贴图图片，使用"编辑"|"粘贴为蒙版"命令完成矢量蒙版制作。

（5）使用矢量"椭圆"工具绘制一个无笔触色、黑白渐变填充、80×30px的椭圆置于圆柱顶部。

（6）使用矢量"椭圆"工具再绘制一个无笔触色、黑白渐变填充、60×15px的椭圆放置在前一个椭圆上面，使其中心重叠。调整填充方向与前一个椭圆的填充方向相反，形成立体管形效果。

（7）选中画布的透明部分，在"属性"面板中单击"符合画布"，去除画布多余部分。选中所有图形，选择"修改"|"组合"，将图形组合在一起，完成贴图笔筒制作。

（8）选中贴图笔筒图形，复制图形。从窗口中选择 prac5-2.png 文档，粘贴图形，调整图形位置。

（9）导出图片 prac5-2.jpg。

5.6.2　位图图像编辑图片制作

位图图像编辑图片 prac5-3.jpg 是利用素材图片 images\tp5-3.jpg，复制其中的人物图像制作的。复制人物可以采用复制、粘贴选区的方法实现，也可以通过克隆图像的方法实现。在 Photoshop 中选区选取工具比较丰富，功能较强，例如"智能选择工具"、"快速选择工具"以及"磁性套索工具"等，容易实现将人物图像制作成选区。但在 Fireworks 中选取工具功能较差，不容易将人物图像制作成选区，所以这里使用克隆图像方法制作，其制作方法如下：

（1）在 Fireworks 中打开图片 images\tp5-3.jpg，修改图像大小为 320×240px。

（2）在"位图"工具箱中选择"橡皮图章"工具，调整工具的大小。

（3）将人物图像复制到指定位置。

（4）导出图片 prac5-3.jpg。

5.6.3　位图蒙版图片制作

位图蒙版图片 prac5-4.jpg 是利用素材图片 images\tp5-4.jpg 添加位图蒙版制作的。制作方法如下：

（1）在 Fireworks 中打开图片 images\tp5-4.jpg，修改图像大小为 320×240px。

（2）新建图层，使用"矩形"工具绘制一个 320×240px，填充颜色为♯BD9CFF 的矩形覆盖住图片。选中绘制的矩形，在"层"面板中添加"蒙版"。

（3）选择"刷子"工具，"描边种类"选择"毛笔"|"缎带"，颜色使用"黑色"，在蒙版中部涂抹，擦出人物图像；调整"不透明度"为 33%，涂抹蒙版其余部分，擦出半透明效果。

（4）导出图片 prac5-4.jpg。

5.6.4　GIF 动画

GIF 动画是由多帧图像构成的动画。在 Fireworks 中制作 GIF 动画非常简单。

1."帧"面板

动画是由多帧图像构成的，使用"帧"面板可以看到每个帧的内容。"帧"面板是创建和组织帧的地方，可以完成命名帧、添加帧、手动设置动画的延时以及将对象从一个帧移动到另一个帧等操作。Fireworks 的"帧"面板如图 5-41 所示（CS 版本中为"状态"面板）。

帧列表窗口中是当前建立的帧列表。选中的帧可以显示在画布中进行编辑。在动画中，图像的先后出现顺序是由帧列表顺序确定的，可以拖动帧的位置改变排列顺序。在画布中选中对象后，"帧"面板中显示帧内对象图标，拖动该图标到其他帧可以将该对象移动到其他帧。如果需要复制该对象，可以在拖动时按住 Alt 键。

"帧延时"是该帧图像在播放时停留的时间（s/100），双击一个帧的"帧延时"可以打开

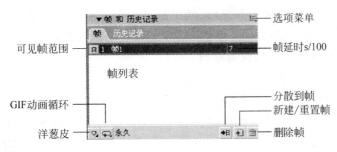

图 5-41 "帧"面板

"帧延时"设置对话框,如图 5-42 所示。在该对话框中可以修改该帧的延时。如果同时修改多帧的延时,可以同时选中多帧,打开"帧延时"设置对话框进行设置。

单击"新建/重置帧"按钮可以新建一帧,将一个帧拖动到"新建/重置帧"按钮上,可以复制这个帧。

使用"洋葱皮"可以查看当前所选帧之前和之后的帧的内容。可以很流畅地使对象变为动画,而不用在帧间来回跳跃。洋葱皮一词来源于一种传统的动画制作技术,即使用很薄的、半透明的描图纸来查看动画序列。

图 5-42 "帧延时"设置对话框

"洋葱皮"打开后,当前帧之前或之后的帧中的对象会变暗,以便与当前帧中的对象区别开来。"洋葱皮"列表中有下列内容。

"无洋葱皮":关闭洋葱皮,只显示当前帧的内容。

"显示下一帧":显示当前帧和下一帧的内容。

"之前和之后":显示当前帧和与当前帧相邻的帧的内容。

"显示所有帧":显示所有帧的内容。

"自定义":设置自定义帧数并控制洋葱皮的不透明度。

"多帧编辑":可以选择和编辑所有可见对象。

选择一种"洋葱皮"内容后,在帧列表的可见范围中会体现出来。

"GIF 动画循环"设置决定动画重复的次数。可以设置指定循环次数和永久循环,一般默认设置为永久循环。

2. GIF 动画的优化与导出

预览 GIF 动画需要使用 Fireworks 文档窗口下方的播放按钮(见图 5-4)。预览 GIF 动画如果感觉动作太快或太慢,可以调整"帧延时"(CS 版本为"帧延迟");如果感觉动作跳动性太大,可以再增加动画的帧数(CS 版本的状态数)进行调整。

动画制作好后就可以将文件导出为动画了。导出 GIF 动画需要在"优化"面板中设置导出文件类型为"GIF 动画",为了减少动画的字节尺寸,可以设置动画的"失真"和"颜色"数量。如果导出背景透明的 GIF 动画,需要在"透明选择"列表中选择"索引色透明"。

优化完成之后,使用"文件"|"导出"命令导出动画。在"导出"对话框内"导出"栏需要选择"仅图像",输入导出文件名,选择保存目录,单击"导出"按钮完成 GIF 动画导出。

3. GIF 动画种类

(1)逐帧动画。逐帧动画是最简单的 GIF 动画,即将图片分帧放置。制作逐帧动画通过新建帧、设置帧内的内容、调整帧延时、导出动画完成。

（2）选择动画。选择动画可以通过对话方式设置动画的帧数、移动的距离、运动的方向、缩放以及不透明度等内容来构造动画。

选择动画的制作方法如下：

① 在第 1 帧中放置运动的对象。

② 使用"修改"|"动画"|"选择动画"命令打开"动画"设置对话框，如图 5-43 所示。

一般只需要设置动画的"帧"数、"缩放到"百分数和"不透明度"。其他项可以通过调整动画路径完成。

（3）分散到帧动画。选择动画虽然可以通过对话方式设置动画的帧数、移动的距离、运动的方向、缩放以及不透明度等内容，但是其运动路径只能是直线。如果希望运动路径是曲线，只能使用逐帧动画自己逐帧制作，这样无疑非常麻烦。解决这样的问题可以使用"分散到帧"GIF 动画，分散到帧动画使用"帧"面板中的"分散到帧"按钮将一帧中的多个对象分散到多个帧中。

（4）带背景的动画。当动画带有图片背景时，因为每帧都需要有背景图片，所以需要进行必要的设置。设置方法是使用如图 5-44 所示"层"面板中的"选项"菜单。

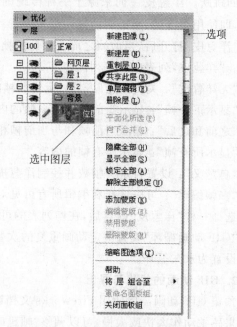

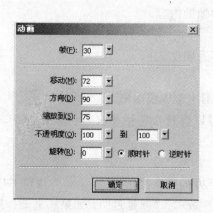

图 5-43　选择"动画"对话框　　　　图 5-44　"层"面板中的"选项"菜单

首先选中作为背景图片的图层，打开"层"面板中的"选项"菜单，选择"共享此层"命令（在 CS 版本中为"在状态中共享层"）。

5.6.5　标题栏 GIF 逐帧动画制作

标题栏 GIF 逐帧动画 prac5-1.gif 是由两帧图像构成的，两帧图像如图 5-45 所示。

该逐帧动画制作方法如下：

（1）新建 Fireworks 文档，画布大小设置为 990×80px，画布颜色设置为 ♯BD9CFF。

图 5-45　逐帧动画内容

（2）使用文本工具书写文字"欢迎欣赏丫丫作品"，隶书，60px，颜色♯006699。绘制白色和黑色椭圆制作眼睛图形。

（3）在"帧"面板"选项"菜单中选择"重置帧"，复制当前帧（在 CS 版本中，使用"状态"面板"选项"菜单中的"重置状态"）。

（4）选择第 2 帧，将文字修改为"期待您的批评指导"，颜色修改为白色。调整眼珠的位置。

（5）选中所有帧，调整帧延时为 100/100s，使用"播放"按钮预览动画效果。

（6）在"优化"面板中设置"导出文件格式"为"GIF 动画"，导出动画 prac5-1.gif。

5.6.6　透明度变化 GIF 选择动画制作

该动画是一个透明度变化的选择动画，制作方法如下：

（1）在 Fireworks 中打开图片 images\tp5-5.jpg，修改图像大小为 320×240px。

（2）选中图片，使用"修改"|"动画"|"选择动画"命令在如图 5-43 所示的选择"动画"对话框中进行如下设置。

帧（CS 版本为状态）：30	添加 30 帧
移动：0	不移动
方向：0	方向不变
缩放到：100	不缩放
不透明度：100～30	30 帧中不透明度从 100%变化到 30%
旋转：0	不旋转

单击"确定"按钮之后，会有自动添加帧的提示信息，单击"确定"按钮在"帧"面板中添加30 帧动画。

（3）选中最后一帧，使用"帧"面板中的"新建/重置帧"按钮添加第 31 帧。

（4）选中第 31 帧，导入图片 images\tp5-5.jpg，修改图像大小为 320×240px。

（5）选中第 31 帧，使用"修改"|"动画"|"选择动画"命令将前面选择动画设置中的"不透明度"修改为 30～100。

（6）使用"播放"按钮预览动画效果。如果不理想，调整帧延时。

（7）在"优化"面板中设置"导出文件格式"为"GIF 动画"，导出动画 prac5-5.gif。

5.6.7　位置变化 GIF 选择动画制作

这是一个带背景图片的位置变化 GIF 选择动画，该动画是利用素材图片 images\tp5-6.jpg 制作的飞机不断从机场起飞的位置变化 GIF 选择动画。素材图片 tp5-6.jpg 如

图 5-46 所示。

　　该图片是动画的背景图片,动画中的运动对象"飞机"也要从该图片中获得。制作该动画的方法如下:

　　(1) 在 Fireworks 中打开图片 images\tp5-6.jpg,使用"裁剪"工具裁剪下飞机图形,如图 5-47(a)所示。

　　(2) 放大图像,使用"橡皮擦"工具擦除背景,使用"修改"|"变形"|"水平翻转"命令制作出如图 5-47(b)所示飞机图形;使用"缩放"工具将飞机缩小到宽 100px,并调整出一个仰角,如图 5-47(c)所示。使用

图 5-46　素材图片 tp5-6.jpg

"符合画布"去掉多余的画布。选中飞机图像,使用 Ctrl+C 键复制飞机图形。

(a)"裁剪"下飞机　　　　　(b)擦除背景,水平翻转　　　　　(c)缩小,调整仰角

图 5-47　制作飞机图形

　　(3) 在 Fireworks 中打开图片 images\tp5-6.jpg,修改图像大小为 320×240px。选中背景图片,在"层"面板"选项"菜单中选择"共享此层"命令,锁定背景层。

　　(4) 新建"动画"图层,在"动画"图层中使用 Ctrl+V 键粘贴飞机图片。放置在图片右下方,大部分飞机图形在画布外面。

　　(5) 选中"飞机"图像,使用"修改"|"动画"|"选择动画"命令在"动画"面板中进行如下设置。

帧(CS 版本为状态):40　　　添加 40 帧
移动:72　　　　　　　　　　不修改
方向:180　　　　　　　　　　暂时设置为水平向左运动
缩放到:50　　　　　　　　　　飞机移动到左上角后缩小到 50%
不透明度:100~30　　　　　　不透明度变为 30%
旋转:0　　　　　　　　　　　不旋转

确定添加动画帧后动画的初始运动路径如图 5-48(a)所示。

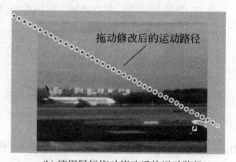

(a)使用参数设置的初始运动路径　　　　　(b)使用鼠标拖动修改后的运动路径

图 5-48　选择动画运动路径

使用鼠标拖动动画运动路径的两个端点,可以改变动画运动路径的移动距离、方向、起点、终点位置,起点、终点位置可以设置到画布外面。图5-48(b)是拖动后的动画运动路径。

(6) 使用"播放"按钮预览动画效果。如果不理想,调整帧延时。

(7) 在"优化"面板中设置"导出文件格式"为"GIF动画",导出动画prac5-6.gif。

5.6.8 分散到帧 GIF 动画制作

分散到帧GIF动画prac5-7.gif是一个月落西山的动画,月亮沿着一个弧线落到山后。该动画制作方法如下:

(1) 在Fireworks中打开图片images\tp5-7.jpg,修改图像大小为320×240px。使用"滤镜"|"调整颜色"|"亮度/对比度"命令调整图片亮度使其呈现出夜景效果。

(2) 在"层"面板"选项"菜单中选择"共享此层"命令,锁定背景层。

(3) 新建"动画"图层,在"动画"图层中使用"椭圆"工具绘制一个白色正圆"月亮",为月亮添加"发光"滤镜效果。发光颜色选择白色。

(4) 复制、粘贴月亮,将复制出的月亮移动到一个新的位置,再重复复制、粘贴、移动操作,直到形成一个排列到山头的轨迹。再复制一个月亮,将其移动到一半遮住山头的位置,使用"刀子"工具将遮住山头的部分切除。

(5) 选中所有的"月亮"图形,单击帧面板中的"分散到帧"按钮,选中所有帧,调整帧延时。

(6) 在帧面板中新建一帧,在新建帧中导入图片tp5-7.jpg,使用"滤镜"|"调整颜色"|"亮度/对比度"命令调整图片亮度,使其呈现出比有月亮时更暗的夜景效果。

(7) 设置"循环方式"为"无循环"。

(8) 在"优化"面板中设置"导出文件格式"为"GIF动画",导出动画prac5-7.gif。

5.6.9 "作品欣赏"网页制作

"作品欣赏"网页prac5-1.html页面布局简单,制作方法如下:

(1) 在Dreamweaver中打开本地站点,新建HTML文档,另存为prac5-1.html。

(2) 插入一个3行1列表格,表格宽度为990px,border="0",居中对齐。

(3) 在第1行插入页面标题GIF动画images\prac5-1.gif。

(4) 在第2行插入一个2行3列表格,表格宽度为990px,border="2",cellpadding="2",cellspacing="2",bordercolor="♯BD9CFF"。

(5) 在相应单元格内插入对应作品文件。

(6) 在最下面一行中插入"返回"超链接(居中对齐),链接到prac5.html。

5.7 "网页图像编辑"栏目首页制作

该栏目首页是使用Fireworks制作的页面,在Fireworks中整体制作页面效果,最后将页面切割成切片,导出为HTML文档,再使用Dreamweaver对网页文档进行编辑。下面根据图5-1栏目首页设计要求完成该网页的制作。

5.7.1 Logo 制作

(1) 新建Fireworks文档,画布大小为200×200px,绘制一个200×200px白色矩形,填充选择"放射状",颜色选择♯A66650和白色,纹理选择"木纹",纹理总量选择80%。

（2）新建图层，在新建图层中使用文本工具输入一个大写字母"Y"，字体选择 Arial Black，大小为 80px。

（3）选中字母 Y，使用"文本"|"转换为路径"命令将文字转换为图形。

（4）选中字母 Y，填充类别选择"线性"，颜色选择♯003300 和♯00FF00，调整填充方向。

（5）选中字母 Y，添加"滤镜"|"阴影和光晕"|"纯色阴影"，距离选择 8px，颜色选择♯003300。

（6）新建图层，在新建图层中使用椭圆工具绘制一个笔触为红色（无填充色）的 100× 100px 正圆，使字母 Y 图形在圆形中间。选中正圆图形，使用"刀子"工具水平切除"Y"图形下面的弧线（切两次），删除切掉的圆弧。使用文本工具输入文字"China sun xiao ya"，字体选择 Arial Black，大小为 20px，颜色选择♯006699。同时选中文字和圆弧，使用"文本"|"附加到路径"命令将文字排列到圆弧上。调整"文本偏移"使文字位置对称（在 CS 版本中由于没有"文本偏移"属性，该操作比较麻烦）。选中文字，添加"滤镜"|"阴影和光晕"|"内侧阴影"。

（7）新建图层，在新建图层中使用椭圆工具绘制一个笔尖大小为 3px，颜色为♯33ffff（无填充色）的 90×90px 正圆，使字母 Y 图形在圆形中间。选中圆形，添加"滤镜"|"阴影和光晕"|"内侧阴影"；使用椭圆工具绘制一个笔尖大小为 3px，颜色为♯009999（无填充色）的 140×140px 正圆，使字母 Y 图形在圆形中间。选中圆形，添加"滤镜"|"阴影和光晕"|"内侧阴影"。

图 5-49　Logo 图形效果

（8）在优化面板中选择"导出文件格式"为"jpeg"，使用"文件"|"导出"命令导出文件 logo. jpg。关闭 Fireworks 文档，打开 logo. jpg。使用椭圆工具绘制一个填充色为黑色，大小为 145×145px 的正圆矢量蒙版元件，将 Logo 图形盖住。选中圆形，使用 Ctrl＋X 剪切矢量蒙版，选中 Logo 图形，使用"编辑"|"粘贴为蒙版"命令制作矢量蒙版图形。Logo 图形效果如图 5-49 所示。

（9）选中画布，选择"符合画布"。在优化面板中选择"导出文件格式"为"gif"，"透明效果类型"选择"索引色透明"，使用"文件"|"导出"命令导出文件 logo. gif。

5.7.2　Banner 制作

该栏目首页 Banner 设计如图 5-50 所示。该 Banner 中最底层是一个线性渐变填充矩形，上面有一个渐变线性填充的装饰条。在装饰条之上有使用素材图片 tp5-2. jpg、tp5-3. jpg、tp5-4.jpg 制作的矢量蒙版效果图像，有使用素材图片 tp5-9. jpg 制作的花朵和放射状渐变填充文字图形。

图 5-50　栏目首页 Banner 设计

1. 矢量蒙版效果图像制作

（1）在 Fireworks 中打开素材图片 images\tp5-4.jpg，将图像大小调整为 200×150px。制作 110×110px 圆形矢量蒙版元件，调整好遮挡位置，制作蒙版效果图像，如图 5-51(a)所示。

（2）新建一个图层，在新建图层中绘制一个颜色为♯ADFFB4、120×120px 的圆形，再用红色绘制一个 108×108px 圆形，使两个圆形同心。选中两个圆形，使用"修改"|"组合路径"|"打孔"命令得到一个圆环。绘制一个矩形，遮住圆环的右上方的 1/4，选中矩形和圆环，使用"修改"|"组合路径"|"打孔"命令得到一个 3/4 的圆环，如图 5-51(b)所示。

（3）将 3/4 圆环和蒙版效果图形的圆心对齐，选中图片和圆环，使用"修改"|"组合"命令将其组合成一个图像，如图 5-51(c)所示。文件另存为 temp1.png(临时文件)。

(a) 矢量蒙版图形　　　　　(b) 3/4圆环　　　　　(c) 组合图形

图 5-51　矢量蒙版效果图像制作

（4）打开素材图片 images\tp5-8.jpg。仿照步骤（1）～（3），将图像大小调整为 200×150px，制作 92×92px 圆形矢量蒙版元件，调整好遮挡位置，制作蒙版效果图像；圆环的制作外圆颜色使用♯ADCFFF，大小为 102×102px，内圆大小为 90×90px；圆环的缺口选择左上方大约 1/5 即可。最后将其组合成一个图形，文件另存为 temp2.png。

（5）打开素材图片 images\tp5-3.jpg，将图像大小调整为 150×100px，制作 70×70px 圆形矢量蒙版元件，调整好遮挡位置，制作蒙版效果图像；圆环的制作外圆颜色使用♯E4FFAD，大小为 80×80px，内圆大小为 78×78px；圆环的缺口选择左上方大约 1/5，制作完成圆环后将缺口旋转到正上方。最后将其组合成一个图形，文件另存为 temp3.png。

2. 制作花朵

（1）打开素材图片 images\tp5-9.jpg。

（2）使用"魔术棒"工具，"容差"设置为 50，单击花朵建立选区。对于花朵上没有选中的区域（如花心），选择"椭圆选取框"工具，按住 Shift 键，框选花朵内部没有选中的区域，将没有选中的部分添加到选区中。

（3）使用 Ctrl+C 键复制选取的花朵，新建 Fireworks 文档，按 Ctrl+V 键粘贴复制的花朵图形，文件另存为 temp4.png。

3. Banner 制作

（1）新建 Fireworks 文档，画布大小为 960×170px。绘制一个 960×170px 矩形，选择渐变线性填充，填充色为白色和♯BF9FFF，适当调整填充方向。

（2）使用钢笔工具绘制装饰条，如图 5-52 所示，使用渐变填充工具为装饰条填充颜色为♯ADFFB4、♯E9FFBC 和白色的线性渐变色。

（3）导入 logo.gif，调整大小放置在适当的位置；导入前面保存的矢量蒙版效果图形 temp1.png、temp2.png、temp3.png，放置在适当的位置。

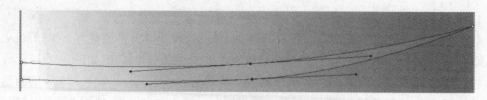

图 5-52 绘制装饰条

（4）导入前面保存的花朵图片 temp4.png，调整大小放置在适当位置；选中花朵图片，复制、粘贴，将复制出的花朵移动到适当的位置，调整大小，使用"滤镜"|"调整颜色"|"色相/饱和度"命令调整花朵颜色。

（5）新建图层，在新建图层中使用文本工具输入文字"丫丫主页"，大小选择 60px，字体选择"华文新魏"。选中文字，使用"文本"|"转换为路径"|"修改"|"取消组合"命令选中各个文字，摆放到合适的位置。

（6）选中一个文字图形，选择"任意变形"工具对文字进行缩放。将所有文字缩放到希望的大小，调整文字位置。

（7）使用渐变填充工具，设置线性渐变颜色为♯8A3C3C、白色和♯8A3C3C，依次选中每个文字为其填充渐变效果。

（8）在优化面板中选择"导出文件格式"为"jpeg"，导出文件 bnner.jpg。

5.7.3 Fireworks 按钮

Fireworks 按钮可以具有动态效果，当鼠标移动到按钮上面或鼠标离开按钮后，按钮会有不同的效果显示。

1. Fireworks 按钮制作

在 Fireworks 中制作按钮需要在"库"面板中通过添加元件完成。"库"面板及使用"新建元件"按钮打开的"元件属性"对话框如图 5-53 所示。

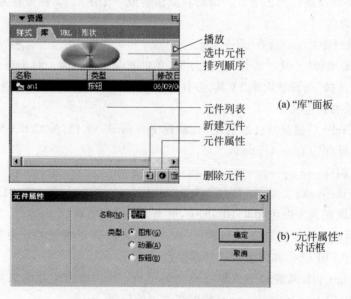

图 5-53 "库"面板及"元件属性"对话框

制作 Fireworks 按钮需要在"元件属性"对话框中选择"按钮"类型，单击"确定"按钮后，出现"按钮编辑"窗口，如图 5-54 所示。

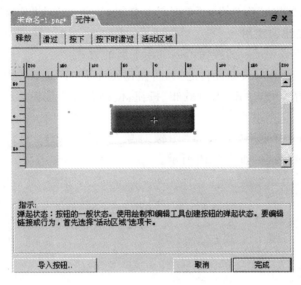

图 5-54 "按钮编辑"窗口

在"按钮编辑"窗口中有 5 个选项卡。"释放"表示按钮弹起时的状态（初始状态）；"滑过"表示鼠标移动到按钮上面时的状态；"按下"、"按下时滑过"是按钮被按下之后的状态；"活动区域"可以定义按钮的敏感区域。一般按钮只需要"释放"和"滑过"两个状态，除非在框架结构网页内，否则"按下"、"按下时滑过"状态是看不到的。

制作 Fireworks 按钮首先在"释放"选项卡内制作一个按钮图形，例如一个纯色填充的、内斜角滤镜效果的矩形图形，当然也可以填充渐变色、图案等。

"滑过"选项卡如图 5-55 所示。通过"复制弹起时的图形"可以直接把"释放"选项卡中的按钮复制过来，只需要修改填充色即可。

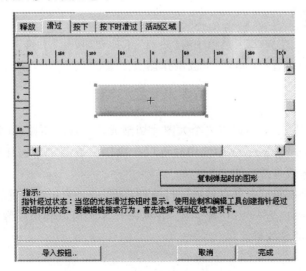

图 5-55 "滑过"选项卡

单击"完成"按钮完成按钮的制作。

注意：如果使用 CS 版本，制作按钮是在"文档库"中进行。制作按钮时，需要从"属性"面板中选择"按下"、"滑过"等状态。"复制弹起时图形"按钮也在"属性"面板中。

2. Fireworks 按钮的使用

在网页中使用 Fireworks 的按钮可以采用下面的方式。

（1）导出按钮。制作好按钮元件之后，将按钮元件从"库"面板中拖动到画布上，为按钮添加标题名称。选择画布，单击"符合画布"按钮，使画布符合按钮大小。导出 HTML 文档和图像。

在 Dreamweaver 中使用"插入"|"图像对象"|"Fireworks HTML"命令打开"插入 Fireworks HTML"对话框，如图 5-56 所示。

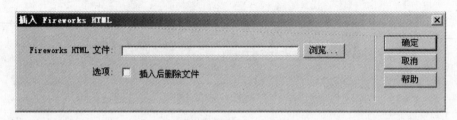

图 5-56 "插入 Fireworks HTML"对话框

在"插入 Fireworks HTML"对话框中通过"浏览"按钮找到导出的 HTML 文档，插入到文档窗口的当前位置，从"属性"面板设置超链接。

（2）导出切片。使用导出按钮方法制作 Fireworks 按钮需要为每个按钮单独导出一个 HTML 文档和相应的图像文件。使用导出切片的方法可以在一个 Fireworks 文档中制作完成按钮元件之后，从"库"面板中拖出多个元件实例到画布上，每个按钮实例上使用不同的文本标题，这样一次可以制作多个按钮。

导出切片制作按钮的方法详见 5.7.4 小节。

5.7.4 Web 切片

在 Fireworks 中的 Web 工具箱中有"热点"工具和"切片"工具。"热点"工具的作用和使用方法与 Dreamweaver 中相同，可以制作热点图像；"切片"工具用于切割图像，形成图像切片。

1. 图像切片

使用 Web"切片"工具可以将一个大图片切割成若干块小图像，每个图像切片可以单独优化。导出后，在 Dreamweaver 中使用时可以按顺序拼装起来。这样在浏览网页时，图像将分块显示，减少下载等待时间。

每个 Web 切片在网页中可以单独进行处理，常用的是为切片设置超链接。按钮元件实例在画布上会自动呈现为 Web 切片。在 Fireworks 中也可以利用图像切片制作导航按钮，例如本栏目首页中的导航栏。

2. 切片行为

在 Fireworks 中可以为 Web 切片添加行为。Fireworks 中的行为和 Dreamweaver 中

的一些行为效果是一致的,Fireworks 中的行为可以在 Dreamweaver 的"行为"面板中编辑。

选中一个切片后,在 Fireworks"行为"面板中单击"添加行为"按钮打开行为菜单,如图 5-57 所示。本栏目首页中不同的图片显示就是 Fireworks 的"交换图像"行为。

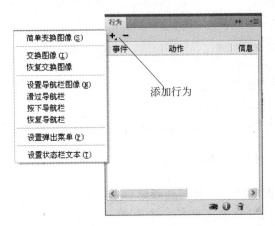

图 5-57　Fireworks 行为菜单

3. 导出切片

在 Fireworks 文档中制作了切片之后,需要导出为网页文档才能在网站中浏览。导出切片的方法有以下两种。

(1) 导出 HTML 文件。在选择"导出"操作后,"导出"对话窗口的参数选择如图 5-58 所示。

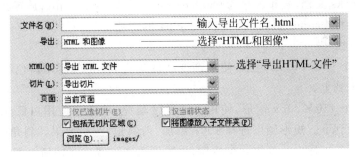

图 5-58　导出 HTML 文件"导出"对话框的参数选择

导出的网页文件一般会选择站点根目录。但是,一般情况下,导出的切片文件会较多,为了避免在站点根目录下存放一大批切片文件,需要预先在站点内创建一个存放切片文件的文件夹,在"导出"对话窗口中选中"将图像放入子文件夹"复选框,通过"浏览"按钮确定存放切片文件的文件夹。

使用"导出 HTML 文件"的方法导出后,在 Dreamweaver 中打开导出的网页文件就可以编辑,例如给切片设置超链接,删除 GIF 动画位置的切片,替换 GIF 动画等。但是,在使用"导出 HTML 文件"的方法导出的网页中,本地预览时会发生超链接失效。这时可以在 Dreamweaver"代码"窗口中找到

`<!-- saved from url=(0014)about:internet -->`

代码行,将其删除(如果不删除该行,发布到远程站点后,在 Internet 上浏览没有问题)。

(2)复制到剪贴板。在选择"导出"操作后,"导出"对话框的参数选择如图 5-59 所示。

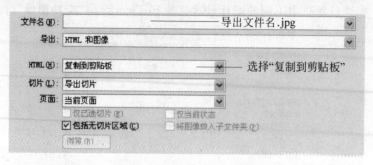

图 5-59 复制到剪贴板"导出"对话框的参数选择

选择"复制到剪贴板"导出时,复制到剪贴板的只是.html 文件,切片图像文件还是要选择存放的文件夹,即也需要事先准备一个存放切片文件的文件夹。确定导出之后,在 Dreamweaver 中新建一个 HTML 文档,先在本地站点中保存一下,然后使用 Ctrl+V 键将剪贴板中的 HTML 文件粘贴到文档窗口中,再进行网页编辑。

使用"复制到剪贴板"导出的网页中不存在本地浏览超链接失效的问题。

5.7.5 "图像编辑工具"栏目页面制作

1. 导入 Banner 图像

新建 Fireworks 文档,画布大小为 960×680px。导入 banner.jpg,放置在画布顶部。使用 Web 切片工具将 Banner 切成一个 960×680px 的切片。

2. 制作导航栏

(1)绘制一个 960×40px 矩形,使用渐变线性填充,填充色使用白色和♯BE9DFF 颜色,填充方向由下到上。

(2)绘制一个 150×30px 矩形,使用渐变线性填充,填充色使用白色和♯BE9DFF 颜色,填充方向由上到下。矩形圆度选择 100;添加"内斜角"滤镜效果,"斜角边缘形状"选择"平滑",放置在背景矩形内。复制 3 个按钮,放置到适当位置。在按钮上书写大小为 20px、颜色为♯006699、字体为黑体的标题文字。

(3)使用 Web 切片工具对导航栏按照图 5-60 的样式进行切片,切片高度为 40px。

图 5-60 导航栏切片样式

3. 制作装饰条

(1)在导航栏下面绘制一个 960×50px 矩形,使用渐变线性填充,填充色使用白色和♯BE9DFF 颜色,填充方向由下到上。"纹理"设置为"水平线 1","纹理总量"设置为 100。再绘制一个大椭圆叠加在矩形之上,选中矩形和大椭圆,使用"修改"|"组合路径"|"打孔"命令,再添加"投影"滤镜,完成装饰条制作。装饰条效果如图 5-61 所示。

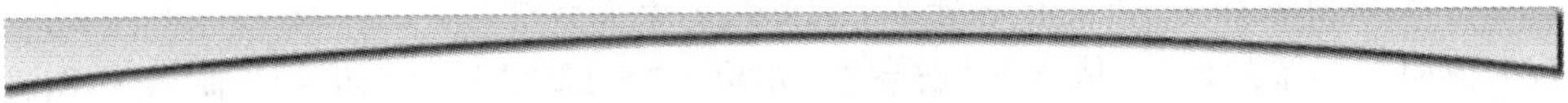

图 5-61 装饰条效果

(2) 复制装饰条,使用"修改"|"变形"|"垂直反转"命令,将反转后的装饰条放置在画布底部。

4．制作导航按钮

(1) 在"库"面板中单击"新建元件"按钮,在"元件属性"对话框中,"类型"选择"按钮",打开按钮制作窗口。

(2) 在"释放"窗口中绘制一个 $150 \times 60px$ 椭圆,使用渐变线性填充,填充色使用白色和 ♯BE9DFF 颜色,填充方向由下到上。添加"内斜角"滤镜效果,"斜角边缘形状"选择"平滑",斜面宽度选择 16。

(3) 在"滑过"窗口中单击"复制弹起时的图形"按钮,调整填充方向为从上到下,单击"完成"按钮。

(4) 从"库"面板中拖出 4 个按钮元件实例到页面设计位置,左端对齐;在每个按钮元件实例上书写大小为 18px、宋体、颜色为 ♯006699 的标题文字。

5．制作切片交换图像行为

(1) 导入图片 images\tp5-10.jpg,使用 Web 切片工具在 tp5-10.jpg 图片上制作一个切片;在图片顶部按照设计书写"开心"、"寝室"、"相聚"、"校园"、"回忆",使用 Web 切片工具在文字上制作 5 个切片。

(2) 选中"开心"切片,在"行为"面板中为该切片添加"交换图像"行为(也可以右击切片,在弹出菜单中选择"添加交换图像行为"命令),打开"交换图像"行为设置对话框,如图 5-62 所示。

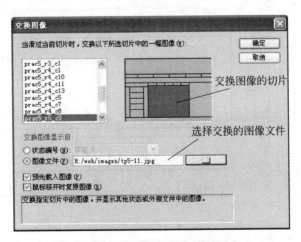

图 5-62 "交换图像"行为设置对话框

在"交换图像"行为设置对话框中需要选择交换图像的切片(图像显示区域)和选择交换的图像文件,对于"开心"切片选择的交换图像文件为 images\tp5-11.jpg。

注意:"鼠标移开时复员图像"复选框需要保持选中,否则当鼠标移动到"开心"切片上面时发生了交换图像行为,但鼠标移开后,不会恢复原来的图像。

(3)仿照上一步的做法,依次为"寝室"、"相聚"、"校园"、"回忆"切片添加"交换图像"行为,交换的图片分别使用 images 文件夹中的 tp5-12. jpg、tp5-13. jpg、tp5-14. jpg、tp5-15. jpg。

6. "自我介绍"制作

(1)绘制一个 180×320px 的矩形,边线宽度为 3px,颜色为♯4D2D4F,白色实心填充,设置矩形圆度为 30。

(2)绘制一个 156×50px 的矩形,边线宽度为 1px,颜色为♯4D2D4F,填充色为♯977298,设置矩形圆度为 30。使用"刀子"工具切除小圆角矩形的下面有圆角的部分,使用直线工具补充边线。

(3)绘制大小两个圆形,边线宽度为 6px,颜色为♯2B042F,白色实心填充,放置到设计指定位置。在设计指定位置书写"自我介绍",选中"自我介绍"文字,在"资源"|"样式"中选择喜爱的文字填充样式。

(4)使用颜色为♯003300、大小为 14px 的宋体字书写自我介绍内容。

7. 网页切片

使用 Web 切片工具在画布中没有切片的部分制作切片,注意做切片时要整齐,尽量对齐,否则会产生许多切片文件。最终切片如图 5-63 所示。

图 5-63 网页切片

8. 设置超链接

选中导航栏中的"首页"切片,在属性窗口超链接文本框内输入"index. html";选中"作品欣赏"导航按钮切片,在属性窗口超链接文本框内输入"prac5-1.html"。

如果使用低版本的"三剑客",也可以跳过这一步,在导出后通过 Dreamweaver 设置超链接更直观。但使用 CS 版本的"三剑客",由于在 Dreamweaver CS 中没有超链接属性,所以在 Fireworks 中设置超链接比较方便。

9. 导出网页

(1) 在本地站点目录内新建一个文件夹。

(2) 在 Fireworks 中使用"文件"|"导出"命令,在"导出"窗口中,"保存在"选择本地站点文件夹,文件名使用 prac5.html;"导出"选择"HTML 和图像";"HTML"选择"导出 HTML 文件";"切片"选择"导出切片";选中"将图像放入子文件夹"复选框,通过"浏览"按钮选择新建的存放切片文件的文件夹,单击"导出"按钮完成导出。

(3) 打开 Dreamweaver,在本地站点内打开 prac5.html。

(4) 如果在本地预览,需要在"代码"窗口中找到

<!-- saved from url=(0014)about:internet -->

代码行,将其删除。

(5) 在使用低版本的"三剑客"时,如果在导出切片之前没有设置切片的超链接,需要选中导航栏中的"首页"切片,在属性窗口内设置超链接到 index.html;选中"作品欣赏"导航按钮,在属性窗口内设置超链接到 prac5-1.html。

(6) 保存文档,浏览效果。

5.8 小 结

本章主要介绍了使用 Fireworks 进行图像编辑和制作网页的基本方法,主要包括图像的优化导出、常用工具的使用、矢量图形制作与矢量图形运算,图形填充效果、滤镜效果、蒙版和 GIF 动画制作方法、按钮、切片以及导出网页的方法。

5.9 习 题

1. 矢量图形和位图有什么区别?

2. 透明、半透明图像可以使用哪种图像格式文件存放?

3. 什么是导出优化?

4. 改变图像尺寸大小有哪些方法?

5. 图像另存为和导出有什么区别?

6. 如何编辑填充效果?

7. 什么是输入色阶、输出色阶? 降低它们的最大强度值后的结果是否一样? 为什么?

8. 什么是蒙版? 简要说明制作蒙版的过程。

9. 导出 GIF 动画应该怎样设置优化参数和导出类型?

10. 如何制作带图片背景的 GIF 动画?

11. 导出切片时的操作过程是怎样的?"导出 HTML 文件"和"复制到剪贴板"导出方

式有什么不同？

12. 在 Fireworks 中能否为切片或按钮设置超链接？

5.10 实训：图像编辑与个人网站制作

1. 实训目的

熟悉图像编辑工具 Fireworks 的使用，练习使用 Fireworks 制作网页。

2. 实训任务与实训指导

本章实训任务包括以下两部分内容。

（1）完成前面实训任务中需要编辑的图像的编辑、GIF 动画的制作。

（2）仿照教学项目网站中"网页图像编辑"栏目设计，以"个人网站"为主题，使用自己的素材制作实训网站项目中"个人网站"栏目，发布到远程 Web 服务器网站中。

实训任务 5-1：图片大小编辑

将实训网站项目中自己准备的图片按照网页中需要的尺寸大小进行修改。训练图像大小编辑与优化导出技能。

（1）打开本地站点 images 目录中自己准备的各个素材图片文件，按照网页中需要的尺寸大小，逐个修改尺寸、优化、导出覆盖原来的文件。

注意：在图像编辑中，如果需要修改图像透明度，操作方法如下。

选中图片，"属性"面板中的图像属性如图 5-64 所示。

图 5-64 图像"属性"面板

调整"不透明度"数值，修改图片的"不透明度"。不透明度＝0（％）时，表示图像完全透明，即不显示图像。

（2）在 Dreamweaver 中打开本地站点，逐个打开项目中使用自备图片素材的网页，将＜img＞标记中的 width、height 属性删除。

（3）在本地站点中浏览 Index. html 网站首页，检查各个栏目及网页显示是否正确。

（4）在 Dreamweaver"文件"面板"本地视图"窗口中选择站点名称，单击"上传"按钮，重新发布实训网站到远程 Web 站点中。

（5）在本地浏览器地址栏输入：

http://Web 服务器域名地址/学号

打开 Web 网站首页，检查各个栏目及网页显示是否正确。

（6）保存本地站点。

实训任务 5-2：渐变填充背景图片制作

完成实训任务 2-7、实训任务 4-4 中渐变填充背景图片 tp2-9.jpg、tp4-2.jpg 的制作。训练适量图形渐变填充技能。

1. 任务分析

在实训任务 2-7 和实训任务 4-4 中使用的背景图片 tp2-9.jpg 和 tp4-2.jpg 如图 5-65 所示。

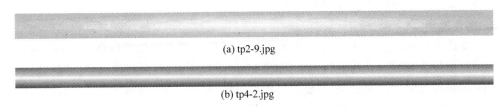

(a) tp2-9.jpg

(b) tp4-2.jpg

图 5-65   背景图片 tp2-9.jpg 和 tp4-2.jpg

tp2-9.jpg 是一个 960×50px 大小、使用 ♯cfffff 颜色和白色椭圆形渐变填充的图形；tp4-2.jpg 是一个 960×40px 大小、使用 ♯64ff00 颜色和白色线性渐变填充的图形。使用矢量图形填充效果可以实现这两个图片的制作。

2. 图片 tp2-9.jpg 制作

（1）新建 Fireworks 文档，画布大小使用 960×50px，画布颜色为白色。

（2）使用矢量"矩形"工具绘制一个 960×50px 的矩形，选择渐变填充中的"椭圆形"。

（3）调整填充颜色，左侧色块调整为白色，右侧色块调整为♯cfffff。

（4）使用选择工具中的"选取工具（指针工具）"，单击矩形，调整纵横轴，使填充效果达到设计效果。

（5）在"优化"面板中选择"jpeg"导出格式，导出到本地站点 images 文件夹中，文件名使用 tp2-9.jpg。

（6）将新制作的 tp2-9.jpg 文件上传到远程 Web 站点。

3. 图片 tp4-2.jpg 制作

（1）新建 Fireworks 文档，画布大小使用 960×40px，画布颜色为白色。

（2）使用矢量"矩形"工具绘制一个 960×40px 的矩形，选择渐变填充中的"线性"。

（3）调整填充颜色，左侧色块调整为白色，右侧色块调整为♯64ff00。将左侧色块拖至中间，在左侧添加一个色块，色块颜色选择♯64ff00。

（4）使用选择工具中的"选取工具（指针工具）"，单击矩形，调整填充方向为上下方向，并调整填充效果为设计效果。

（5）在"优化"面板中选择"jpeg"导出格式，导出到本地站点 images 文件夹中，文件名使用 tp4-2.jpg。

（6）将新制作的 tp4-2.jpg 文件上传到远程 Web 站点。

实训任务 5-3：背景图片 tp4-2-1.jpg 的制作

完成实训任务 4-4 中导航栏背景图片 tp4-2-1.jpg 的制作，训练钢笔工具的使用方法。

1. 任务分析

在实训任务 4-4 中导航栏背景图片 tp4-2-1.jpg 如图 5-66 所示,图片大小为 960×50px。

图 5-66   导航栏背景图片 tp4-2-1.jpg

该图片由两部分组成,一部分是由 ♯d8d8d8 颜色和白色构成的线性渐变填充;另一部分是由 ♯006600 颜色构成的实心填充图形。

2. 制作方法

(1) 新建 Fireworks 文档,画布大小使用 960×50px,画布颜色为白色。

(2) 使用矢量"矩形"工具绘制一个 960×50px 的矩形,选择渐变填充中的"线性"。

(3) 调整填充颜色,左侧色块调整为白色,右侧色块调整为 ♯d8d8d8。将左侧色块拖至中间,在左侧添加一个色块,色块颜色选择 ♯ d8d8d8。

(4) 使用选择工具中的"选取工具(指针工具)",单击矩形,调整填充方向为上下方向,并调整填充效果为设计效果。

(5) 新建一个图层,在新建图层中使用"钢笔"工具在画布上绘制如图 5-67 的形状,使用 ♯006600 颜色填充。注意绘制曲线时要通过拖动手柄达到圆弧效果。

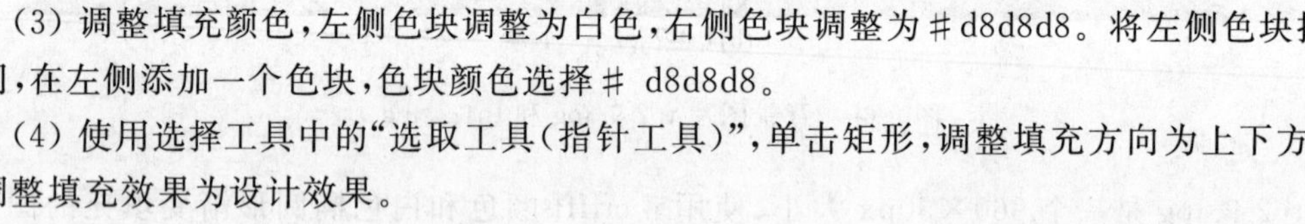

图 5-67   使用"钢笔"工具绘制形状

(6) 在"优化"面板中选择"jpeg"导出格式,导出到本地站点 images 文件夹中,文件名使用 tp4-2-1.jpg。

(7) 将新制作的 tp4-2-1.jpg 文件上传到远程 Web 站点。

实训任务 5-4:网站首页背景图片制作

使用自备图片制作实训网站首页背景图片 tp1-1.jpg。训练矢量图形编辑技能。

1. 任务分析

静态网站制作实训网站首页背景图片 images\tp1-1.jpg 如图 5-68 所示。该图包含了图形填充效果、路径运算、滤镜效果。

2. 制作方法

(1) 新建 Fireworks 文档,画布大小使用 960×580px,画布颜色为白色。

(2) 准备一张本学院的照片,将学院的照片导入到图层 1,将图片大小修改为 150×540px,放置在距画布顶端 120px、左端 65px 的位置。

(3) 在图层面板中锁定图层 1,新建图层 2。

(4) 在图层 2 中绘制一个 960×120 的矩形,使用颜色 ♯c2c2c2 填充,"纹理"选择"水平线 4","纹理总量"选择 50%。锁定图层 2,新建图层 3。

(5) 在图层 3 中绘制一个 960×580 的矩形,使用白色和 ♯99ccff 色上下方向线性渐变填充,调整填充效果。再绘制一个 960×150px 的矩形,覆盖在学院照片的上面(y 轴坐标

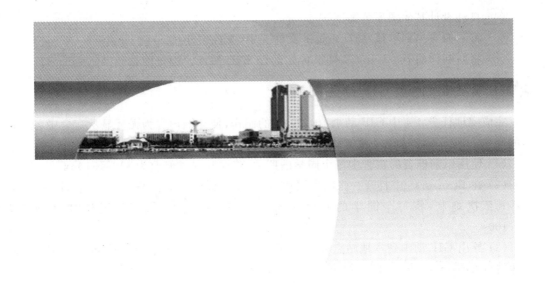

图 5-68 网站首页背景图片

120px),使用♯45a5ff 和白色上下方向线性渐变填充(中间白色,上下使用♯45a5ff 颜色)。

(6) 绘制一个 800×800px 的圆形,放置到两个矩形上面的适当位置,同时选中圆形和两个矩形,选择"修改"|"组合路径"|"打孔"命令。

(7) 选择打孔后的剩余图形,添加滤镜效果,选择"斜角和浮雕"的"凹入浮雕"。锁定图层 3。

(8) 新建图层 4,在图层 4 中绘制一个 500×150px 的矩形,覆盖在学院照片的上面(y 轴坐标 120px),与画布左端对齐,使用♯45a5ff 和白色上下方向线性填充(中间白色,上下使用♯45a5ff 颜色)。

(9) 绘制一个 600×360px 的椭圆,放置到 500×150px 矩形上面的适当位置,同时选中椭圆和矩形,使用"修改"|"组合路径"|"打孔"命令,选择打孔后的剩余图形,添加滤镜效果,选择"斜角和浮雕"的"凹入浮雕"。

(10) 将图像导出到本地站点 images 文件夹中,文件名使用 tp1-1.jpg。

(11) 将新制作的 tp1-1.jpg 文件上传到远程 Web 站点。浏览网站,查看网站首页背景是否更换成了新制作成的图片。

实训任务 5-5:位图蒙版 Banner 背景图片制作

使用自备图片,完成实训任务 4-4 中 prac4.html 页面 Banner 背景图片 tp4-1.jpg 的制作。训练位图蒙版效果图像制作。

(1) 新建 Fireworks 文档,画布大小选择 960×160px。

(2) 导入自备的背景图片,调整图片大小,放在画布右端。

(3) 根据网站主色调绘制一个 960×160px 的纯色填充矩形覆盖画布,在矩形上添加位图蒙版,选择"渐变填充"工具,调整透明区间,给位图蒙版填充渐变效果。

（4）自己设计其他图形装饰。

（5）将图像导出到本地站点 images 文件夹中，文件名使用 tp4-1.jpg。

（6）将新制作的 tp4-1.jpg 文件上传到远程 Web 站点。浏览网站效果。

实训任务 5-6：逐帧 GIF 动画制作

完成实训任务 4-4 中 GIF 动画 tp4-5.gif 的制作，使动画内容为循环显示宿舍中各个同学的照片。训练 GIF 逐帧动画制作技能。

（1）使用以前准备的宿舍中每个同学的照片，将照片尺寸修改为 410×310px。

（2）在 Fireworks 中打开一张同学照片，在"帧"面板中添加一帧，将另一个同学的照片导入；依次炮制，将每个同学的照片导入一个帧中。选中所有帧，调整"帧延迟"为 100/100s。

（3）导出 GIF 动画到本地站点 images 目录中，文件名使用 tp4-5.gif，覆盖原文件。在本地站点查看 prac4.html 网页效果。

（4）将新制作的 tp4-5.gif 文件上传到远程 Web 站点。浏览网站，查看效果。

实训任务 5-7："作品欣赏"网页制作

使用自备图片，参照教学项目中"作品欣赏"网页内容与效果，完成实训网站项目中"作品欣赏"网页 prac5-1.html 的制作。训练图形编辑、填充效果、蒙版效果、GIF 动画制作技能。

1．prac5-2.jpg 图片制作

（1）准备 3 张风景图片（不需要上传到 Web 网站）作为填充图像和贴图图像使用。

（2）新建 Fireworks 文档，画布大小为 320×240px。使用自备的图片，按照 5.6.1 小节的制作方法，完成图形填充文字、球体图形制作和贴图笔筒图形制作。

（3）导出图片到本地站点 images 目录中，文件名使用 prac5-2.jpg。

2．prac5-3.jpg 图片制作

（1）准备一张自己的风景照片，在 Fireworks 中修改照片大小为 320×240px。

（2）使用位图"橡皮图章"工具克隆人物图像。

（3）导出图片到本地站点 images 目录中，文件名使用 prac5-3.jpg。

3．prac5-4.jpg 图片制作

（1）准备一张自己的风景照片，在 Fireworks 中打开准备的照片，修改照片大小为 320×240px。

（2）新建图层，选中新建图层，使用"矩形"工具绘制一个 320×240px 的矩形，填充颜色自己选择合适的颜色。选中绘制的矩形，在"层"面板中添加"蒙版"。

（3）选择"刷子"工具，修改工具的笔形、大小，颜色使用"黑色"，在蒙版中部涂抹，擦出人物图像；调整"不透明度"，涂抹蒙版其余部分，擦出半透明效果。

（4）导出图片到本地站点 images 目录中，文件名使用 prac5-4.jpg。

4．标题栏 GIF 动画 prac5-1.gif 制作

（1）新建 Fireworks 文档 960×80px，画布颜色自己选择。

（2）使用自己的信息，仿照 5.6.5 小节制作标题栏逐帧 GIF 动画。

（3）预览效果，调整帧速。

（4）优化设置为"GIF 动画"，导出 GIF 动画到本地站点 images 目录中，文件名使用 prac5-1. gif。

5. 透明度变化 GIF 动画 prac5-5. gif 制作

（1）准备一张自己的风景照片在 Fireworks 中打开，修改图像大小为 320×240px。

（2）仿照 5.6.6 小节制作透明度变化 GIF 选择动画。

（3）预览效果，调整帧速或动画帧数，达到满意效果为止。

（4）优化设置为"GIF 动画"，导出 GIF 动画到本地站点 images 目录中，文件名使用 prac5-5. gif。

6. 位置变化 GIF 动画 prac5-6. gif 制作

使用素材图片 images\tp5-6. jpg，制作实训网站项目中大小为 320×240px、位置变化 GIF 选择动画 prac5-6. gif。在动画中加入作者信息："作者：××班×××"。

（1）打开本地站点 images 目录中的图片 tp5-6. jpg。

（2）从图片中裁剪飞机图像，制作"飞机"图形。

（3）再打开图片 tp5-6. jpg，修改图像大小为 320×240px。在背景图片下方加入作者信息："作者：××班×××"，设置"共享此层"。参照 5.6.7 小节制作飞机图形和飞机不断起飞的位置变化 GIF 选择动画。

（4）预览效果，调整帧速或动画帧数，直到达到满意效果为止。

（5）优化设置为"GIF 动画"，导出 GIF 动画到本地站点 images 目录中，文件名使用 prac5-6. gif。

7. 分散到帧 GIF 动画 prac5-7. gif 制作

使用素材图片 images\tp5-7. jpg，制作实训网站项目中大小为 320×240px、分散到帧 GIF 动画 prac5-7. gif。动画不能循环播放。在动画中加入作者信息："作者：××班×××"。

（1）打开本地站点 images 目录中的图片 tp5-7. jpg。

（2）调整背景亮度，在背景图片下方加入作者信息："作者：××班×××"，设置"共享此层"。参照 5.6.8 小节制作月落西山分散到帧 GIF 动画。图像大小为 320×240px，循环方式使用"无循环"。

注意：在最后一帧导入图片 tp5-7. jpg 后，还需要在该帧中加入作者信息："作者：×× 班×××"。

（3）预览效果，调整帧速或动画帧数，达到满意效果为止。

（4）优化设置为"GIF 动画"，导出 GIF 动画到本地站点 images 目录中，文件名使用 prac5-7. gif。

8. "作品欣赏"网页 prac5-1. html 制作

（1）在 Dreamweaver 中打开本地站点，新建 HTML 文档，另存为 prac5-1. html。

（2）参照 5.6.9 小节制作 prac5-1. html 页面。

（3）在本地站点预览效果。

（4）将 prac5-1. html 以及 prac5-1. gif、prac5-2. jpg、prac5-3. jpg、prac5-4. jpg、prac5-5. gif、prac5-6. gif、prac5-7. gif 文件上传到 Web 服务器。

（5）在本地浏览器地址栏输入：

http://Web 服务器域名地址/学号/prac5-1.html

检查网页发布是否正确。

（6）保存本地站点。

实训任务 5-8：个人 Logo 制作

根据自己的爱好，选择自己喜欢的图形，制作实训网站项目中的个人 Logo 图标。要求个人 Logo 能够体现个人特点、美观大方、技术含量丰富。

参照 5.7.1 小节制作个人 Logo 图标。Logo 图标保存为 logo.png（备用）。

实训任务 5-9：栏目首页 Banner 制作

按照教学项目本栏目首页中的 Banner 设计，制作实训网站项目中自己的"个人网站"栏目首页 Banner 图像。

使用 images 目录中的素材图片 tp5-9.jpg 和自己的照片，参照 5.7.2 小节中 Banner 图像的设计效果（包括大小、内容、效果），制作"个人网站"栏目首页 Banner 图像。制作的Banner 图像导出为 Banner.jpg（备用）。

实训任务 5-10：网站首页导航按钮制作

使用 Fireworks 按钮制作实训网站项目首页中的导航按钮，替换网站首页中使用的导航按钮。

（1）仿照 index.html 网页中导航按钮的样式，在 Fireworks 中分别制作 5 个按钮导出到 buttons 文件夹中。5 个按钮上的标题文字及导出的文件名为

我的大学：a-1.html

我的家乡：a-2.html

我们的宿舍：a-3.html

我的主页：a-4.html

我的 Flash：a-5.html

在导出时注意选择保存在本地站点 buttons 文件夹中，导出文件名的扩展名使用.html。"导出"选择"HTML 和图像"。

（2）在 Dreamweaver 中打开 index.html 网站首页文件（注意在本地站点内），删除原页面中的导航按钮，使用"插入"|"图像对象"|Fireworks HTML 命令将制作的 5 个按钮插入到网页的原来位置，选中每个按钮，设置超链接属性。5 个按钮的链接如下：

"我的大学"按钮链接到 prac2.html

"我的家乡"按钮链接到 prac3.html

"我们的宿舍"按钮链接到 prac4.html

"我的主页"按钮链接到 prac5.html

"我的 Flash"按钮链接到 prac6.html

（3）在本地站点预览效果。

（4）将 index.html 以及 buttons 文件夹上传到 Web 服务器。

（5）在本地浏览器地址栏输入：

http://Web 服务器域名地址/学号

检查网站首页显示是否正确,以及超链接是否正确。

（6）保存本地站点。

实训任务 5-11："个人网站"栏目首页制作

使用自备图片,按照教学项目中"网页图像编辑"栏目首页的设计,使用 Fireworks 制作自己的"个人网站"栏目首页。训练使用 Firework 制作网页、切片、切片行为、导出切片技能。

（1）在本地站点内新建一个 slices 文件夹。

（2）自备 6 张自己及同学的照片存放在本地站点 images 文件夹中,将照片大小修改成 453×340px。

（3）仿照 5.7.5 小节栏目首页设计样式,制作自己的个人网站首页。

（4）对网页切片并导出网页文件 prac5. html。注意将切片文件存放到本地站点内 slices 文件夹中,prac5. html 导出到本地站点根目录下。

（5）在本地站点预览效果,检查超链接是否正确。

（6）将 prac5. html 以及 slices 文件夹上传到 Web 服务器。

（7）在本地浏览器地址栏输入:

http://Web 服务器域名地址/学号

检查超链接是否正确,网页显示是否正确。

（8）保存本地站点。

第 6 章

Flash 网页动画制作

Flash 动画是网页中最具活力的部分,适当地使用 Flash 动画可以使页面生动活泼。Flash 动画还可以直接导出为 HTML 文档,可以实现与 Dreamweaver 的无缝结合。本章介绍教学项目网站中的 Flash 动画的制作以及使用 Flash 制作该栏目网站。

6.1 "Flash 动画"栏目设计

该栏目设计为 Flash 作品网站。栏目首页 prac6. html 内容与效果设计如图 6-1 所示。

图 6-1 栏目首页内容与效果设计

该首页为一个 800×600px 的 Flash 动画,其中包括文字形变动画和一个小船在江中的运动动画和栏目导航按钮。

导航按钮"首页"链接到实训网站首页 index. html,"家乡美"、"探索太空"和"思念朋友"分别链接到 3 个 Flash 动画作品网页 prac6-1. html、prac6-2. html 和 prac6-3. html。

"家乡美"导航按钮链接的 Flash 动画作品网页 prac6-1. html 中是一个包含 3 幅画卷,大小为 800×600px 的 Flash 遮罩动画。通过遮罩动画交替展示 3 幅画卷展开和卷起的效果,如图 6-2 所示。动画下面的"返回"按钮用于返回栏目首页。

"探索太空"导航按钮链接的 Flash 动画作品网页 prac6-2. html 中是一个动画大小为 800×600px 的交互式多场景动画,其中第一场为"火箭发射",第二场为"飞船飞行",两个场景的动画如图 6-3 所示。

图 6-2　交替展示 3 幅画卷展开和卷起的效果

(a) 火箭发射　　　　　　　　　　　　　(b) 飞船飞行

图 6-3　"探索太空"两个场景的动画

在"火箭发射"场景中，单击"火箭发射"按钮就会有一个发射火箭的动画；单击"飞船飞行"按钮就会转到"飞船飞行"场景。"飞船飞行"场景中的"返回"按钮用于返回"火箭发射"场景；"火箭发射"场景中的"结束"按钮用于返回栏目首页。

"思念朋友"导航按钮链接的 Flash 动画作品网页 prac6-3.html 是一个综合了形变动画、运动动画、遮罩动画、影片剪辑和声音的动画，图 6-4 是其中的一个动画场面，详细的动画效果设计可参见配套教学资源或浏览 http://www.tingdaily.com/flash/web 网站。

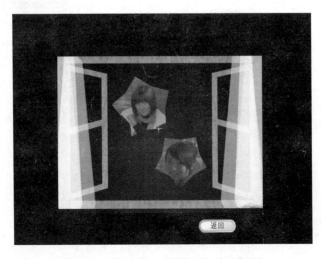

图 6-4　"思念朋友"中的一个动画场面

该动画中的"返回"按钮用于返回栏目首页,动画大小为 800×600px。

6.2　Flash 基础

Flash 动画是使用网页制作三剑客中的 Flash 工具软件制作的二维动画。Flash 动画比 GIF 动画更加丰富多彩、生动活泼、逼真,二维动漫中大多都是 Flash 动画。

制作 Flash 动画使用的 Flash 工具中,可以直接使用该工具制作出 Flash 动画,但是要制作更加复杂、逼真的动画需要使用 Flash 编程脚本语言 ActionScript。本教材中只涉及使用 Flash 工具制作动画的内容,ActionScript 部分只涉及几个交互控制命令。

网页制作三剑客被 Adobe 收购后,Flash 的版本也修改为 CS 版,在 Flash CS 版本中除了工作界面发生了一些变化外,主要增加了对动漫动画的支持,例如增加了"骨骼"工具,通过"骨架"层的"插入姿态"使得人物、动物的肢体运动形状改变更加容易。

6.2.1　Flash 工作窗口

图 6-5 是中文 Flash 8.0 的工作窗口,图 6-6 是 Flash CS4 的工作窗口。工作窗口主要由菜单栏、工具箱、舞台、时间轴面板、属性面板和其他面板组构成。CS 版本中将属性面板放入了面板组内。

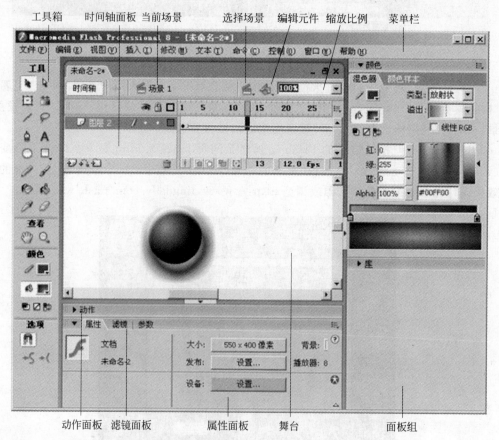

图 6-5　中文 Flash 8.0 的工作窗口

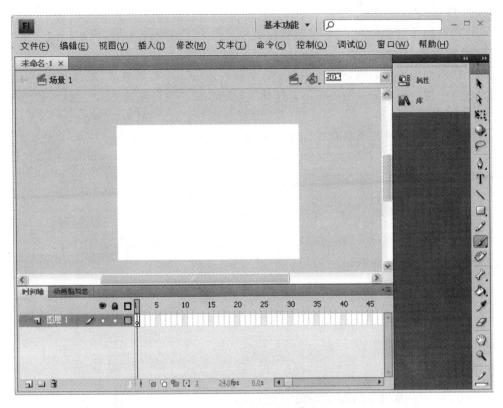

图 6-6 Flash CS4 的工作窗口

1. 菜单栏

提供各种菜单操作命令。

2. 工具箱

工具箱中主要是绘图工具。使用绘图工具时,图形的笔触颜色和填充色可以从颜色工具箱或"属性"面板中选择,也可以从"混色器"面板中选择。

选中一个绘图工具后,在工具箱的"选项"中会出现相应的选项。选择不同的选项,工具将具有不同的功能。

"查看"工具箱中"手形工具"用于移动舞台在窗口中的位置;"缩放工具"的功能和使用"缩放比例"对舞台进行缩放的功能相同。在放大镜图形中显示"+"时,在舞台中单击可以放大舞台及舞台中的对象;按住 Alt 键,放大镜图形中出现"−",在舞台中单击可以缩小舞台及舞台中的对象。

3. 舞台

舞台是 Flash 制作动画的场所。舞台的大小就是动画作品在网页中的大小。

4. 属性面板

属性面板也称作"属性"检查器。当选中舞台中的对象时,属性面板中就是该对象的属性。通过属性面板可以设置对象的属性。在 CS 版本中,属性面板在活动面板组中。

5. 滤镜面板

使用滤镜可以为文本、Flash 按钮和影片剪辑添加发光、投影等滤镜效果。

6. 动作面板

动作面板用于对动画关键帧、按钮以及影片剪辑元件实例添加动作脚本。

7. 当前场景

用于指示当前编辑的场景。一个 Flash 动画可以由多个场景组成,就像戏剧是由多个场次组成的一样。不同场景的编辑需要选择不同的场景。选择场景使用"选择场景"图标。

8. 编辑元件

对舞台中的元件进行编辑时,可以从元件编辑列表中选择元件,进入元件编辑状态。

9. 面板组

从"窗口"菜单中可以选择打开的面板。

6.2.2　时间轴面板

Flash 动画是由对象的空间结构和时间顺序组成的。时间轴面板是创作 Flash 动画的主要工具。时间轴面板如图 6-7 所示。

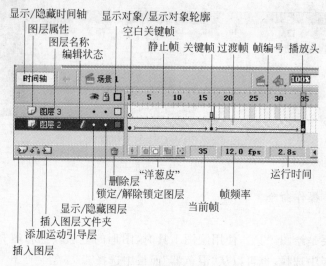

图 6-7　时间轴面板

Flash 时间轴面板中分为图层操作区和帧操作区。图层反映运动对象的空间结构;时间轴是由按时间顺序排列的帧组成的,所以帧操作区中反映运动对象的时间顺序。

通过"显示/隐藏时间轴"按钮可以在窗口中实现时间轴面板的显示与隐藏。

1. 图层操作

图层操作在时间轴面板的图层操作区进行。图层操作包括如下几种。

(1) 插入/删除图层。单击"插入图层"按钮可以在当前选中图层的上面插入一个新图层。插入一个新图层后,系统会自动为新图层命名一个图层名,一般为图层 1、图层 2……图层的前后排列位置与图层名称无关,而与图层的排列顺序有关。在图层操作区中拖动图层的上下位置可以改变图层的排列顺序。

双击图层名后,可以修改图层名。

使用"删除图层"按钮图标可以删除当前选中图层。

(2) 添加运动引导层。运动引导层是用于轨迹动画的引导图层。在 CS 版本中,引导层通过层属性设置。

（3）插入图层文件夹。当一个动画中图层很多时，为了便于管理，可以插入图层文件夹，将一些相关图层放入一个图层文件夹中。

（4）图层属性。设置图层属性可以用鼠标双击图层的"图层属性"图标，打开"图层属性"对话框，如图 6-8 所示。在"图层属性"对话框中可以设置该图层的属性。

（5）编辑图层。当选中一个图层后，图层上显示出铅笔图标，表示该层处于编辑状态。单击图层的"锁定/解除锁定"列，可以锁定图层，避免被无意破坏。单击图层的"显示/隐藏图层"列，可以隐藏图层的内容，减少对编辑图层的影响。单击图层的"显示对象/显示对象轮廓"列，可以改变该层对象的显示方式，以便其他图层参考。

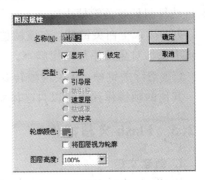

图 6-8 "图层属性"对话框

如果单击图层操作区顶部的图标，表示对所有层的操作。例如，单击图层操作区顶部的"锁定/解除锁定"图标，所有图层上都会出现"锁"图标，即所有图层都不能编辑。如果设置图层文件夹的"锁定"、"隐藏"、"显示轮廓"操作，则该图层文件夹内的所有图层都受影响。

2. 帧操作区

帧操作区中是动画的时间顺序排列，每个层有一个单独的时间通道。时间通道中的每个格表示一帧。舞台中的显示内容是当前帧中的对象内容。"当前帧"和"播放头"的位置是一致的。

"帧频率"表示动画的播放速度（帧/秒），动画的"运行时间"与"帧频率"有关。改变"帧频率"后，动画的"运行时间"将随之改变。

"洋葱皮"可以观察多帧中对象的位置以及同时编辑多帧中的对象。

3. 帧类型

在 Flash 中的帧有以下 4 种类型。

（1）关键帧：带黑点的帧。关键帧是动画中图形发生关键性变化的帧，也是动画制作中进行编辑操作的帧。动画制作一般只在关键帧中操作，其他帧是由系统自动生成的。

（2）空白关键帧：带白圆圈的帧。空白关键帧是帧内没有对象的关键帧。空白关键帧也可以编辑。当在空白关键帧中放置了对象后，空白关键帧就变成了关键帧。

（3）静止帧：是前面关键帧的静止延续。静止帧的结束帧是带白色矩形框的帧。

（4）过渡帧：过渡帧是两个关键帧之间动作渐变的帧。过渡帧是系统自动生成的，所以不能编辑过渡帧。通过插入关键帧可以将过渡帧转变为关键帧。正确的过渡帧是带箭头的实线，虚线则是发生了错误的过渡帧。

4. 帧操作

右击图层动画通道中的一个帧位置，弹出"帧操作"菜单，如图 6-9 所示。

图 6-9 "帧操作"菜单

（1）插入帧：插入静止帧的结束帧，即将前面关键帧的内容延续到该帧。

（2）删除帧：删除当前选中的所有帧。选中多帧时需要使用 Shift 键。

（3）插入关键帧：在该帧位置插入一个关键帧。插入关键帧后，前一个关键帧中的对象自动复制到该关键帧中。

（4）插入空白关键帧：在该帧位置插入一个空白关键帧。插入空白关键帧后，可以向该帧中添加对象或添加动作脚本。

（5）清除关键帧：将关键帧转变为静止帧。

其他的帧操作读者可以自己体验。

6.2.3　Flash 文档操作

1. 新建文档

从 Flash 起始页的"创建新项目"中选择"Flash 文档"，或者选择"文件"|"新建"命令，打开"新建文档"对话框，从"常规"选项卡中选择"Flash 文档"，即可创建一个新的 Flash 文档。

2. 打开文档

从 Flash 起始页的"打开最近项目"中选择一个 Flash 文档可以打开该文档进行编辑。单击"打开最近项目"中的"打开"按钮，或者选择"文件"|"打开"命令都可以打开"打开"文件对话框，从中可以选择需要打开的文档。Flash 可以打开的源代码文档为.fla 文档。可以使用"文件"|"导入"命令导入.swf 文档，但导入后是逐帧动画。

3. 文档属性

单击舞台空白部分，"属性"检查器中显示文档属性。文档"属性"面板如图 6-10 所示。

图 6-10　文档"属性"面板

在文档"属性"面板可以设置舞台的"大小"、"背景"颜色，修改"帧频"。

4. 测试动画

Flash 动画也称作影片。动画制作好后使用 Enter 键可以对影片进行测试（预览）。测试是在文档中进行的，与拖动播放头观看制作效果相同。

5. 导出

使用"文件"|"导出"|"导出影片"命令，可以导出.swf 的动画文件；如果使用"文件"|"导出"|"导出图像"命令，只能导出当前帧中的图像，不能导出影片。

6. 发布影片

发布影片是将动画作品发布到网页中，一般可以生成包含动画文档的 HTML 文档。发布的 HTML 文档可以在 Dreamweaver 中编辑。

（1）发布设置。使用"文件"|"发布设置"命令可以打开"发布设置"对话框，如图 6-11 所示。

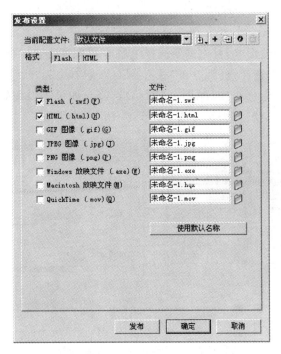

图 6-11 "发布设置"对话框

在"格式"选项卡中,可以设置发布文档的"类型"。一般发布为.swf 文档和.html 文档。.swf 文件较小,适合在网页中使用,但浏览器中需要安装 Flash 播放器。如果发布为.exe 文档,则动画中自带播放器,但文档的字节尺寸将增加很多。

在"格式"选项卡中还可以设置发布文件的名称和位置,单击相应文件名称框后面的文件夹图标,可以通过浏览的方式设置发布文件的名称和位置。

在 Flash 选项卡中,可以设置播放器的版本、ActionScript(动作脚本程序)版本以及"防止导入"等。在选择了"防止导入"后,需要在"密码"框中设置导入密码。

在 HTML 选项卡中,可以设置动画的大小、播放方式等。

(2) 影片发布预览。影片发布预览是在浏览器中的播放预览,可以使用"文件"|"发布预览"命令或按 F12 键。

(3) 发布影片。在"发布设置"对话框中单击"发布"按钮或使用"文件"|"发布"命令,可以按照"发布设置"中的设置内容发布影片。使用 Ctrl+Enter 键可以实现发布预览和发布。

7. 保存文档

保存文档是将当前编辑文档保存为.fla 文档,以后还可以使用 Flash 打开编辑。

6.3 Flash 工具箱

Flash 工具箱中主要是绘图工具,用于绘制矢量图形。在 Flash 中可以使用位图,例如动画背景、动画元件、位图填充等,但不能使用绘图工具对位图进行加工。

6.3.1 颜色选择

使用绘图工具绘制图形时,首先需要选择笔触与填充的颜色。颜色选择可以在工具箱的"笔触色"、"填充色"中选择,也可以在"混色器"(CS 版本中为"颜色")面板中选择。

选择颜色可以在颜色样板中(见图 6-12(a))选择。如果需要编辑渐变色,则需要使用"混色器"面板(见图 6-12(b)),编辑方法与在 Fireworks 中类似。

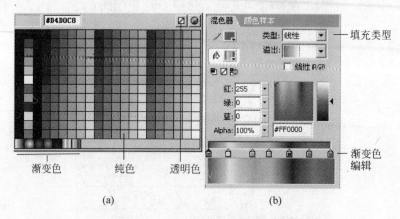

(a)   (b)

图 6-12   颜色样板与"混色器"面板

Flash 的颜色填充类型有纯色、线性、放射状和位图 4 种。使用位图填充时,需要打开一个位图文件,使用方法与 Fireworks 中类似。

6.3.2 图形工具

1. 直线工具

直线工具可以绘制直线。直线工具"属性"面板如图 6-13 所示。

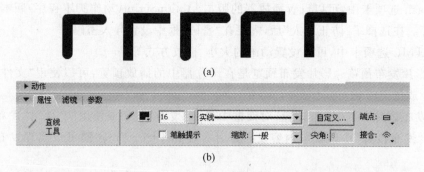

(a)

(b)

图 6-13   直线工具"属性"面板和各种"端点"、"接合"样式的图形

在直线工具"属性"面板中可以设置笔触的颜色、粗细、直线类型,还可以设置直线端点的类型(圆角、方形)和直线接合的类型(尖角、圆角、斜角)。图 6-13(a)是各种端点和接合的图形实例。

单击直线工具"属性"面板中的"自定义"按钮(CS 版本中为铅笔按钮),可以打开"笔触样式"对话框,如图 6-14 所示,在其"类型"框中可以选择一些笔触类型,还可以设置笔触的参数。

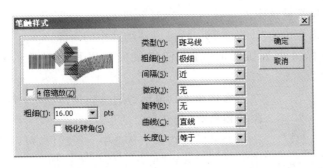

图 6-14 "笔触样式"对话框

使用直线工具绘制 45°斜线需要按住 Shift 键。

2. 椭圆工具

椭圆工具用于绘制椭圆和圆形图形。选中椭圆工具后,可以在"颜色"面板中设置笔触和填充颜色。笔触和填充颜色都可以是透明色、纯色或渐变色。

使用椭圆工具绘制圆形需要附加 Shift 键,从中心展开需要附加 Alt 键。如果绘制的图形中笔触和填充都不是透明色,一次绘制将得到两个对象:椭圆边线路径对象和椭圆填充对象。

3. 矩形工具

矩形工具用于绘制矩形图形。绘制正方形要附加 Shift 键,从中心展开需要附加 Alt 键,其他与椭圆工具相同。

绘制圆角矩形通过工具箱"选项"中的"边角半径设置"完成(CS 版本在属性面板中),如图 6-15(a)所示。单击"边角半径设置"图标打开"矩形设置"对话框,如图 6-15(b)所示,在其中可以设置圆角半径。

选择矩形工具组的"多边形"工具时,可以绘制多边形图形,同时"属性"面板中会出现"选项"按钮。单击"选项"按钮打开"工具设置"对话框,如图 6-16 所示。在"工具设置"对话框中,"样式"可以选择"多边形"和"星形",还可以设置"边数"和"星形顶点大小"。绘制五角星时星形顶点大小为 0.5 时正合适。

图 6-15 "选项"中的"边角半径设置"和"矩形设置"对话框

图 6-16 "工具设置"对话框

6.3.3 选取工具

1. 选择工具

选择工具是实心箭头工具。选择工具可以通过单击对象方式选择某个对象。

当选择工具鼠标旁边为矩形框时,可以进行区域对象选择,即可以拉出一个矩形区域,该矩形区域中的对象都被选中。

当选择工具鼠标旁边为"十"字箭头时,可以移动选中的对象。

当选择工具鼠标旁边为弧形曲线时,使用鼠标可以移动对象的外缘,改变对象的形状。

平滑——伸直

图6-17 "平滑"、"伸直"按钮

当选择工具鼠标旁边为直角形状时,使用鼠标可以移动对象的拐角点,改变对象的形状。

如果使用选择工具选中一段线段,可以使用工具箱"选项"中"平滑"、"伸直"按钮对线段进行加工。"平滑"、"伸直"按钮如图6-17所示,每单击一次图标,选中线段的外形就会有所改变。

2. 部分选取工具

部分选取工具是空心箭头工具。使用部分选取工具可以单击对象的边缘选中对象,或拉出一个矩形,选中矩形区域内的所有对象。

部分选取工具选中一个对象后,对象边缘上出现控制点,鼠标变成"$_\circ$"时,可以拖动对象边缘控制点改变对象形状。当鼠标成为空心三角形状时可以拖动控制点的调整手柄改变对象的边缘曲率。

3. 套索工具

套索工具用于在图形内部选取部分区域。使用套索工具在对象内部绘制一个闭合的区域后,可以对该区域进行填充、移动、复制(附加Ctrl键)、删除(Del键)等操作。

选中套索工具后,工具箱"选项"中有3个套索工具选项,如图6-18(a)所示。"魔术棒设置"对话框如图6-18(b)所示。

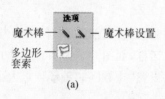

魔术棒—— 魔术棒设置

多边形套索

(a)

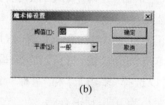

(b)

图6-18 套索工具箱"选项"和"魔术棒设置"对话框

魔术棒只在分离的位图中按颜色选择区域,在"魔术棒设置"对话框中可以设置颜色的"阈值"(即容差)。使用"多边形套索"选项可以绘制多边形的选取区域。

6.3.4 颜色填充工具

1. 颜料桶工具

颜料桶工具可以使用选择的填充颜色对选中区域进行颜色填充。使用颜料桶工具要注意设置工具箱中的"选项"。选中颜料桶工具后工具箱中的"选项",如图6-19所示。

一般填充是对封闭区域的填充,当区域中有缝隙时,填充则不能完成。选择填充选项中的适当"空隙",可以对不完全封闭的图形进行填充。"不封闭空隙"是指完全封闭的区域。

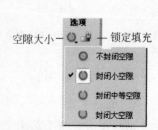

空隙大小—— 锁定填充

不封闭空隙

✓ 封闭小空隙

封闭中等空隙

封闭大空隙

图6-19 填充"选项"

2. 墨水瓶工具

墨水瓶工具是对笔触进行颜色填充的工具。使用墨水瓶工具可以改变对象的笔触颜色。如果一个对象的笔触是透明色,可以使用墨水瓶工具为其添加笔触颜色。

3. 吸管工具

吸管工具用于选取笔触或填充色。使用吸管工具可以从颜色样板或图像中获取纯色、渐变色以及填充位图。

6.3.5　变形工具

1. 任意变形工具

任意变形工具可以对图形对象进行任意变形操作。选中任意变形工具后,"选项"中有"缩放"、"旋转与倾斜"、"扭曲"和"封套"选项,如图 6-20(a)所示。选择"封套"选项时,被编辑对象周围出现控制点,拖动这些控制点可以编辑对象的形状,如图 6-20(b)所示。

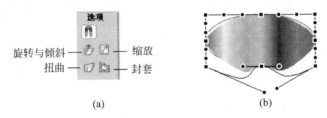

(a)　　　　　　　　　　　　　(b)

图 6-20　任意变形工具的"选项"和"封套"编辑

2. 填充变形工具

填充变形工具用于调整线性填充和放射状填充以及位图填充的填充效果。选取填充变形工具后,选中对象上出现填充变形调整手柄,如图 6-21 所示。调整相应手柄可以调整填充效果。位图填充变形调整手柄如图 6-22 所示。

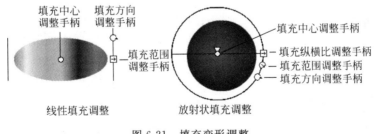

图 6-21　填充变形调整

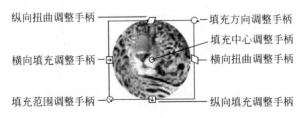

图 6-22　位图填充变形调整

6.3.6　笔形工具

1. 铅笔工具

铅笔工具和直线工具的属性是相同的,但铅笔工具的"选项"中"伸直"、"平滑"和"墨水"3 个选项如图 6-23 所示。使用相应的选项可以绘制直线、平滑的曲线和任意曲线。

2. 钢笔工具

钢笔工具是用于绘制贝塞尔曲线的工具,和 Fireworks 中的类似。

3. 刷子工具

刷子工具只能绘制填充色块。在刷子工具的"选项"中有"刷子大小"、"刷子形状"的选择以及"绘画类型"的选择,如图 6-24(a)所示。"绘图类型"的选项如图 6-24(b)所示。

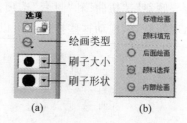

图 6-23　铅笔工具中的"选项"　　图 6-24　刷子工具中的"选项"与"绘图类型"

使用刷子在图像上绘画时,选择"绘图类型"可以做到如下几点。

(1)"标准绘画":可以改变原来的边线与填充部分颜色。

(2)"颜料填充":只能改变填充颜色,不能改变边线的颜色。

(3)"后面绘画":在图像上面不能绘画。

(4)"颜料选择":只能在选中的对象或区域中绘画。

(5)"内部绘画":只能改变开始接触的颜色块的颜色。

6.3.7　橡皮擦工具

使用橡皮擦工具时,可以从"选项"中选择橡皮擦的大小与形状;如果选择"水龙头"选项,则可以一次擦除整个封闭区域。橡皮擦工具的"选项"如图 6-25(a)所示,"擦除类型"中包含的类型如图 6-25(b)所示。

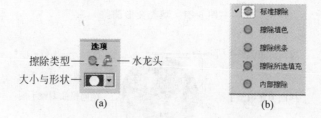

图 6-25　橡皮擦工具的"选项"和"擦除类型"

选择不同的"擦除类型"可以完成的功能如下。

(1)"标准擦除":可以擦除所有对象。

(2)"擦除填色"：只能擦除填充色，不能擦除边线。

(3)"擦除线条"：只能擦除边线，不能擦除填充色。

(4)"擦除所选填充"：只能擦除选择区域的填充颜色。

(5)"内部擦除"：只能擦除起始接触的颜色。

6.3.8 文本工具

使用 Flash 文本工具可以在 Flash 文档中输入文字。Flash 文档中的文字可以使用任意变形工具进行"缩放"和"旋转"操作，但不能"扭曲"、"倾斜"，也不能填充渐变颜色，因为文本不是矢量图形。

文本可以转变为矢量图形，选中文本，使用"修改"|"分离"命令可以将文字转换为矢量图形。

6.4 Flash 动画种类

6.4.1 逐帧动画

逐帧动画就是将动画内容逐帧地放置，每一帧都是关键帧。逐帧动画只适应动画内容比较少的动画。

6.4.2 形变动画

1. 普通形变动画

形变动画是图形的形状变化、颜色改变、位置移动的动画。形变动画的内容必须是矢量的图形，如果使用文字，需要将文字分离成矢量图形。

形变动画是处于同一图层上的两个关键帧之间图形的变化。如果两个关键帧上的图形个数不同，形变动画就会发生图形的合并或拆分。如果需要制作多个图形有相互对应变化关系的形变动画，或者需要分时变化的形变动画，为了避免相互干扰，可以分层制作。

形变动画的制作方法如下：

(1)新建文档，选择舞台大小、背景色。

(2)选中空白关键帧，在该关键帧中放置一个矢量图形。

(3)在该关键帧的后面同一图层上插入一个空白关键帧，在新插入的空白关键帧中放置另一个矢量图形。

(4)选择第1个关键帧，在"属性"面板的"补间"列表中选择"形状"（在 CS 版本中，右击两个关键帧之间的某一帧，在弹出菜单中选择"创建补间形状"命令制作形变动画）。该过程以后经常简称为"创建形变动画"。

例如，制作一个"再见"变形为"Bye-Bye"的动画，要求"再"字变为"Bye-"后，"见"字再开始变化。

制作步骤如下：

(1)新建 Flash 文档，舞台大小为 360×200px，舞台背景为白色。

（2）选择图层 1 的第 1 帧，选择"文本工具"，填充色选择红色，字体选择隶书，文字大小选择 96px，在靠舞台左侧书写"再"字。

（3）选中"再"文本，选择"修改"|"分离"命令。

（4）选择图层 1 的第 30 帧，插入空白关键帧。

（5）选择"文本工具"，在文字 "再"的位置书写绿色、80px 大小、Arial 字体的"Bye-"文本。

（6）选中"Bye-"文本，使用两次"修改"|"分离"命令。

（7）选择图层 1 的第 1 帧，在"属性"面板的"补间"列表中选择"形状"。

（8）选择图层 1 的第 70 帧，插入静止帧。

（9）在层操作区插入图层 2。

（10）选择图层 2 的第 1 帧，选择"文本工具"，填充色选择红色，字体选择隶书，文字大小选择 96px，在舞台右侧书写"见"字。选中"见"字，选择"修改"|"分离"命令。

（11）选择图层 2 的第 31 帧，插入关键帧。

（12）选择图层 2 的第 60 帧，插入空白关键帧。

（13）选择"文本工具"，在文字 "见"的位置书写绿色、80px 大小、Arial 字体的"Bye"文本，并对"Bye"使用两次"修改"|"分离"命令。

（14）选择图层 2 的第 31 帧，在"属性"面板的"补间"列表中选择"形状"。

（15）选择图层 2 的第 70 帧，插入静止帧。

时间轴面板设置如图 6-26 所示。

图 6-26　形变动画时间轴面板设置

2. 干涉形变动画

干涉形变动画是形变动画中的高级动画。在形变动画中，图形之间变化是无规律的，如果希望人工干预，则需要使用干涉动画。干涉形变动画就是在图形上添加若干指示点，指示图形之间的对应变化关系。

例如,制作一个翻页效果的动画。

绘制两个横向并排放置的线性填充矩形块,改变第 2 个矩形块的填充方向,使其和第 1 个矩形块成填充色对称效果,如图 6-27 所示。

如果制作两个矩形的形变动画,不会出现将第 1 个矩形翻到第 2 个矩形块上的效果,所以需要使用干涉形变动画。

制作步骤如下:

(1) 新建 Flash 文档,舞台大小为 400×200px,舞台背景为白色。

(2) 在图层第 1 帧绘制无笔触色、线性填充矩形。

(3) 在图层第 20 帧插入空白关键帧,绘制无笔触色、线性填充矩形。使用填充变形工具将矩形的填充方向转动 180°。

(4) 选中图层第 1 帧,在“属性”面板的“补间”列表中选择“形状”,完成形变动画制作。在第 30 帧插入静止帧。

(5) 选中图层第 1 帧,使用 Ctrl＋Shift＋H 键,在矩形上添加形状提示点 a、b、c、d(一次产生一个形状提示点),将 4 个形状提示点拖放到 4 个角(或 4 个边上)。选中图层第 20 帧,矩形上已经有 a、b、c、d 形状提示点,将它们拖放到对应角(或对应边上),注意和第 1 个矩形的对应关系。图 6-28 是形状提示点的一种排列及对应关系示例。添加了指示点之后,动画就会出现翻页效果。

图 6-27 对称线性填充效果的矩形色块

图 6-28 形状提示点排列及对应关系

6.4.3 运动动画

运动动画是指元件的移动动画。在形变动画中,形变对象也可以移动位置,但由于动作对象不是元件,所以不是运动动画。在运动动画中,元件可以发生位置、大小、颜色的变化,但不能改变外部形状。在制作运动动画时,要特别注意每个图层上同一时刻只能有一个元件。

运动动画中的元件可以是图形元件,也可以是影片剪辑元件。影片剪辑元件可以在“滤镜”面板中添加滤镜效果。

1. 元件的制作

Flash 中的元件是指创建一次即可多次重复使用的图形、按钮或影片剪辑。在 Flash 代码中,元件是用标识符表示的,这样可以大量降低动画文档的字节尺寸,节约文档下载时间。

元件的制作方法如下:

(1) 创建新元件。“库”面板如图 6-29 所示。单击“新建元件”按钮打开“创建新元件”对话框,如图 6-30 所示。

图 6-29 "库"面板

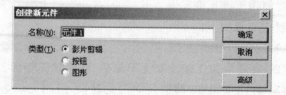

图 6-30 "创建新元件"对话框

在"创建新元件"对话框中输入元件的名称,选择元件的类型,单击"确定"按钮,打开元件的编辑窗口如图 6-31 所示。

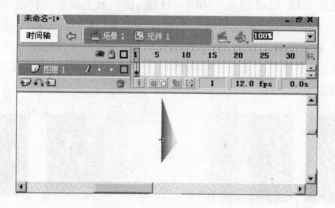

图 6-31 元件编辑窗口

在元件编辑窗口中进行元件的制作。图形元件可以是矢量图形,可以是文字,可以是位图图像。对于影片剪辑,可以制作成一个动画。元件制作完成后,单击"场景"(图 6-31 中为场景 1),结束元件制作,元件进入"库"面板的元件列表中。

在制作元件时,如果在"创建新元件"对话框中没有输入元件名称,系统会自动为元件命名"元件 1"、"元件 2"、……在一个动画文件中这种命名方式没有什么问题,但在使用其他 Flash 文档中的元件时(使用"导入"|"打开外部库"命令可以导入其他 Flash 文档中的元件)就会发生"元件冲突"问题,所以应该养成自己命名元件名称的习惯。

(2)将图形转换为元件。在舞台中绘制好图形后,选中图形,使用"修改"|"转换为元件"命令,或直接按 F8 键打开"转换为元件"对话框(与图 6-30 类似),在其中填写元件名称、选择元件类别,单击"确定"按钮,图形被转换为元件,进入"库"面板的元件列表中,同时舞台上的图形已经转换成了元件实例。

2. 编辑"库"面板中的元件

如果需要编辑"库"面板列表中的元件,可以双击元件的图标打开元件编辑窗口,在元件编辑窗口中对元件进行编辑,单击"场景"按钮结束元件编辑。

3. 元件实例属性

　　舞台中的元件为元件实例,一个元件可以有多个元件实例,每个元件实例都各有独立于该元件的属性。可以更改元件实例的色调、透明度和亮度;也可以倾斜、旋转或缩放元件实例,这并不会影响元件。

　　(1)更改元件实例的色调、透明度和亮度。选中舞台中的元件实例后,在"属性"面板的"颜色"列表框内有"亮度"、"色调"、Alpha、"高级"选项(CS版本中为"色彩效果"|"样式")。选择"亮度"时,"属性"面板中的亮度设置如图6-32(a)所示;选择"色调"时,"属性"面板中的色调设置如图6-32(b)所示,可以在颜色样板中选择元件实例颜色,可以调整红、绿、蓝颜色值以调整元件实例颜色,还可以通过调整色彩数量来调整颜色;选择Alpha时,"属性"面板中的元件实例不透明度设置如图6-32(c)所示;选择"高级"时,"属性"面板中出现"设置"按钮,如图6-32(d)所示,单击"设置"按钮打开"高级效果"对话框,如图6-32(e)所示。在"高级效果"对话框中可以通过调整红、绿、蓝颜色的成分及偏移量调整元件实例颜色,通过Alpha项调整元件实例的不透明度。

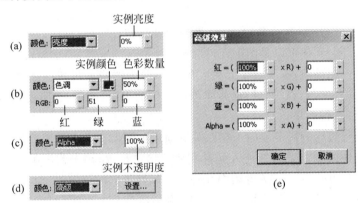

图6-32　元件实例的颜色设置

　　(2)倾斜、旋转或缩放元件实例。选中元件实例后,选择任意变形工具,通过调整手柄可以对元件实例进行倾斜、旋转或缩放操作。也可以使用"修改"|"变形"命令,打开"变形"菜单,如图6-33(a)所示,选择其中的选项,通过对话方式确定元件实例变形参数。也可以使用"窗口"|"变形"命令,打开"变形"面板,如图6-33(b)所示,通过设置窗口中的相关参数实现元件实例的倾斜、旋转或缩放。

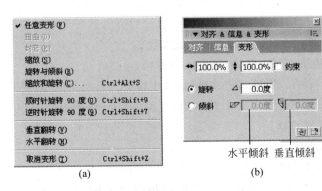

图6-33　"变形"菜单和"变形"面板

4. 交换元件

在动画制作完成后,如果需要把其中的元件实例更换成其他的元件实例,那么可以在关键帧中选中该元件实例,单击"属性"面板中的"交换"按钮,从打开的"交换元件"列表框中选择需要的元件,单击"确定"按钮,该元件实例被新选择的元件实例替换,不需要修改动画的其他内容。如果原元件实例进行过颜色、缩放、倾斜等属性设置,这些属性设置依然在新元件实例中得到保留,只是元件实例的形状、名称被改变了。

5. 影片剪辑元件实例的滤镜效果

一般影片剪辑元件是含有自己时间轴动画的元件,但也可以是简单的图形,甚至是空元件。当元件实例的类型是影片剪辑时,在舞台中就可以为元件实例添加滤镜效果。在"滤镜"面板中单击"添加滤镜"(＋)按钮,可以为元件实例添加投影、模糊、发光、斜角等滤镜效果。

6. 运动动画的制作

运动动画是由元件实例的位置、大小、颜色、透明度、形态及效果变化构成的,运动动画的一般制作方法如下:

(1) 新建 Flash 文档,选择舞台大小、舞台背景颜色。

(2) 制作元件。元件可以是图形元件和影片剪辑。

(3) 选中空白关键帧,拖入一个元件实例到舞台中的指定位置。如果需要改变元件实例的属性,选中元件实例,在"属性"面板中修改元件的大小、颜色、透明度或形态。对于影片剪辑,还可以添加滤镜效果。

(4) 在该图层的后面指定帧插入空白关键帧或关键帧。插入关键帧是复制前一个关键帧;插入空白关键帧则需要重新拖入元件实例到指定位置,用于前面关键帧中修改了元件实例属性而该关键帧中与前面关键帧中元件实例属性不同的情况。

(5) 选中两个关键帧之间的某一帧,右击,在弹出菜单中选择"创建补间"(CS 版本中使用"创建传统补间")。该操作过程以后经常简称为"创建补间动画"。

注意:在运动动画中,只有同一个元件实例(可以有不同的属性)的两个关键帧之间可以创建运动补间动画;在同一动画图层中,同一时刻只能有一个元件实例的运动动画。

例如,制作一个图片透明度变化的运动动画,制作方法如下:

(1) 准备一张图片素材,按照设计的动画大小修改图片的尺寸。

(2) 新建 Flash 文档,按照设计要求设置舞台大小。

(3) 使用"文件"|"导入"|"导入到库"命令将图片导入文档。

(4) 选中图层 1 的空白关键帧,在"库"面板中将导入的图片拖入到舞台。

(5) 选中图片,使用 F8 键将图形转换成元件。

(6) 在图层 1 的第 40 帧、第 80 帧插入关键帧。

(7) 选中第 40 帧的关键帧,在"属性"面板中修改元件实例的不透明度为 20％。

(8) 使用 Shift 键配合选中第 1 帧到第 80 帧,右击,在弹出菜单中选择"创建补间"命令,同时创建两段补间动画。

(9) 预览动画效果。

7. 运动动画补间属性

在运动动画中,创建补间动画后,"属性"面板中动画补间属性部分如图 6-34 所示。

图 6-34　运动动画补间属性

其中"缩放"复选框选中时表示补间帧中允许元件实例的缩放;"缓动"指示元件实例的匀加(减)速运动,正数值表示匀减速运动,负数值表示匀加速运动,加速度的大小取决于"缓动"的绝对值。如果对象不是作匀加(减)速运动,可以单击"编辑"按钮(CS 版本中为铅笔图标)打开如图 6-35 所示的"自定义缓入/缓出"对话框,利用调整曲线方式确定对象的阶段运动速度。

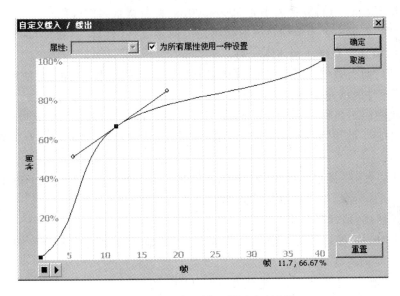

图 6-35　"自定义缓入/缓出"对话框

"旋转"属性确定元件实例在补间帧中是否需要旋转、旋转的方向和次数。元件实例的旋转是围绕元件实例中心点转动。元件实例中心点在运动动画中是一个很重要的概念,在很多教材中有中心点与元件注册点混淆的地方,称其为注册点。在 Flash 帮助中也没有"中心点"一词,本书使用"元件实例中心点"的概念。

当使用任意变形工具选中元件实例时,元件实例上会出现调整手柄和一个空心圆圈,空心圆圈表示的元件实例中心点("+"为元件注册点)。虽然元件实例有大有小,但在程序代码中表示元件实例时,是用它的中心点表示元件实例位置的。元件实例的运动轨迹其实质是元件实例中心点的运动轨迹。

在运动动画中,如果设置了补间帧的"旋转"属性,利用元件实例旋转是围绕元件实例中心点转动的原理,可以实现多种动画效果。

例如,制作如图 6-36 所示的地球围绕太阳旋转动画。

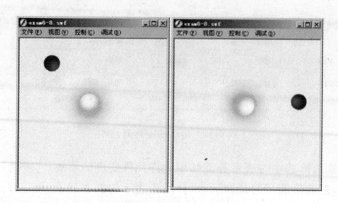

图 6-36   地球绕太阳旋转

制作步骤如下：

（1）新建 Flash 文档，舞台大小为 300×300px，舞台背景为白蓝色。

（2）在"库"面板中创建蓝绿色放射状填充的图形元件"地球"。使用填充变形工具，将"地球"元件的填充中心移动到球体一侧。

（3）在"库"面板中创建黄白色放射状填充的影片剪辑元件"太阳"。使用填充变形工具，将"太阳"元件的填充中心移动到球体一侧。

（4）修改图层 1 名称为"太阳"。选中"太阳"图层的第 1 帧，从"库"面板中将"太阳"元件拖入舞台中心。使用"滤镜"面板为太阳添加"发光"滤镜效果（发光颜色为淡黄色、模糊参数设置为 30）。

（5）选中"太阳"图层的第 40 帧，插入关键帧。右击两个关键帧之间的静止帧，创建补间动画。在"属性"面板中设置"旋转"为"顺时针"、"1"次。

（6）插入图层"地球"。

（7）选中"地球"图层的第 1 帧，从"库"面板中将"地球"元件拖入舞台一侧，高光部分对准"太阳"元件实例的高光部分。

（8）选中"地球"元件实例，单击任意变形工具，将"地球"元件实例的中心点（空白圆圈）拖动到"太阳"元件实例的中心位置，如图 6-37 所示。

（9）选中"地球"图层的第 40 帧，插入关键帧。右击两个关键帧之间的静止帧，创建补间动画。在"属性"面板中设置"旋转"为"顺时针"、"1"次。

（10）预览动画。

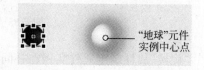

"地球"元件实例中心点

图 6-37   调整"地球"元件实例中心点

6.4.4   轨迹动画

轨迹动画是运动动画中的高级动画，是用导线引导元件实例运动，从而控制元件实例的运动轨迹。

轨迹动画的制作方法是在动画中添加引导层，运动的元件实例在被引导层中。引导层内只有导线，导线在播放动画时不会显示出来。一个引导层内可以有多条导线，一条导线可以引导多个图层内的元件。

例如,制作如图 6-38 所示的演示抛物线运动的动画。

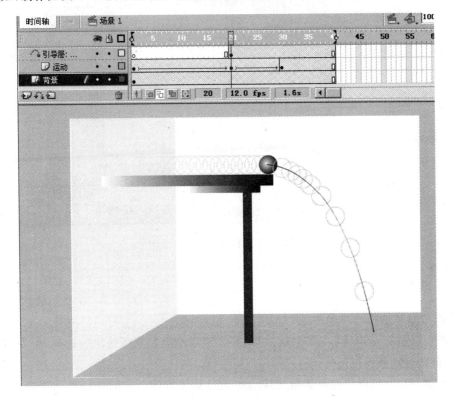

图 6-38 演示抛物线运动的动画

制作步骤如下:

(1) 新建 Flash 文档,舞台大小为 550×400px,舞台背景为白色。

(2) 在"库"面板中创建图形元件"球",黑白色放射状填充。

(3) 修改图层 1 名称为"背景",在"背景"绘制背景图案。在第 40 帧插入静止帧。

(4) 插入"运动"图层,将图形元件"球"拖入舞台"运动"图层第 1 帧。在第 20 帧插入关键帧,将"球"拖到"桌子"边缘,创建补间动画。

(5) 在"运动"图层第 30 帧插入关键帧,将"球"拖到"地面"位置,创建补间动画。在第 40 帧插入静止帧。

(6) 插入引导层(在 CS 版本中需要设置图层的属性为引导层,并将被引导层拖入引导层才能被引导,而且被引导层在拖入引导层之前不能创建动画),在引导层第 20 帧插入空白关键帧,使用绘图工具绘制抛物线导线,如图 6-38 所示。

(7) 选择"运动"图层第 20 帧,将"球"元件实例中心点对准导线。选择"运动"图层第 30 帧,将"球"元件实例中心点对准导线。

(8) 设置运动加速度。选择"运动"图层第 20 帧,单击"属性"面板中"编辑"按钮,打开"自定义缓入/缓出"对话框,调整运动速率曲线成抛物线状,如图 6-39 所示。

(9) 预览动画。

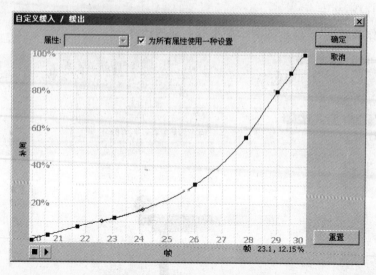

图 6-39　抛物线运动速率曲线

6.4.5　遮罩动画

1. 遮罩动画的概念与制作

遮罩效果和 Fireworks 中的蒙版效果相同,遮罩动画是蒙版效果的动画,例如演示望远镜效果、聚光灯效果等。

遮罩动画是由遮罩图像和遮罩元件的相互运动构成的。它们可以是一个静止、一个运动,也可以是同时运动。

遮罩元件可以是矢量图形或元件。遮罩动画显示的内容是遮罩图像和遮罩元件相交的部分。

制作遮罩动画至少需要两个图层,一个图层放置被遮罩图像;另一个图层放置遮罩元件。放置遮罩元件的图层称为遮罩层;放置被遮罩图像的层称为被遮罩层。被遮罩层必须在遮罩层的下面。遮罩层和被遮罩层中至少一个层为动画才能形成遮罩动画。

遮罩与被遮罩关系的确定需要使用“图层属性”对话框设置(见图 6-8)。使用“图层属性”对话框中的“遮罩层”和“被遮罩”图层类型选项确定本图层是遮罩层还是被遮罩层。解除遮罩与被遮罩关系可以使用“图层属性”对话框中的“一般”图层类型选项。

一个遮罩层中可以有多个被遮罩层,一个动画中可以有多个遮罩层,通过巧妙构思,可以实现多种遮罩效果。如果遮罩动画需要有背景图像,背景图像必须是最底层的一般图层。

2. 遮罩动画制作举例

当遮罩层使用形变动画作为遮罩元件时,会制作出逐渐展开、收缩等效果的形变遮罩动画。例如,制作如图 6-40 所示图像从中央展开效果动画,制作方法如下:

(1) 新建文档,舞台大小为 400×300 px。

(2) 修改图层 1 名称为“背景”,导入一张图片。在“背景”图层第 40 帧插入静止帧。

(3) 插入图层“遮罩”。选择“遮罩”图层第 1 帧,使用椭圆工具在舞台中心绘制无笔触

图 6-40　图像从中央展开效果动画

色的小椭圆。

（4）在"遮罩"图层第 30 帧插入空白关键帧，使用椭圆工具在舞台中心绘制无笔触色的大椭圆。

（5）选择"遮罩"图层第 1 帧，在"属性"面板设置"形变"补间。

（6）在"遮罩"图层第 40 帧插入空白关键帧，使用矩形工具绘制矩形覆盖图片。

（7）选择"遮罩"图层第 30 帧，在"属性"面板设置"形变"补间。

（8）预览动画。

利用遮罩动画的原理和其他动画结合，经过巧妙构思，就可以实现多种效果的动画。例如，制作如图 6-41 所示的 3 幅图片交替展示效果的动画。

图 6-41　3 幅图片交替展示效果的动画

该动画的原理其实很简单，在 Flash 的两个图层中分别放置两张图片，将上面图层制作成遮罩动画，初始状态如果遮罩元件完全没有遮住图片，上面的图片就不会显示，只有下面的图片显示。在遮罩层中让遮罩元件运动逐渐遮住上层的图片，那么上层的图片就会逐渐显示出来。当上面图层中的图片显示时，下面图层中的图片自然就会被挡住。按照这个原理制作该动画如下：

（1）新建 Flash 文档，舞台大小与图片大小一致。

（2）导入第 1 幅图片，放在图层 1 的第 1 帧中，在该图层第 40 帧插入静止帧。

（3）新建图层2，导入第2幅图片，放在图层2的第1帧中，在该图层第40帧插入静止帧。

（4）新建图层3，在图层3的第1帧中绘制一个和舞台相同大小的矩形色块，将色块转换成元件"色块"。将"色块"元件实例的右边与舞台左边对齐。在该图层第40帧插入关键帧，将"色块"元件实例与舞台对齐（完全遮住舞台），在该图层创建补间动画。

这时如果设置该图层属性为"遮罩层"，预览动画就可以看到一幅图片展开、另一幅图片收起的效果，但是该动画中包括3幅图片的交替展现，所以按照同样的原理可以完成下面的动画制作。

（5）在图层1中第41帧插入空白关键帧，导入第3幅图片，放在图层1的第41帧中，在该图层第80帧插入静止帧。

（6）在图层2中第80帧插入静止帧。

（7）在图层3的第41帧、第80帧插入关键帧。选中第80帧，将"色块"元件实例的右边与舞台左边对齐。在该图层第41帧到第80帧间创建补间动画。

（8）选中图层3，设置该图层属性为"遮罩层"，预览动画可以看到3幅图片交替展现效果。

（9）制作图片卷起效果。新建图层4，在图层4的第1帧中绘制一个与舞台高度差5px的无边线矩形，填充使用灰—白—灰线性渐变填充。再绘制一个与矩形同宽、10px高的无边线椭圆形，使椭圆形长轴与矩形顶边对齐，椭圆形使用与图片相近颜色填充。使用"修改"|"组合"命令将矩形与椭圆形组合为一个图形，然后转换成元件"画卷"。在图层4的第1帧中将"画卷"元件实例的左边与舞台左边对齐，在第40帧插入关键帧，将"画卷"元件实例的左边与舞台右边对齐，创建补间动画。在图层4的第41帧插入关键帧，将"画卷"元件实例的右边与舞台右边对齐，在第80帧插入关键帧，将"画卷"元件实例的右边与舞台左边对齐，创建补间动画。

（10）预览动画效果。

6.4.6　在动画中插入声音

Flash动画中可以插入声音。声音可以独立于时间轴连续播放，或与动画同步播放，通过声音淡入、淡出还可以使声音更加优美。Flash中可以导入WAV、MP3格式的声音文件，MP3格式比WAV声音文件有更高的压缩比。

1. 导入声音

在Flash中使用声音需要先把声音文件导入到"库"面板中。使用"文件"|"导入"|"导入到库"命令打开"导入到库"对话框，选择需要的声音文件即可。

2. 向动画中添加声音

向动画中添加声音，首先选中需要添加声音图层的帧（声音总是从关键帧开始，关键帧包括空白关键帧），从库中将声音文件拖动到舞台即可。声音在图层中的长度是两个关键帧之间的间隔，或到该关键帧的延续静止帧结束为止，或者到声音的结束为止。声音可以和其他对象在同一图层中，但最好将每个声音放在一个独立的图层上。

3. 声音属性

在"时间轴"面板中，选择声音文件所在的图层中包含声音的帧，"属性"面板中显示声音属性，如图 6-42 所示。

图 6-42　声音属性

（1）"声音"列表框：从中可以选择"库"面板中的声音对象。如果需要删除声音，选择其中的"无"选项。

（2）"同步"列表框：从中可以选择"事件"、"开始"、"停止"、"数据流"选项。

①"事件"：将声音和一个事件的发生过程同步起来，常见的事件是进入该关键帧（执行到该关键帧）。选择"事件"同步时，当事件发生时开始播放声音，并独立于时间轴完整播放，即使 SWF 文件停止播放也会继续。如果 SWF 文件较短而声音文件较长，当 SWF 文件循环播放时，可能会启动多个声音播放实例。

②"开始"：与"事件"选项的功能相近，但是如果声音已经在播放，则新声音实例不会播放。

③"停止"：停止声音播放。使用方法为：在声音所在图层或其他图层中需要声音停止的帧中插入空白关键帧，在"声音"列表框中选择需要停止的声音文件，将"同步"设置为"停止"。

④"数据流"：使声音与动画同步，音频流随着 SWF 文件的停止而停止。而且，音频流的播放时间绝对不会比帧的播放时间长。

（3）重复与循环：当声音文件比需要播放的时间短时，可以选择是"重复"还是"循环"方式。一般不要选择"循环"方式。"循环"方式会增加 SWF 文件的字节大小，导出的文件中相当于包含了多个声音文件。一般使用"重复"方式，通过指定重复的次数，可以达到与"循环"方式相同的效果，但导出的文件中只包含一个声音文件。

（4）"效果"列表框：其中包括"左声道"、"右声道"、"从左到右淡出"、"从右到左淡出"、"淡入"、"淡出"选项。

①"左声道"/"右声道"：只在左声道或右声道中播放声音。

②"从左到右淡出"/"从右到左淡出"：会将声音从一个声道切换到另一个声道。

③"淡入"：会在声音的持续时间内逐渐增加其幅度。

④"淡出"：会在声音的持续时间内逐渐减小其幅度。

如果需要删除设置的声音效果，可以选择"无"选项；如果需要自己定义声音效果，可以选择其中的"自定义"选项，打开"编辑封套"对话框，如图 6-43 所示。

拖动"编辑封套"中的"开始时间"和"终止时间"控件，可以改变声音的起始点和终止点；封套线显示声音播放时的音量强弱，拖动封套手柄可以改变声音中不同点处的强弱级别。

单击封套线可以创建其他封套手柄（总共可达 8 个）。要删除封套手柄，需将其拖出窗口。

单击"放大"或"缩小"按钮，可以改变窗口中显示声音的多少。

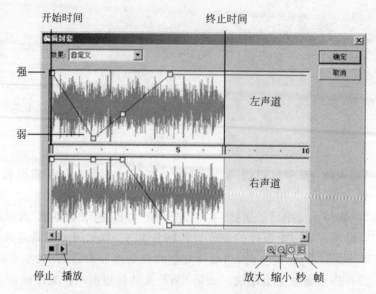

图 6-43　"编辑封套"对话框

要在秒和帧之间切换时间单位，可单击"秒"和"帧"按钮。

单击"播放"按钮，可以听编辑后的声音。

6.4.7　Flash 按钮

Flash 按钮可以包含翻转图形、声音，甚至可以具有自己的动画。在"窗口"|"公用库"|
"按钮"命令中，可以打开许多漂亮按钮。Flash 按钮只能在 Flash 文档中使用。

1. 创建按钮

在"库"面板中新建元件，在"创建新元件"对话框的"类型"中选择"按钮"，打开按钮元件
编辑窗口，如图 6-44 所示。

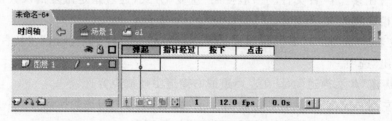

图 6-44　按钮元件编辑窗口

Flash 按钮实际上是 4 帧的交互影片剪辑，前 3 帧显示按钮的 3 种可能状态，第 4 帧定
义按钮的活动区域。时间轴实际上并不播放，它只是对鼠标动作做出反应，跳到相应的帧。
按钮元件的时间轴上的每一帧都有一个特定的功能，列举如下：

（1）第 1 帧是弹起状态，代表指针没有经过按钮时该按钮的状态。

（2）第 2 帧是指针经过状态，代表当指针滑过按钮时该按钮的外观。

（3）第 3 帧是按下状态，代表单击按钮时该按钮的外观。

（4）第 4 帧是点击状态，定义响应鼠标单击的区域，此区域在 SWF 文件中是不可

见的。

选中"弹起"帧,在舞台中心绘制按钮图形;选中"指针经过"帧,插入关键帧,"弹起"帧的图形被复制到"指针经过"帧,修改图形的填充效果是最简单的按钮制作方法。"按下"帧和"指针经过"帧的处理过程是相同的。"点击"帧中的图形是不可见的,只是定义按钮的活动区域,按钮的活动区域可以比前面帧中的图形大或小,也可以是不同的位置。如果不设置"点击"帧中的按钮的活动区域,按钮的活动区域就是"弹起"帧中的图形区域。

单击"场景"按钮,完成按钮元件制作,按钮元件出现在"库"面板中。使用按钮时需要将按钮元件拖入舞台作为一个按钮元件实例使用。每个按钮元件实例可以起一个名字,尤其是需要为按钮添加动作脚本时,按钮实例名称是必需的。按钮实例还可以添加斜角、发光、投影等滤镜效果。

2. 制作音乐按钮

创建按钮元件时,在"弹起"、"指针经过"、"按下"帧中加入声音,"同步"属性选择"事件",当发生相应事件时,就会发出相应声音(按钮中的声音在事件发生时只播放一次)。声音可以放置在按钮的关键帧中,最好插入一个图层,将声音放在单独图层和相应事件对应的帧中。

6.4.8　影片剪辑

影片剪辑是一个动画或者是一个图形,甚至可以是空元件。影片剪辑元件和图形元件的区别在于影片剪辑元件中可以包含动画,而且可以添加发光、投影、斜角等滤镜效果。

创建影片剪辑元件的过程和制作一个动画的过程完全相同,影片剪辑元件中可以是各种类型的动画,其中还可以包含影片剪辑元件。

例如,制作如图6-45所示演示太阳、地球、月亮运行关系的动画。

制作方法如下:

(1) 新建Flash文档,舞台大小为400×400px。

(2) 在"库"面板中创建黄白色放射状填充球形影片剪辑元件"太阳"。使用填充变形工具,将"太阳"元件的填充中心移动到球体一侧。

(3) 在"库"面板中创建黑白放射状填充球形图形元件"月亮"。使用填充变形工具,将"月亮"元件的填充中心移动到球体一侧。

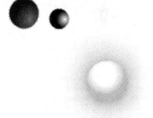

图6-45　太阳、地球、月亮运行关系演示动画

(4) 制作"地球"影片剪辑。

① 在"库"面板中创建影片剪辑元件"地球",使用椭圆工具绘制蓝绿色放射状填充球体表示地球,使用填充变形工具,将"地球"的填充中心移动到球体一侧。在第30帧插入静止帧。

② 插入一个图层,将图形元件"月亮"拖入元件编辑窗口,放置在"地球"一侧,将"月亮"元件实例的中心点拖动到"地球"图形中心。在第30帧插入关键帧,创建补间动画,在"属性"面板中设置"旋转"为"顺时针"、"1"次。单击"场景"按钮,完成"地球"影片剪辑元件的制作。

（5）修改图层1名称为"太阳"。选中"太阳"图层的第1帧,从"库"面板中将"太阳"元件拖入舞台中心。使用"滤镜"面板为太阳添加"发光"滤镜效果(发光颜色为淡黄色、模糊参数设置为30)。

（6）选中"太阳"图层的第365帧,插入关键帧。右击两个关键帧之间的静止帧,创建补间动画。在"属性"面板中设置"旋转"为"顺时针"、"1"次。

（7）插入图层"地球",选中"地球"图层的第1帧,从"库"面板中将"地球"影片剪辑元件拖入舞台一侧,"地球"的高光部分对准"太阳"元件实例的高光部分。选中"地球"元件实例,将"地球"元件实例的中心点拖动到"太阳"元件实例的中心位置。

（8）选中"地球"图层的第365帧,插入关键帧,创建补间动画。在"属性"面板中设置"旋转"为"顺时针"、"1"次。

（9）预览动画。

6.4.9　多场景动画

一个动画中可以有多个场景。使用多个场景可以更好地组织动画内容。如果影片中需要有交互控制,使用多场景更易于交互控制。

需要添加场景时,可以使用"窗口"|"其他面板"|"场景"命令打开"场景"面板,如图6-46所示。

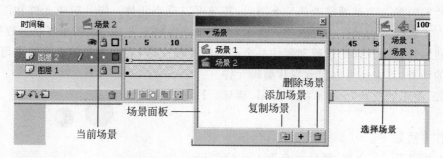

图6-46　"场景"面板及场景选择

单击"场景"面板中的"添加场景"按钮可以添加一个场景。"场景"面板中的场景排列顺序是动画的执行顺序。在"场景"面板中可以修改场景名称及拖动场景改变排列顺序。"复制场景"按钮可以为当前场景的动画复制一个副本。删除一个场景后,场景内的动画将被删除。

6.4.10　交互动画

Flash交互动画是使用动作脚本实现的。Flash动作脚本语言使用ActionScript 2.0(CS版本中已经升级到ActionScript 3.0),它是一门面向对象的编程语言。ActionScript语言编程是单独的一门课程。简单的交互动画可以借助Flash"动作"面板完成,而不需要去详细了解ActionScript语言。

1. Flash 脚本编程对象

Flash动作脚本语言是面向对象的编程语言,根据对象的发生事件执行相应的过程代码,实现对动画的交互控制。在Flash动作脚本中,可以编程的对象是关键帧、按钮和影片剪辑元件实例。

在关键帧或空白关键帧中可以添加动作脚本。添加了动作脚本的关键帧中会显示"a"标识,表示该关键帧中有 ActionScript 代码。所有关键帧中都可以添加动作脚本,但建议动作脚本单独放置在一个层内。

可以对按钮和影片剪辑元件实例添加动作脚本,交互动画多数是由按钮元件实例的动作脚本完成的。动作脚本只能为有实例名称的按钮或影片剪辑元件编写,所以如果需要对按钮或影片剪辑元件实例添加动作脚本,必须为元件实例在"属性"面板中命名,并且元件实例名称不能重复。

在动画中使用 Flash 按钮时,Flash 按钮要放置在一个单独层内。

2. 常用事件

关键帧中的动作脚本是在执行该帧时被执行的,但对于按钮或影片剪辑元件实例中的动作脚本需要事件驱动,只有事件发生时才会执行相应事件处理脚本。对于简单的交互动画,经常需要使用按钮事件,常用的按钮事件如下。

(1) press:鼠标按下。

(2) releasee:释放鼠标。

(3) rollover:鼠标滑过按钮。

(4) rollout:鼠标从按钮上滑离。

按钮事件可以在"动作"面板的"脚本助手"中选择,也可以在"代码提示"窗口中选择。

3. 常用时间轴控制函数

在简单的交互动画中,主要是对主时间轴的控制和对影片剪辑中时间轴的控制。常用的时间轴控制函数如下。

(1) stop():停止时间轴。

(2) play():播放时间轴。

(3) gotoAndPlay()、gotoAndStop():转移到某场景、某帧播放、停止。

(4) stopAllSounds():停止播放声音。

4. "动作"面板

选中一个关键帧或按钮元件实例后,打开"动作"面板,如图 6-47 所示。

"脚本命令选择"窗口中提供了 ActionScript 2.0 语言全部的函数、类、操作符等。"添加项目"按钮中的内容和"脚本命令选择"窗口中提供的内容是一样的。在简单的交互动画中一般只使用其中的"全局函数"中的部分内容。

在"对象列表"窗口中,有文档的结构和可选择的编程对象以及当前选择的编程对象,单击某个对象后,就可以对其进行编程。

为对象添加动作脚本的过程可以通过选择脚本命令、函数和在"脚本助手"窗口中选择参数完成。如果熟悉 ActionScript 2.0 语言,可以直接在脚本编辑区内书写脚本代码,但必须关闭"脚本助手"。ActionScript 2.0 语法格式与 C 语言类似。

5. 为关键帧添加动作脚本

在关键帧中添加时间轴控制函数 stop()、goto()、gotoAndPlay()、gotoAndStop()等脚本可以改变动画的播放顺序。

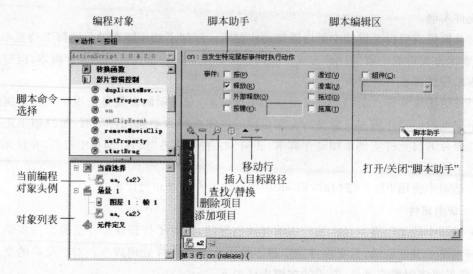

图 6-47　"动作"面板

6. 按钮交互动画

和用户的交互一般需要使用按钮动作脚本。按钮可以自己制作,也可以使用"公共库"中的按钮。按钮应该放置在一个独立的图层中。一般需要放置在第 1 帧中,并且该图层中只有一个关键帧,使用静止帧延续到动画结束。一个关键帧中可以放置多个按钮,切不可将每个按钮单独放置在一个关键帧中。

为按钮实例添加行为,按钮实例必须具有实例名称。选中一个按钮实例后,打开"动作"面板为按钮实例添加行为。一般按钮需要使用"影片剪辑控制"中的 on 控制命令。选择 on命令后,可以在图 6-47 所示的"动作"面板"脚本助手"窗口中选择鼠标事件,默认的鼠标事件是"释放",默认的脚本代码是:

```
on (release) {

}
```

在{ }内可以添加时间轴控制函数 stop()、goto()、gotoAndPlay()、gotoAndStop()等,用于完成交互控制。

在"动作"面板"脚本助手"窗口中可以选择多个鼠标事件,例如再选中"滑过"复选框,脚本代码将是:

```
on (release, rollOver) {

}
```

7. 控制影片剪辑

由于 Flash 动画中可以包含影片剪辑,所以构成了 Flash 动画的树形层次结构。动画中的对象可能处于不同层次的时间轴上。时间轴控制函数可以控制任何层次的时间轴,但必须指定时间轴的路径。如果没有指定路径,默认为主时间轴,所以在前面的例题中只能控制主时间轴。

Flash 中路径的简单表示方法有以下两种。

（1）绝对路径。从根节点开始的路径。根节点用_root 表示，一般代表主时间轴。路径节点之间使用"."符号间隔。例如在主时间轴动画中有影片剪辑实例 mc1，如果需要停止影片剪辑实例 mc1 的播放则使用：

```
_root.mc1.stop();
```

（2）相对路径。相对路径是从当前位置开始的路径。相对路径中 this 表示当前位置，上一级用_parent 表示。上面的例子用相对路径表示为：

```
this.mc1.stop();
```

在"动作"面板中添加动作脚本时，可以通过单击"插入目标路径"按钮打开"插入目标路径"对话框，如图 6-48 所示。

在"脚本助手"窗口打开时，"插入目标路径"按钮不能使用。在需要插入路径时必须关闭"脚本助手"窗口。在"插入目标路径"对话框中可以选择使

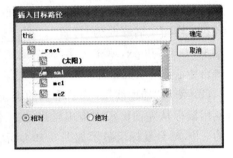

图 6-48　"插入目标路径"对话框

用相对路径还是使用绝对路径，在对象窗口中选择正确的对象，就能保证插入正确的路径。一般情况不要自己书写路径，在"插入目标路径"对话框中选择路径可以保证不出错误。

8. 打开网页文档

在 Flash 全局函数的"浏览器/网络"中有一个 getURL 函数可以打开网页文档，所以经常在按钮动作脚本中使用，其格式为：

```
getURL("URL"[, "目标", "变量传送方式"]);
```

"URL"是打开的网页文件路径，注意其中的路径间隔符需要使用"/"；"目标"是超链接的 target 属性值，即_blank、_self 等；"变量传送方式"是指 post 和 get 方式。例如：

```
on (press) {
    getURL("http://www.baidu.com", "-blank");
}
```

在单击该按钮时将在新窗口打开百度网站的首页。

6.5　"家乡美"动画页面制作

6.5.1　任务分析

本任务是制作"Flash 动画"栏目中的"家乡美"动画网页。本任务中主要是利用遮罩动画完成图画的展开—卷起效果，以及利用运动动画完成画轴卷动的效果。该任务中需要展现的图片有 3 幅，3 幅素材图片为 images 目录中的 tp6-3.jpg、tp6-4.jpg 和 tp6-5.jpg，图片大小为 533×400px。图片装裱使用 images 目录中的 tp6-2.jpg 图片。

该任务中的遮罩动画中虽然包含 3 幅图片，但每幅图片都是按照展开—卷起的规律变

化,所以只要制作出一幅图片的展开—卷起效果动画,通过"复制帧"、"粘贴帧"就可以完成该任务的制作。

6.5.2 "家乡美"动画网页制作

1. 新建文档

新建 Flash 文档,按照设计要求,舞台大小为 800×600px,帧频为 12fps。

2. 背景层制作

按照设计要求,图片是装裱在装裱布中的,画轴可以单独制作,所以背景层制作如下:

(1)将图层名修改为"背景"。在背景层第1帧使用矩形工具绘制一个无边线的矩形,大小为 660×500px,填充使用"位图填充",填充位图选择 images 目录中的 tp6-2.jpg。矩形在舞台中心偏上 10px 放置。在背景层第 100 帧插入静止帧。

(2)使用"辅助线"。为了准确的定位,使用"视图"|"标尺"命令打开文档标尺显示,然后使用鼠标从左面标尺中拖出辅助线对准上标尺的 400,从上标尺中拖出辅助线对准左标尺的 300,舞台及标尺显示如图 6-49 所示。

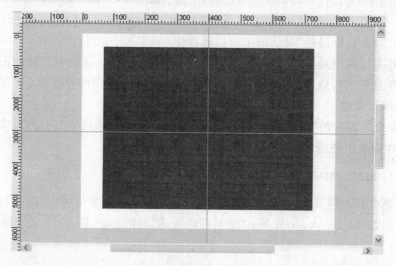

图 6-49 舞台及标尺

(3)导入 images\tp6-3.jpg 到"库"中,从"库"面板中将 tp6-3.jpg 拖入舞台,放置在装裱布的中央。为了准确定位图片(以后需要更换图片),再从标尺中拖出两条辅助线分别和图片的上边、左边对齐。图片位置及辅助线显示如图 6-50 所示。

3. 制作遮罩动画

(1)新建图层,修改图层名称为"遮罩"。

(2)使用矩形工具绘制一个无边线的红色色块,大小为 100×600px,将色块转换为图形元件,名称为"色块"。将"色块"元件实例上下与舞台对齐,中心线与中心辅助线对齐。"色块"元件实例位置如图 6-51 所示。

(3)在"遮罩"层的第 40 帧、第 90 帧插入关键帧,第 100 帧插入静止帧(一般不需要插入静止帧,因为一般在新建图层时会将静止帧自动延伸到动画最后一帧)。

(4)选中"遮罩"层的第 40 帧,修改"色块"元件实例的大小为 660×600px,"色块"元件

图 6-50　图片位置及辅助线

图 6-51　"色块"元件实例位置

实例完全覆盖装裱布。在第 1～第 40 帧之间创建补间动画。

（5）在"遮罩"层的第 50 帧插入关键帧，在第 50～第 90 帧之间创建补间动画。

4. 制作画轴效果

（1）在"库"面板中新建图形元件"画轴"，使用矩形工具绘制一个 51×400px 的矩形，无边线，填充使用浅绿—白—浅绿线性渐变填充。两端添加黑色画轴轴芯。

（2）新建图层，图层命名为"左轴"。将"画轴"元件拖入"左轴"图层第 1 帧，"画轴"元件实例的上下和装裱布对齐，左边与"遮罩"层的"色块"元件实例左边对齐。再新建图层，图层命名为"右轴"。将"画轴"元件拖入"右轴"图层第 1 帧，"画轴"元件实例的上下和装裱布对齐，右边与"遮罩"层的"色块"元件实例右边对齐。画轴位置如图 6-52 所示。

（3）在"左轴"图层第 40 帧、第 90 帧插入关键帧。选中"左轴"图层第 40 帧，将"画轴"元件实例水平移动到装裱布外面，使"画轴"元件实例右边与装裱布左边对齐，创建补间动画；在"左轴"图层第 50 帧插入关键帧，在第 50～第 90 帧之间创建补间动画。

图 6-52　画轴位置

（4）在"右轴"图层第 40 帧、第 90 帧插入关键帧。选中"右轴"图层第 40 帧，将"画轴"元件实例水平移动到装裱布外面，使"画轴"元件实例左边与装裱布右边对齐，创建补间动画；在"右轴"图层第 50 帧插入关键帧，在第 50～第 90 帧之间创建补间动画。

到此为止，如果将"遮罩"层属性设置为"遮罩层"，一幅图片的展开—卷起动画就制作完成了。

5. 制作另外两幅图片的遮罩动画

（1）导入 images\tp6-4.jpg、tp6-5.jpg 到"库"中。

（2）在背景层的第 300 帧插入静止帧，在第 101 帧插入关键帧。选中背景层第 101 帧，删除其中的图片（注意不要删除装裱布），从"库"面板中将 tp6-4.jpg 拖入到第 101 帧，图片位置和左、上辅助线对齐。在背景层的第 201 帧插入关键帧，选中背景层第 201 帧，删除其中的图片（注意不要删除装裱布），从"库"面板中将 tp6-5.jpg 拖入到第 201 帧，图片位置和左、上辅助线对齐。

（3）选中"遮罩"层的第 1～第 100 帧，右击选中的帧，在弹出菜单中选择"复制帧"命令；右击"遮罩"层的第 101 帧，在弹出菜单中选择"粘贴帧"命令；右击"遮罩"层的第 201 帧，在弹出菜单中选择"粘贴帧"命令。

（4）按照第（3）步的做法，将"左轴"图层和"右轴"图层的第 1～第 100 帧复制粘贴到本图层的第 101～第 200 帧、第 201～第 300 帧。

6. 完成遮罩效果

选中"遮罩"层，将图层属性设置为遮罩层。预览动画，已经完成了 3 幅图片交替展现的动画效果。

7. 添加按钮

（1）在动画的最顶层新建一个"按钮"图层。

（2）在"公共库"面板中挑选一个喜欢的按钮元件拖入"按钮"图层的第 1 帧。在"库"面板中选中按钮元件，使用"编辑"按钮对按钮元件进行编辑，修改按钮的标题文本为"返回"。

（3）在场景中选中按钮元件实例，在"属性"面板中设置"实例名称"为 an1。打开"动作"

面板,在"全局函数"|"影片剪辑控制"中选择 on 命令,on 命令事件参数选择 press;在"浏览器/网络"中选择 getURL,getURL 参数中填写栏目首页文件名 prac6.html。"动作"面板中的脚本内容为:

```
on (press) {
    getURL("prac6.html");
}
```

8. 发布动画

保存源文件到本地站点中 flashes 目录下。在"文件"|"发布设置"中确认发布的文件格式为 Flash(.swf)和 HTML,确认 HTML 文件的发布路径为本地站点根目录中,文件名为 prac6-1.html,Flash(.swf) 文件的发布路径为本地站点根目录下 flashes 目录中,发布动画。

6.6 "探索太空"动画网页制作

6.6.1 任务分析

本任务是制作"Flash 动画"栏目中的 "探索太空"动画网页。本任务是一个包含两个场景的交互式动画。该任务中设计的动画效果是:在"火箭发射"场景中,当单击一次"火箭发射"按钮后,完成一次火箭发射过程;当单击 "飞船飞行"按钮后,转到"飞船飞行"场景中运行。在"飞船飞行"场景中单击"返回"按钮才能返回"火箭发射"场景,在"火箭发射"场景中单击"结束"按钮返回栏目首页。

本任务中包含多场景动画、轨迹动画和使用脚本控制动画交互。该任务中使用的素材包括 images 目录下的 tp6-6.jpg、tp6-7.gif、tp6-8.jpg、tp6-9.gif 图片。

6.6.2 "探索太空"动画网页制作

1. 添加场景

(1) 新建 Flash 文档,按照设计要求,舞台大小为 800×600px,帧频为 12fps。

(2) 使用"窗口"|"其他面板"|"场景"命令打开"场景"面板,在"场景"面板中修改"场景 1"为"火箭发射"。

(3) 在"场景"面板中使用"添加场景"按钮添加一个场景,场景命名为"飞船飞行"。

2. "火箭发射"场景动画制作

(1) 选择"火箭发射"场景。

(2) 将图层名称修改为"背景"。导入 images\tp6-6.jpg、tp6-7.gif、tp6-8.jpg、tp6-9.gif 到"库"中,将图片 tp6-6.jpg 从"库"面板中拖入到"背景"层第 1 帧,在第 40 帧插入静止帧,锁定该图层。

(3) 新建"火箭"图层,将图片 tp6-7.gif 从"库"面板中拖入到"火箭"层第 1 帧,将图片转换成元件"火箭",将"火箭"元件实例放置到舞台的左下角;在第 40 帧插入关键帧,将"火箭"元件实例放置到舞台的右上角外面,并将"火箭"元件实例旋转 90°水平放置。

(4) 新建引导层,在引导层内使用椭圆工具绘制一个无填充色的椭圆,使用"橡皮擦"工具在椭圆适当的部位擦两个口，留下需要的一段圆弧作引导线，删除不要的圆弧。使用选择工具调整弧线，使其更像一条火箭发射轨迹。

（5）选中"火箭"层第1帧，将"火箭"元件实例中心点对准导线；选中"火箭"层第40帧，将"火箭"元件实例中心点对准导线，在"火箭"层创建补间动画。拖动播放头，火箭应该沿导线运动。

（6）调整火箭姿态。在"火箭"层中插入一些关键帧，选中各个关键帧，使用任意变形工具调整该关键帧中火箭的姿态与导线成切线方向。

（7）添加按钮。在动画顶层新建"脚本"图层。从"公共库"面板中挑选一个喜欢的按钮元件拖入"脚本"图层的第1帧，放置在舞台下方适当位置。在"库"面板中选中按钮元件，使用"编辑"按钮对按钮元件进行编辑，删除其文本层。选中按钮元件实例，在"属性"面板中命名按钮元件实例名称为button1，使用文本工具在button1按钮上书写标题"火箭发射"。再拖入2个按钮元件实例和button1并列摆放，命名为button2、button3，使用文本工具在button2、button3按钮上分别书写标题"飞船飞行"、"结束"。

（8）添加交互脚本。

① 选中"脚本"图层的第1帧，打开"动作"面板，在"全局函数"|"时间轴控制"中选择stop，在脚本窗口中的脚本代码为：

```
stop();
```

② 在"脚本"图层的第40帧插入空白关键帧，选中第40帧，打开"动作"面板，在"全局函数"|"时间轴控制"中选择gotoAndPlay，在脚本窗口中的脚本代码为：

```
gotoAndPlay( );
```

该函数是转到某处去播放，在这里的"（ ）"中填写"1"，即转到本场景的第1帧去播放，最终的脚本代码为：

```
gotoAndPlay(1);
```

在前面为第1帧和第40帧添加了时间轴控制脚本代码后，该动画打开后不会播放，要播放该场景动画需要添加交互命令。该场景动画开始播放后，当播放到该场最后一帧时，在多场景动画中，会自动进入下一场播放。但是，在该场第40帧添加了gotoAndPlay(1)脚本后，从该帧将转到本场的第1帧播放。当然，在该场第1帧中有stop()脚本，即停止播放。

③ 选中按钮元件实例button1(火箭发射)，打开"动作"面板，在"全局函数"|"影片剪辑控制"中选择on命令，on命令事件参数选择press；在"全局函数"|"时间轴控制"中选择play，在脚本窗口中的脚本代码为：

```
on (press) {
    play();
}
```

即在单击该按钮时将播放火箭发射的动画，但是由于第1帧中有stop()脚本，单击"火箭发射"按钮后，动画只能播放一遍，不能循环播放。

④ 选中按钮元件实例button2(飞船飞行)，打开"动作"面板，打开"脚本助手"窗口，在

"全局函数"|"影片剪辑控制"中选择 on 命令,在"全局函数"|"时间轴控制"中选择 goto 命令,在如图 6-53 所示的"脚本助手"窗口中,"场景"选择"飞船飞行","帧"选择"1"。生成的脚本代码为:

```
on (release) {
    gotoAndPlay("飞船飞行", 1);
}
```

即单击"飞船飞行"按钮时将转到"飞船飞行"场景的第 1 帧播放。

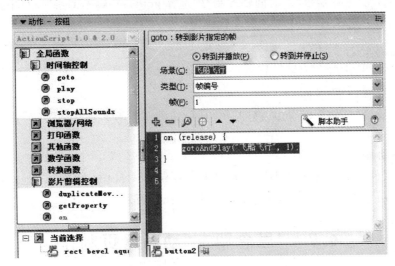

图 6-53 在"脚本助手"窗口中选择场景

⑤ 选中按钮元件实例 button3(结束),打开"动作"面板,在"全局函数"|"影片剪辑控制"中选择 on 命令,on 命令事件参数选择 press;在"浏览器/网络"中选择 getURL,getURL 参数中填写栏目首页文件名 prac6.html。"动作"面板中的脚本内容为:

```
on (press) {
    getURL("prac6.html");
}
```

3. "飞船飞行"场景动画制作

(1) 选择"飞船飞行"场景,将图层名称修改为"背景"。将图片 tp6-8.jpg 从"库"面板中拖入到"背景"层第 1 帧,在第 40 帧插入静止帧,锁定该图层。

(2) 新建"飞船"图层,将图片 tp6-9.gif 从"库"面板中拖入到"飞船"层第 1 帧,将图片转换成元件"飞船",将"飞船"元件实例放置到舞台的左下角;在第 40 帧插入关键帧,将"飞船"元件实例放置到舞台的右上角外面。

(3) 参照"火箭发射"场景动画中轨迹动画的制作方法,制作飞船飞行的轨迹动画,调整飞船的不同点飞行姿态。

(4) 添加按钮。新建"脚本"图层,从"公共库"面板中挑选一个喜欢的按钮元件拖入"脚本"图层的第 1 帧,放置在舞台下方适当位置。编辑按钮元件实例的标题,将标题修改为"返回",给按钮元件实例命名为 button4。

（5）添加脚本。

① 在"脚本"图层的第 40 帧插入空白关键帧，选中第 40 帧，打开"动作"面板，在"全局函数"|"时间轴控制"中选择 gotoAndPlay，修改脚本窗口中的脚本代码为：

gotoAndPlay(1);

即该场景动画播放到最后一帧后，转到本场景第 1 帧播放，而不是从动画开头播放。

② 选中按钮元件实例，打开"动作"面板，打开"脚本助手"，在"全局函数"|"影片剪辑控制"中选择 on，在"全局函数"|"时间轴控制"中选择 goto，在"脚本助手"窗口中，"场景"选择"火箭发射"，"帧"选择"1"。生成的脚本代码为：

```
on (release) {
    gotoAndPlay("火箭发射", 1);
}
```

即在"飞船飞行"场景中单击"返回"按钮时，动画返回到动画开头"火箭发射"场景的第 1 帧播放。

4. 发布动画

保存源文件到本地站点中 flashes 目录下。将 prac6-1.html 发布到本地站点根目录中；将 prac6-1.swf 文件发布到本地站点根目录下 flashes 目录中。

6.7 "思念朋友"动画网页制作

6.7.1 任务分析

本任务是制作"Flash 动画"栏目中的"思念朋友"动画网页。本动画设计效果可以参阅教学项目网站。该任务中包含了形变动画、运动动画、遮罩动画、影片剪辑和声音等。动画中使用的素材图片为 images 目录中的 tp6-11.jpg、tp6-12.jpg 和 tp6-13.jpg 和 tp6-10.jpg。

该任务中包含了多个简单动画，是一个综合应用 Flash 制作技术的动画作品。

6.7.2 "思念朋友"动画网页制作

1. 背景制作

（1）新建 Flash 文档，舞台大小 800×600px；背景为黑色，帧频为 12fps。

（2）修改图层名称为"背景"。

（3）下载一个歌曲导入到"库"中作背景音乐，将背景音乐拖入到背景层，同步设置为"开始"。在背景层第 500 帧插入静止帧。

（4）在舞台中央绘制 550×400px 的矩形，放射状渐变填充，填充色使用 #003366 和黑色。调整填充区域，将高光中心调整到矩形的偏下方。

2. shine-star 影片编辑元件制作

（1）制作图形元件 star。

① 在"库"面板中新建图形元件 doc，在元件编辑窗口中心绘制一个 8×8px 的白色正圆图形。返回到场景，结束元件制作。

②　在"库"面板中新建图形元件 star,在元件编辑窗口中心绘制一个白色填充、30×30px 的四角星形,星形顶点为 0.1,使用任意变形工具将四角星形倾斜 45°;在元件编辑窗口中心再绘制一个白色填充、50×50px 的四角星形,星形顶点为 0.1。两个四角星形中心对准元件编辑窗口中心。

③　从"库"面板中拖入一个 doc 元件实例,doc 元件实例中心对准四角星形中心。在"属性"面板中设置 doc 元件实例的 Alpha 属性为 50%。

④　返回到场景,结束元件制作。

(2)　制作影片剪辑元件 shine-star1。

①　在"库"面板中新建影片剪辑元件 shine-star1。

②　从"库"面板中拖入一个 star 元件实例到图层 1 第 1 帧,调整 star 元件实例大小为 20×20px,star 元件实例中心对准元件编辑窗口中心。在第 10 帧插入关键帧,在第 20 帧插入静止帧。

③　在图层 1 第 5 帧插入空白关键帧,从"库"面板中再拖入一个 star 元件实例到图层 1 第 5 帧,使 star 元件实例中心对准元件编辑窗口中心。

④　在第 1～第 10 帧之间创建补间动画,返回到场景,结束元件制作。

(3)　制作影片剪辑元件 shine-star2。

为了制作出星光不同步闪烁的效果,还需要制作一个与剪辑元件 shine-star1 有形态差异的影片剪辑元件 shine-star2。

①　在"库"面板中新建影片剪辑元件 shine-star2。

②　从"库"面板中拖入一个 star 元件实例到图层 1 第 1 帧。使用任意变形工具让 star 元件实例旋转 45°,调整 star 元件实例大小为 15×15px,使 star 元件实例中心对准元件编辑窗口中心。在第 5 帧、第 15 帧插入关键帧,在第 25 帧插入静止帧。

③　在图层 1 第 10 帧插入空白关键帧,从"库"面板中再拖入一个 star 元件实例到图层 1 第 10 帧。使用任意变形工具让 star 元件实例旋转 45°,使 star 元件实例中心对准元件编辑窗口中心。

④　在第 5～第 15 帧之间创建补间动画,返回到场景,结束元件制作。

3. 制作星光闪烁夜景

新建"星空"图层文件夹,在文件夹中新建 5 个图层 s1、s2、s3、s4、s5,在每个图层中放置一个 shine-star1 或 shine-star2 影片剪辑实例。注意不要只使用 shine-star1 或 shine-star2 一个影片剪辑,尽量均匀使用。将各个影片剪辑实例放置到适当的位置,折叠"星空"图层文件夹。

预览动画,可以看到星光闪烁的夜空。

4. 文字运动动画制作

(1)　制作影片剪辑元件 friends。在"库"面板中新建影片剪辑元件 friends。在元件编辑窗口中使用文字工具书写文字"Friends…",字体选择"Edwardian Script ITC",颜色使用白色,大小使用 100px。

(2)　文字运动动画制作。

①　新建图层 friends,从"库"面板中拖入影片剪辑元件 friends 到 friends 图层第 1 帧,在 friends 图层第 20 帧、第 50 帧、第 70 帧插入关键帧。

②　选中 friends 图层第 1 帧,单击 friends 影片剪辑实例,在"属性"面板中设置 friends

影片剪辑实例 Alpha 属性为 0%；在"滤镜"面板中为 friends 影片剪辑实例添加发光滤镜，"模糊"值选择"0"，发光颜色选择白色。

③ 选中 friends 图层第 20 帧，单击 friends 影片剪辑实例，在"属性"面板中设置 friends 影片剪辑实例 Alpha 属性为 100%；在"滤镜"面板中为 friends 影片剪辑实例添加发光滤镜，"模糊"值选择"50"，发光颜色选择白色；再添加模糊滤镜，"模糊"值选择"0"。

④ 选中 friends 图层第 50 帧，单击 friends 影片剪辑实例，在"属性"面板中设置 friends 影片剪辑实例 Alpha 属性为 100%；在"滤镜"面板中为 friends 影片剪辑实例添加发光滤镜，"模糊"值选择"0"，发光颜色选择白色；再添加模糊滤镜，"模糊"值选择"5"。

⑤ 选中 friends 图层第 70 帧，单击 friends 影片剪辑实例，在"属性"面板中设置 friends 影片剪辑实例 Alpha 属性为 0%；在"滤镜"面板中为 friends 影片剪辑实例添加发光滤镜，"模糊"值选择"0"，发光颜色选择白色；再添加模糊滤镜，"模糊"值选择"0"。使用"窗口"|"变形"命令打开"变形"面板，将 friends 影片剪辑实例水平倾斜 80°，并向右上方移动一段距离。

⑥ 选中 friends 图层的第 1～第 70 帧，创建补间动画。

5. 拉镜头效果动画制作

在摄影技术中把通过摄像机后移或变小焦距使取景范围和表现空间从小到大不断扩展、拍摄主体向远处移动的拍摄效果称作"拉镜头"。动画中在"Friends…"文字消失后，有一个窗户出现、星空向远处移动的动画，类似摄像拉镜头的效果。该动画制作步骤如下：

（1）制作图形元件 window。

① 导入 tp6-10.jpg 到"库"中，在"库"面板新建图形元件 window。

② 在元件编辑窗口中，使用矩形工具绘制一个 800×600px 的无边线矩形，使用"位图"填充，填充位图选择 tp6-10.jpg；再绘制一个 740×540px 的无边线红色填充矩形块放置在位图填充矩形块的正中央（上下、左右对称），如图 6-54（a）所示。选中红色矩形块，使用 Delete 键删除中间红色矩形块，得到窗户边框如图 6-54（b）所示。

(a) 两个矩形块　　　　　　　　　　(b) 删除中间矩形块

图 6-54　窗户边框制作

③ 制作窗扇。使用矩形工具绘制一个 160×540px 的无边线矩形，使用"位图"填充，填充位图选择 tp6-10.jpg；再绘制两个 140×240px 的红色填充无边线矩形放置在位图填充矩形块上面适当位置，如图 6-55（a）所示；删除红色矩形块后得到的图形如图 6-55（b）所示；使用选择工具将上下边框的右边内拐点向里拖动一段，如图 6-55（c）所示；再将上下边框的

右边外拐点向里拖动形成如图 6-55(d)所示图形,完成一扇窗扇的制作。

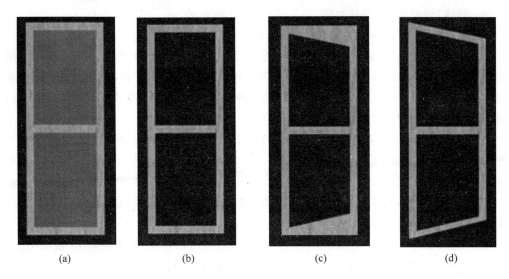

(a)　　　　　　　(b)　　　　　　　(c)　　　　　　　(d)

图 6-55　窗扇制作过程

④ 将制作好的窗扇图形放置到窗框里面靠左边窗框,复制、粘贴一个窗扇图形,使用"修改"|"变形"|"水平翻转"命令将复制出的窗扇图形水平翻转,放置到窗框里面靠右边窗框。

⑤ 返回到场景,结束 window 图形元件制作。

(2) 制作"窗帘"图形元件。在"库"面板中新建图形元件"窗帘"。在元件编辑窗口中使用矩形工具绘制一个白色填充 100×600px 的无边线矩形,如图 6-56(a)所示;使用选择工具将矩形拉成梯形形状,如图 6-56(b)所示;使用任意变形工具中的"封套"编辑,将梯形上下边线编辑成如图 6-56(c)所示的形状。

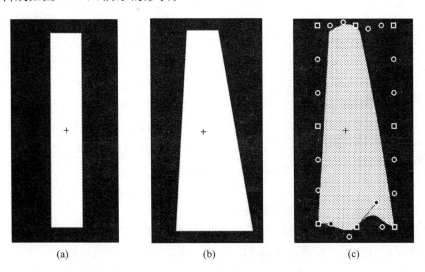

(a)　　　　　　　　　(b)　　　　　　　　　(c)

图 6-56　"窗帘"图形元件制作过程

返回到场景,结束元件制作。

(3) 制作"晃动窗帘"影片剪辑。

① 在"库"面板中新建影片剪辑元件"晃动窗帘"。

② 在图层 1 第 1 帧拖入一个"窗帘"图形元件,使用任意变形工具将"窗帘"元件实例中心点移动到元件实例顶部,在"属性"面板设置 Alpha 属性为 50%;在第 15 帧、第 25 帧插入关键帧,在第 40 帧插入静止帧。选中第 15 帧,将"窗帘"元件实例底部向右旋转一个角度。在第 1~第 25 帧之间创建补间动画。

③ 新建图层 2,在图层 2 第 1 帧拖入一个"窗帘"图形元件,放置在前一个"窗帘"元件实例左边,与前一个"窗帘"元件实例重叠 80%。使用任意变形工具将"窗帘"元件实例中心点移动到元件实例顶部,在"属性"面板设置 Alpha 属性为 50%;在第 10 帧、第 30 帧插入关键帧,在第 40 帧插入静止帧。选中第 10 帧,将"窗帘"元件实例底部向左旋转一个角度。在第 1~第 30 帧之间创建补间动画。

④ 新建图层 3,在图层 3 第 1 帧拖入一个"窗帘"图形元件,放置在前两个"窗帘"元件实例中间。使用任意变形工具将"窗帘"元件实例中心点移动到元件实例顶部,在"属性"面板设置 Alpha 属性为 70%,将元件宽度调整为 100px;在第 5 帧、第 15 帧、第 25 帧、第 35 帧插入关键帧,在第 40 帧插入静止帧。选中第 5 帧,将"窗帘"元件实例底部向左旋转一个角度;选中第 25 帧,将"窗帘"元件实例底部向右旋转一个角度。在第 1~第 35 帧之间创建补间动画。

返回到场景,结束元件制作。

(4) 制作窗户。

① 新建"窗口"图层文件夹,在"窗口"图层文件夹中新建"窗"图层,在"窗"图层第 71 帧插入空白关键帧,从"库"面板中拖入 window 图形元件。

② 在"窗口"图层文件夹中新建图层"右帘",在"右帘"图层第 71 帧插入空白关键帧,从"库"面板中拖入"晃动窗帘"影片剪辑元件放置在窗口右边。

图 6-57　窗户图形

③ 在"窗口"图层文件夹中新建图层"左帘",在"左帘"图层第 71 帧插入空白关键帧,从"库"面板中拖入"晃动窗帘"影片剪辑元件放置在窗口左边,使用"修改"|"变形"|"水平翻转"命令将影片剪辑实例水平翻转,调整位置。

制作好的窗户图形如图 6-57 所示。

(5) 拉镜头效果动画制作。

① 在"窗"图层在第 100 帧插入关键帧,将 window 元件实例调整为 550×400px,放置在舞台中央。在第 71~第 100 帧之间创建补间动画。

② 在"右帘"图层第 100 帧插入关键帧,将"晃动窗帘"影片剪辑实例调整为 130×420px,放置在窗口的适当位置。在第 71~第 100 帧之间创建补间动画。

③ 在"左帘"图层第 100 帧插入关键帧,将"晃动窗帘"影片剪辑实例调整为 130×420px,放置在窗口的适当位置。在第 71~第 100 帧之间创建补间动画。

④ 在"窗口"图层文件夹中"左帘"图层上面新建图层,在新建图层的第 71 帧插入空白

关键帧,绘制一个红色550×400px的无边线矩形,矩形位置和"窗"图层第100帧的窗户对齐。将该图层设置为"遮罩层";选中"右帘"图层,双击图层图标,在"图层属性"窗口中将"右帘"图层设置为"被遮罩";选中"窗"图层,双击图层图标,在"图层属性"窗口中将"窗"图层设置为"被遮罩"。

折叠并锁定"窗口"图层文件夹。

⑤ 打开"星空"图层文件夹,在s1图层第71帧、第100帧插入关键帧。选中第100帧,将影片剪辑实例向右上方移动,并适当缩小,在第71～第100帧之间创建补间动画。仿照s1图层的方法对s2、s3、s4、s5图层制作影片剪辑实例向右上方移动,并适当缩小动画。

⑥ 在"星空"图层文件夹中插入s6、s7图层,在s6图层的第71帧插入空白关键帧,拖入一个shine-star2影片剪辑实例放置在窗口左侧,在第100帧插入关键帧。选中第100帧,将影片剪辑实例向右上方移动,并适当缩小,在第71～第100帧之间创建补间动画。在s7图层中仿照s6图层再添加一个星星移入到窗口中的动画,展现取景范围从小到大扩展的"拉镜头"效果。

折叠并锁定"星空"图层文件夹。

6."朋友"照片显示动画制作

(1) 导入素材图片images\tp6-11.jpg、tp6-12.jpg、tp6-13.jpg到"库"中,新建"朋友"图层文件夹。

(2) 朋友1照片显示动画制作。

① 在"朋友"图层文件夹中新建图层p1。

② 在p1图层第100帧插入空白关键帧,将图片tp6-11.jpg从"库"面板中拖入放置到窗口中,调整图片的位置与大小。

③ 将图片转换为图形元件p1,在第140帧、第180帧插入关键帧。选中p1图层第100帧,在"属性"面板中设置p1元件实例的Alpha属性为0%;选中第180帧,将p1元件实例的Alpha属性设置为0%。在p1图层第100～第180帧之间创建补间动画。

④ 在"p1"图层上面新建图层,在新建图层第100帧插入空白关键帧,在相对"p1"图层中照片头部的中心位置绘制一个无边线的小圆形;在该图层第140帧插入空白关键帧,绘制一个适当大小的五角星形,星形顶点大小设置为1,调整星形与p1图层中照片头部的相对位置。选中该图层第100帧,创建形变动画。设置该图层为"遮罩层"。

(3) 朋友2照片显示动画制作。

① 在"朋友"图层文件夹新建图层p2。

② 在p2图层第100帧插入空白关键帧,将图片tp6-12.jpg从"库"面板中拖入放置到窗口中,调整图片的位置与大小。

③ 仿照朋友1照片显示动画制作方法制作朋友2照片显示动画。

(4) 影片剪辑遮罩动画制作。

① 在"库"面板中新建影片剪辑元件"遮罩元件"。

② 在元件编辑窗口图中打开"标尺"显示,从标尺中拖出6条辅助线,围绕元件中心形成一个200×200px的"田"字格,如图6-58所示。

③ 选中图层1第1帧,在"田"字格的一个格中心绘制一个白色无边线小圆形;新建图层2、图层3、图层4,在每个图层的第1帧中绘制一个白色无边线小圆形,分别放置到"田"

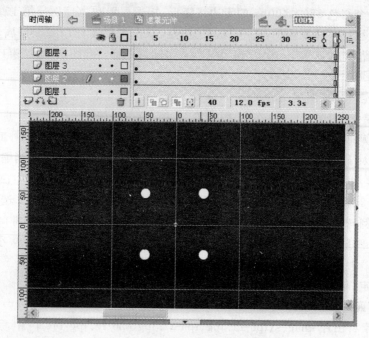

图 6-58　由辅助线形成的"田"字格

字格各个格内,如图 6-58 所示。

④ 选中图层 1,在第 40 帧插入关键帧,将圆形调整为 120×120px,圆形边线与"田"字格边线相切。选择第 1 帧,创建形变动画。在第 80 帧插入静止帧。

⑤ 仿照图层 1 的做法,完成其他三个图层中形变动画的制作。返回到场景,完成"遮罩元件"影片剪辑的制作。

⑥ 在"朋友"图层文件夹中新建 p3 图层,在 p3 图层第 180 帧插入空白关键帧,将图片 tp6-13.jpg 从"库"面板中拖入放置到窗口中,调整图片的位置与大小。

⑦ 将图片 tp6-13.jpg 转换成图形元件 p3,在第 220 帧、260 帧插入关键帧。选中 p3 图层第 180 帧,在"属性"面板中设置 p3 元件实例的 Alpha 属性为 0%;选中第 260 帧,将 p3 元件实例的 Alpha 属性设置为 0%。在 p3 图层第 180～第 260 帧之间创建补间动画。

⑧ 在"朋友"图层文件夹中 p3 图层上面新建 pz 图层。在 pz 图层第 180 帧插入空白关键帧,将"库"面板中的"遮罩元件"影片剪辑拖入到该帧,放置在与 p3 图层中的照片中心对应的位置。设置 pz 图层为"遮罩层"。

7. 逐帧遮罩动画制作

动画最后的文字显示使用了打字机效果。这种效果可以使用逐帧动画实现,也可以使用逐帧遮罩动画实现。下面用逐帧遮罩动画来实现文字显示的打字机效果。

在遮罩动画中,如果遮罩元件的变化无规律可循,就只能使用逐帧遮罩动画。所谓逐帧遮罩,就是每帧中根据需要设置遮罩元件的形状。

(1) 解锁 p3 图层的遮罩、被遮罩关系。

(2) 在 p3 图层的第 261 帧插入空白关键帧,使用华文新魏字体书写 60px 大小、白色文字"朋友啊朋友,你可曾想起了我……"。

（3）在 pz 图层的第 261 帧插入空白关键帧，绘制一个矩形色块盖住"朋友"文字，在 pz 图层的第 265 帧、第 270 帧、第 280 帧、第 285 帧、第 295 帧、第 300 帧、第 305 帧、第 310 帧、第 315 帧、第 325 帧分别插入关键帧，选中各个关键帧，修改其中的遮罩元件，使其遮住需要显示出的文字。

（4）设置 pz 图层属性为"遮罩层"，创建遮罩动画。

8. 添加按钮

（1）在动画的最顶层新建一个"按钮"图层。

（2）在"公共库"面板中挑选一个喜欢的按钮元件拖入"按钮"图层的第 1 帧。在"库"面板中选中按钮元件，使用"编辑"按钮对按钮元件进行编辑，修改按钮的标题文本为"返回"。

（3）在场景中选中按钮元件实例，在"属性面板"中设置"实例名称"为 an-1。打开"动作"面板，在"全局函数"|"影片剪辑控制"中选择 on 命令，on 命令事件参数选择 press；在"浏览器/网络"中选择 getURL，getURL 参数中填写栏目首页文件名 prac6.html。"动作"面板中的脚本内容为：

```
on (press) {
    getURL("prac6.html");
}
```

9. 发布动画

保存源文件，将 prac6-3.html 文件发布本地站点根目录中，将 prac6-3.swf 文件发布到本地站点根目录下 flashes 目录中。

6.8 Flash 动画栏目首页制作

6.8.1 任务分析

本任务是完成教学项目网站中"Flash 动画"栏目首页 prac6.html 的制作，这是一个由 Flash 制作的动画网页。该栏目首页中除了包含导航按钮之外，还包含一个文字变化的形变动画和一叶小舟在江中划过的运动动画。在划船的运动动画中，船夫的划桨动作需要使用影片剪辑完成。

本任务中使用的图片素材为 images 目录中的 tp6-1.jpg。

6.8.2 Flash 动画栏目首页制作

1. 背景制作

（1）新建 Flash 文档，舞台大小 800×600px，帧频为 12fps。

（2）修改图层名称为"背景"。

（3）从 images 目录中导入 tp6-1.jpg 到"库"，将 tp6-1.jpg 从"库"面板拖入到背景层，在背景层第 240 帧插入静止帧，锁定背景层。

2. 制作文字形变动画

（1）新建图层"文字"，在"文字"图层第 1 帧使用 Edwardian Script ITC 字体，书写红色、大小为 96px 的文字"Welcome to"，将文字调整到合适的位置，使用两次"修改"|"分离"

命令,将文字分离成矢量图形。在第 40 帧、第 240 帧插入关键帧。

（2）在"文字"图层第 120 帧插入空白关键帧。选中第 120 帧,使用 Edwardian Script ITC 字体,书写红色、大小为 96px 的文字"My Flash",将文字调整到合适的位置,使用两次"修改"|"分离"命令,将文字分离成矢量图形。在第 180 帧插入关键帧。

（3）选中第 40 帧,创建形变动画。选中第 180 帧,创建形变动画。

（4）锁定"文字"图层。

3. 制作划船运动动画

（1）制作"船"图形元件。

① 在"库"面板中新建图形元件"船"。

② 在元件编辑窗口中绘制一个船和船夫的黑色图形,如图 6-59(a)所示。

③ 绘制一个无边线、灰白线性渐变上下方向填充的矩形,使用选择工具将矩形编辑成梯形放置在船上,如图 6-59(b)所示。

④ 使用浅灰色绘制船体倒影,如图 6-59(c)所示。

⑤ 复制、粘贴梯形,使用"修改"|"变形"|"垂直翻转"命令将梯形垂直翻转,调整填充效果,放置在船舱的倒影位置,如图 6-59(d)所示。

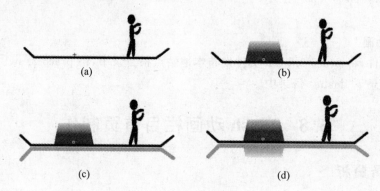

图 6-59　"船"元件制作过程

（2）制作"划船"影片剪辑。

① 在"库"面板中新建影片剪辑元件"划船"。

② 从"库"面板中将图形元件"船"拖入到第 1 帧,将"船"元件实例缩小到 $100 \times 40px$ 左右大小,在第 40 帧插入静止帧。

③ 插入图层 2,使用直线工具绘制一个浅黄色直线,将该直线转换为图形元件"船篙"。调整"船篙"元件实例状态,如图 6-60(a)所示。

图 6-60　"船篙"元件实例状态

④ 在图层 2 第 20 帧、第 30 帧插入关键帧,选中第 20 帧,调整"船篙"元件实例状态,如图 6-60(b)所示。

⑤ 在第 1～第 30 帧之间创建补间动画。返回到场景,结束元件制作。

(3) 制作划船运动动画。

① 插入图层"小船"。

② 从"库"面板中将影片剪辑元件"划船"拖入到"小船"图层第 1 帧。将"划船"元件实例放置在舞台左下角外边,使用"窗口"|"变形"命令打开"变形"面板,使"划船"元件实例垂直倾斜－10°。

③ 在"小船"图层第 240 帧插入关键帧,将"划船"元件实例移动到舞台左边中部,在"小船"图层中创建补间动画。

4. 导航按钮制作

(1) 在动画中新建一个"导航"图层。

(2) 在"公共库"面板中挑选一个喜欢的按钮元件拖入"按钮"图层的第 1 帧。在"库"面板中选中按钮元件,使用"编辑"按钮对按钮元件进行编辑,删除按钮的标题文本。

(3) 再拖入 3 个按钮元件实例到"导航"图层,排列在舞台下方,给 4 个按钮元件实例命名为 a1、a2、a3、a4。使用文本工具在按钮元件实例 a1 上书写标题文字"首页";在按钮元件实例 a2 上书写标题文字"家乡美";在按钮元件实例 a3 上书写标题文字"探索太空";在按钮元件实例 a4 上书写标题文字"思念朋友"。

(4) 在场景中选中按钮元件实例 a1,打开"动作"面板,在"全局函数"|"影片剪辑控制"中选择 on 命令,on 命令事件参数选择 press,在"浏览器/网络"中选择 getURL,getURL 参数中填写栏目首页文件名 index.html。"动作"面板中的脚本内容为:

```
on (press) {
    getURL("index.html");
}
```

(5) 仿照为按钮元件实例 a1 添加控制脚本的操作,依次为按钮元件实例 a2、a3、a4 添加控制脚本。按钮元件实例 a2"动作"面板中的脚本内容为:

```
on (press) {
    getURL("prac6-1.html");
}
```

按钮元件实例 a3"动作"面板中的脚本内容为:

```
on (press) {
    getURL("prac6-2.html");
}
```

按钮元件实例 a4"动作"面板中的脚本内容为:

```
on (press) {
    getURL("prac6-3.html");
}
```

5. 发布动画

保存源文件,将 prac6.html 文件发布本地站点根目录中,将 prac6.swf 文件发布到本地站点根目录下的 flashes 目录中。

6.9　小　　结

本章主要介绍了 Flash 的基本使用方法和基本工具,内容包括 Flash 形变动画、干涉形变动画、运动动画、轨迹动画和遮罩动画的基本制作方法,以及声音、按钮和影片剪辑在动画中的应用。其中简单交互动画是在读者不必掌握 ActionScript 语言的基础上实现的,更多的 Flash 编程知识需要读者阅读有关 ActionScript 编程的书籍。本章的许多概念都是在动画制作中体现的,要掌握 Flash 工具的使用必须要多练、多做。

6.10　习　　题

1. 如何对舞台及舞台中的对象进行放大和缩小?

2. 怎样改变图层的名称和图层的排列顺序?

3. 静止帧的作用是什么?

4. 插入关键帧和插入空白关键帧有什么区别?

5. 在测试和发布动画时,使用 Enter、F12、Ctrl+Enter 键有什么区别?

6. 保存文档和导出影片有什么区别?

7. Flash 的工具能否修改位图图像?

8. 在 Flash 中如何修改渐变填充色?

9. 在 Flash 中如何绘制圆角矩形和五角星形?

10. Flash 选择工具有哪些功能?

11. Flash"魔术棒设置"对话框中的"阈值"是什么意思?

12. 颜料桶工具和墨水瓶工具的功能有什么不同?

13. 颜料桶工具选项中的"不封闭空隙"是什么意思?

14. 什么是"封套"编辑?

15. 如何给文字填充渐变色?

16. 什么是形变动画? 如何创建形变动画补间?

17. 动画变化结束后如果需要对象在舞台上停留一段时间如何实现?

18. 如何实现元件实例的倾斜、旋转或缩放?

19. 交换元件有什么作用?

20. 怎样为元件实例命名?

21. 如何制作匀变速运动动画?

22. 什么是元件实例的中心点和注册点? 怎样改变元件实例的中心点位置?

23. 声音"同步"属性的事件、开始和数据流有什么不同?

24. 如何添加场景、选择场景和修改场景名称?

25. 在 Flash 动作脚本中可以编程的对象有哪些? 为元件添加动作脚本需要注意什么问题?

6.11　实训:"我的 Flash"栏目制作

1. 实训目的

熟悉 Flash 动画工具的使用,练习 Flash 动画制作技能以及使用 Flash 制作网页。

2. 实训任务与实训指导

本章实训任务包括如下两部分内容。

(1) 完成前面实训任务中 Flash 动画的制作。

(2) 仿照教学项目网站中"Flash 动画"栏目设计,按照实训任务中的要求完成实训网站项目中"我的 Flash"栏目制作,并发布到远程 Web 服务器网站中。

实训任务 6-1:文字移动动画制作

使用自备图片和宿舍名称制作文字移动动画,完成实训任务 4-4 中 Flash 动画 fl4-1. swf 的制作。训练 Flash 运动动画制作技能。

(1) 准备一张宿舍的集体照片,使用 Fireworks 将照片尺寸修改为 410×90px,不透明度修改为 40%,导出备用。

(2) 新建 Flash 文档,舞台大小为 410×90px,保存到本地站点 flashes 目录中,文件名使用 fl4-1. fla。

(3) 将图层 1 改名为"背景",将准备的图片导入到舞台背景层中。在背景图层的第 120 帧插入静止帧,锁定该图层。

(4) 新建图层,修改图层名称为"文字"。在"文字"图层的第 1 帧书写文字"×××××宿舍",文字大小、颜色、字体自己选择。选中文字,使用 F8 键将文字转换为图形元件。

(5) 在第 40 帧、第 80 帧、第 120 帧插入关键帧,选中第 40 帧,修改文字的位置、颜色属性;选中第 80 帧,修改文字的位置、颜色属性。

(6) 使用 Shift 键协助选中所有帧,创建补间动画。

(7) 保存文件,预览动画效果。

(8) 导出影片到 flashes 文件夹中,文件名使用 fl4-1. swf。

(9) 在本地站点中浏览 prac4. html,查看动画效果。

(10) 将新制作的 fl4-1. swf 发布到远程 Web 站点中,浏览效果。

(11) 保存本地站点。

实训任务 6-2:"走马灯"动画制作

使用宿舍同学照片制作"走马灯"效果的动画,完成实训任务 4-2 中 Flash 动画 fl4-2. swf 的制作。训练 Flash 运动动画制作技能。

(1) 在 Fireworks 中将宿舍所有同学的个人照片导入到一个 960×100px 的画布中,照片尺寸修改为 100px,横向排列在一起,总宽度为 960px,导出备用。

(2) 新建 Flash 文档,舞台大小为 960×100px,帧频调整为 24fps。保存到本地站点 flashes 目录中,文件名使用 fl4-2. fla。

(3) 在图层 1 中导入备用的图片,转换成元件"照片"。在第 480 帧插入关键帧,将"照片"元件实例水平移出到舞台左侧,创建补间动画。

（4）插入图层2,在图层2的第1帧中拖入"照片"元件实例,放置在舞台右侧与舞台边缘对齐。在第480帧插入关键帧,将"照片"元件实例水平移动到舞台中,创建补间动画。

（5）保存文件,预览动画效果。

（6）导出影片到flashes文件夹中,文件名使用fl4-2.swf。

（7）在本地站点中浏览prac4-2.html,查看动画效果。

（8）将新制作的fl4-2.swf发布到远程Web站点中,浏览效果。

（9）保存本地站点。

实训任务6-3：旋转运动动画制作

使用images目录中的tp1-2.gif图片,完成实训网站项目首页index.html中Flash动画fl1-1.swf的制作。训练绕中心旋转运动动画制作技能。

（1）新建Flash文档,舞台大小为130×170px,帧频为12fps。保存到本地站点flashes目录中,文件名使用fl1-1.fla。

（2）导入images\tp1-2.gif文件,将图片转换成元件"风车"放在第1帧,在第12帧插入关键帧,创建补间动画。

（3）选中动画过渡帧,在"属性"面板中设置"旋转"为"顺时针"、"1"次。

（4）新建一个图层,在新建图层中书写版权信息：××班×××。

（5）保存文件,预览动画效果。

（6）导出影片到flashes文件夹中,文件名使用fl1-1.swf。

（7）在本地站点中浏览网站首页index.html,查看动画效果。

（8）将新制作的fl1-1.swf发布到远程Web站点中,浏览效果。

（9）保存本地站点。

注意,如果在Dreamweaver中删除了index.html中的风车动画,再插入自己制作的动画,浏览时会出现动画的白色背景。插入一个不显示动画背景的Flash动画,需要使用"透明Flash"技术,实现透明Flash有以下两种方式。

（1）发布为"透明无窗口"Flash动画。在Flash动画"发布设置"的HTML选项卡中有"窗口模式"选项,其中默认模式是"窗口",选择"透明无窗口"模式会发布背景为透明的Flash动画,但此项设置很多情况下会无效。

（2）修改HTML代码。在使用Dreamweaver编辑网页文档时,当网页中插入了Flash动画后,在代码窗口中会看到这样一段代码：

```
<object classid="clsid:D27CDB6E-AE6D-11cf-96B8-444553540000" codebase="http://download.macromedia.com/pub/shockwave/cabs/flash/swflash.cab#version=7,0,19,0" width="360" height="200">
    <param name="movie" value="xxxxx.swf" />
    <param name="quality" value="high" />
  <embed src="xxxxx.swf" quality="high" pluginspage="http://www.macromedia.com/go/getflashplayer" type="application/x-shockwave-flash" width="360" height="200"<</embed>
  </object>
```

其中,<param>为参数。为了实现Flash动画的透明背景,可以添加如下参数：

```
<param name="wmode" value="transparent">
```

表示窗口模式为"透明"(transparent)模式。修改后的参数部分应该为：

```
<param name="movie" value="xxxxx.swf" />
<param name="quality" value="high" />
<param name="wmode" value="transparent">
```

实训任务6-4："家乡美"动画网页制作

使用自备图片，按照教学项目中该网页动画风格，制作实训网站项目中的"家乡美"动画网页 prac6-1.html。训练遮罩动画制作技能。

(1) 准备3张家乡风光的照片，照片尺寸修改为 533×400px 大小，保存备用。

(2) 新建 Flash 文档，舞台大小为 800×600px，保存源文件到本地站点根目录下的 flashes 文件夹中，文件名使用 prac6-1.fla。参照 6.5 节动画制作方法，使用自备的图片制作"家乡美"动画网页。

(3) 发布动画时注意，prac6-1.html 要发布到本地站点根目录下，prac6-1.swf 文件要发布到本地站点根目录下的 flashes 文件夹中。"返回"按钮返回的网页应该是 prac6.html。

(4) 在本地站点中浏览网页 prac6-1.html，查看动画效果。

(5) 将 prac6-1.html 和 prac6-1.swf 发布到远程 Web 站点中。

(6) 在本地浏览器地址栏输入：

http://Web 服务器域名地址/学号/prac6-1.html

检查网页发布是否正确。

(7) 保存本地站点。

实训任务6-5："探索太空"动画网页制作

使用 images 目录中的 tp6-6.jpg、tp6-7.gif、tp6-8.jpg、tp6-9.gif 图片，制作实训网站项目中多场景的交互式动画网页 prac6-2.html。训练多场景动画、交互动画制作技能。

(1) 新建 Flash 文档，舞台大小为 800×600px，保存源文件到本地站点根目录下的 flashes 文件夹中，文件名使用 prac6-2.fla。将 images 目录中的 tp6-6.jpg、tp6-7.gif、tp6-8.jpg、tp6-9.gif 图片导入到库中，参照 6.6 节网页制作方法，制作实训网站项目中多场景的交互式动画网页 prac6-2.html。在每个场景中的背景图层中加入作者信息：××班×××。

(2) 将 prac6-2.html 文件发布到本地站点根目录下，将 prac6-2.swf 文件发布到本地站点根目录下的 flashes 文件夹中。

(3) 在本地站点中浏览网页 prac6-2.html，查看动画效果。

(4) 将 prac6-2.html 和 prac6-2.swf 发布到远程 Web 站点中。

(5) 在本地浏览器地址栏输入：

http://Web 服务器域名地址/学号/prac6-2.html

检查网页发布是否正确。

(6) 保存本地站点。

实训任务 6-6："思念朋友"动画网页制作

使用 images 目录中的 tp6-10.jpg 图片和自己朋友的 3 张照片,制作实训网站项目中"思念朋友"网页 prac6-3.html。训练影片剪辑、形变遮罩动画、逐帧遮罩动画、插入声音等动画制作技能。

(1) 新建 Flash 文档,舞台大小为 800×600px,保存源文件到本地站点根目录下的 flashes 文件夹中,文件名使用 prac6-3.fla。将 images 目录中的 tp6-10.jpg 图片导入到库中。从 Internet 上下载一首歌曲,导入到"库"中。

(2) 准备 3 张朋友的照片,使用 Fireworks 编辑照片的大小。

(3) 参照 6.7 节网页制作力法,制作实训网站项目中"思念朋友"动画网页 prac6-3.html。

(4) 将 prac6-3.html 文件发布到本地站点根目录下,将 prac6-3.swf 文件发布到本地站点根目录下的 flashes 文件夹中。

(5) 在本地站点中浏览网页 prac6-3.html,查看动画效果。

(6) 将 prac6-3.html 和 prac6-3.swf 发布到远程 Web 站点中。

(7) 在本地浏览器地址栏输入:

http://Web 服务器域名地址/学号/prac6-3.html

检查网页发布是否正确。

(8) 保存本地站点。

实训任务 6-7："我的 Flash"动画网页制作

使用 images 目录中的 tp6-1.jpg 图片,制作实训网站项目中"我的 Flash"栏目首页网页 prac6.html。训练影片剪辑、运动动画、导航按钮等动画制作技能。

(1) 新建 Flash 文档,舞台大小为 800×600px,保存源文件到本地站点根目录下的 flashes 文件夹中,文件名使用 prac6.fla。将 images 目录中的 tp6-1.jpg 图片导入到库中。

(2) 参照 6.8 节栏目首页制作方法,制作实训网站项目中"我的 Flash"栏目首页,其中文字形变动画内容使用"我的 Flash"和"××班×××"。

(3) 将 prac6.html 文件发布到本地站点根目录下,将 prac6.swf 文件发布到本地站点根目录下的 flashes 文件夹中。

(4) 在本地站点中浏览网页 prac6.html,查看动画效果。

(5) 将 prac6.html 和 prac6.swf 发布到远程 Web 站点中。

(6) 在本地浏览器地址栏输入:

http://Web 服务器域名地址/学号

从首页开始浏览发布的网站,检查所有网页显示是否正确。

课 程 标 准

学习情境 或项目	学习内容或具 体工作任务	教 学 要 求	参考 课时
1. 网站项 目描述	网站与网站发布	了解网站的基本概念、网站开发开发流程；掌握网页文档 结构、网站首页默认文件名，使用"记事本"编辑网页方法， CuteFtp 使用方法与网站发布方法	4
2. HTML 标记栏目 制作	文本页面制作	＜p＞、＜div＞、＜span＞、＜center＞、＜br＞及 align 属 性；＜hr＞标记及其属性；＜font＞标记和 face、size、color 属 性及颜色表示方法；＜b＞、＜s＞、＜i＞、＜u＞、＜sub＞、 ＜sup＞标记及特殊字符输入方法。注释标记	4
	网站标题网页制作	页面属性设置方法，＜body＞标记的 background、bgcolor、 topmargin、leftmargin 属性	1
	图像网页制作	图像标记＜img＞的 src、alt、width、height、border、hspace、 vspace 属性，相对路径的概念	1
	图文混排网页制作	图文混排方法	1
	表格布局网页制作	表格标记＜table＞及属性；＜tr＞及属性；＜td＞及属 性；单元格合并方法。页面表格布局	2
	导航栏网页制作	＜a＞标记、URL、相对路径、绝对路径；href、target 属性， 命名锚记标记，图像超链接	2
	版权页面制作	电子邮件超链接	1
	滚动超链接及链接 页面制作	＜marquee＞标记，鼠标悬停效果；＜embed＞、＜bgsound＞ 标记与背景音乐，网页过渡效果，点击下载超链接，头部 标记	2
	框架集及框架网页 制作	框架与框架集，框架布局技术，框架属性，框架名的使用， 超链接 target 属性	2
3. CSS 样 式栏目制作	发光文字效果页面 制作	CSS 样式表的定义和使用方法；CSS 定位属性；字体属 性；透明滤镜；发光滤镜	3
	相框效果页面制作	CSS 边框属性、定位属性	1
	区域文字效果页面 制作	CSS 文本属性、区域设置	1
	放射状滤镜效果页 面制作	CSS 透明滤镜	1
	CSS 栏目首页制作	嵌入式框架，CSS 镜像滤镜；CSS 样式	2

续表

学习情境或项目	学习内容或具体工作任务	教 学 要 求	参考课时
4. 网页编辑工具栏目制作	文本页面制作	Dreamweaver 工具使用；网站管理与网站发布；CSS 定义与使用；基本网页编辑方法；图文混排	4
	"层与行为"网页制作	插入 Flash 动画；设置状态栏文本行为；层及层的操作；显示－隐藏层行为	3
	"热点图像"页面制作	图像热点工具，图像热点超链接；设置层文本行为	3
	栏目首页制作	表格布局；插入 GIF 动画；交换图像行为；调用 JavaScript 行为	4
5. 图像编辑工具栏目制作	矢量图形效果制作	网页图像知识；Fireworks 基本使用；图像的优化与导出；颜色工具；选择工具；矢量工具；填充效果；矢量蒙版效果图像制作；"不透明度"选择；"混合模式"选择；"边缘"选择，"羽化"	4
	位图图像效果	位图工具，位图蒙版编辑	3
	GIF 动画	GIF 逐帧动画、选择动画、分散到帧动画；共享背景层	3
	Logo 制作	渐变填充，纹理选择，纹理总量；滤镜；文本附加到路径；索引色透明导出	2
	Banner 制作	矢量蒙版效果图像；路径运算；任意变形工具；魔术棒工具；选取框工具；添加选区；添加蒙版；图层操作；钢笔工具；调整颜色、色相/饱和度调整	4
	栏目页面制作	Fireworks 按钮制作；切片与切片行为；资源样式；Web 切片；网页导出	4
6. Flash 动画栏目制作	Flash 动画基础	Flash 工具使用、文档操作、时间轴面板，形变动画，运动动画，遮罩动画，透明 Flash	4
	"家乡美"动画网页	遮罩动画、运动动画；复制、粘贴帧；按钮动作脚本	3
	"探索太空"动画网页	轨迹动画、多场景动画；为关键帧添加动作脚本；按钮交互控制	3
	"思念朋友"动画网页	影片剪辑、形变动画、运动动画、遮罩动画；声音、逐帧遮罩动画	4
	栏目首页	文字形变动画，影片剪辑；Flash 导航按钮	4
合　　计			80

参 考 文 献

[1] [美]E. Stephen Mack Janan Platt. HTML 4.0 轻松进阶[M]. 王大伟,等,译. 北京:电子工业出版社. 1999.

[2] [美]Eric M. Schurman William J. Pardi. 动态 HTML 使用指南[M]. 北京超品计算机有限责任公司, 译. 二版. 北京:人民邮电出版社,1999.

[3] 田庚林. 网页制作工具[M]. 北京:清华大学出版社,2007.